Jean-Patrick Mallinger

Complot à Khéo

Éditions Dédicaces

COMPLOT A KHEO

Dépôt légal :
Bibliothèque et Archives Canada
Bibliothèque et Archives nationales du Québec

Un exemplaire de cet ouvrage a été remis
à la Bibliothèque d'Alexandrie, en Egypte

POUR TOUTE COMMUNICATION :

Site Web : http://www.dedicaces.ca
Courriel : info@dedicaces.ca

MonAvis : http://monavis.dedicaces.ca
Facebook : http://facebook.dedicaces.ca

Jean-Patrick Mallinger

Complot à Khéo

COMPLOT à KHEO

Partie 1

1 – Destination Khéo

Océan Indien, mardi 18 mars 1997, début d'après-midi

L'hélicoptère filait à basse altitude. Le souffle des pales massait la surface des eaux. Le ciel était dégagé et la mer calme, une « mer d'huile » comme disent les marins. Franck, mon pilote semblait de plus en plus nerveux. « D'après mes coordonnées, nous entrons dans la zone interdite, m'annonça-t-il, nous atteindrons l'île de Khéo dans quelques minutes ». Je soupirai d'impatience. Voici un an que j'attendais ce moment ! J'allais bientôt découvrir un peuple, un endroit du monde qui m'étaient inconnus jusqu'alors !

Soudain, en scrutant l'horizon, nous commençâmes à distinguer une colonne de fumée noire. « C'est pas normal, s'exclama Franck crispé sur ses commandes, ça craint ! »

Il fit grimper son appareil pour examiner la scène d'un peu plus haut. Je m'inquiétai. Pendant notre approche, nous vîmes une sorte de plate-forme pétrolière en feu se dresser à un kilomètre de Khéo. La fumée était si épaisse qu'elle projetait son ombre sur le flan rocheux de l'île que Franck décida de contourner à distance. Chaque virage me donnait l'impression que le paysage basculait.

Je profitai de cette vue en hauteur pour découvrir ce « lieu de vacances » : Un massif rocheux dans un écrin de forêt luxuriante, des plantations gigantesques, une grande clairière avec des bâtiments d'où s'élevaient…deux autres colonnes de fumée ! «Bordel, c'est pas possible, s'écria mon pilote, il y a un conflit ! Demi-tour, on dégage, pas question d'atterrir là ! »

Je protestai : « Vous plaisantez, j'ai payé mon voyage, je ne veux pas retourner sur votre porte-container, déposez-moi là ou je saute de votre hélico !

– T'es cinglé, on ne sait même pas ce qui se passe ici, tu veux te faire tuer ?

– Vous avez peur d'un incendie ? Je ne peux pas le croire ! Voyez cette plage au nord, jetez-moi là, je vous en conjure !

– Ouais ! O.K. pour la plage, mais uniquement s'il n'y a personne qui nous canarde, j'ai pas envie d'esquinter mon appareil ! »

En quelques instants, nous survolâmes une magnifique plage vide bordée de palmiers. À un mètre au-dessus du sable, j'ouvris la porte du cockpit pour jeter mon sac. Franck hocha furieusement la tête en vociférant. Je n'entendis aucune de ses paroles car j'avais déjà enlevé mon casque et détaché ma ceinture pour me lancer à mon tour sur le sable. Après avoir sauté, je me retournai pour refermer la porte… trop tard, l'appareil était déjà bien haut ! Je le suivis des yeux pour le voir disparaître entre le ciel et l'eau pendant que le chant des vagues reprenait son tempo au milieu du silence. En ramassant mon sac à dos, j'eus un étrange pressentiment : je pensais ne plus jamais quitter cette île !

J'entamai aussitôt une longue marche, bien décidé à rendre visite aux habitants de Khéo. En cas de conflit, il valait mieux qu'on me découvre avant la nuit. De plus, je n'avais pas envie de dormir dehors ! La peur au ventre, je n'avais plus d'autre choix que de marcher vers la clairière aperçue depuis l'hélicoptère, elle devait être forcément habitée.

En chemin, je pris mes huit premières photos : ananas, bananes, ruches, élevage de lapins en enclos bétonnés et grillagés, potagers… tout ce qui concernait le quotidien de ces gens m'intéressait mais ma préoccupation première était de les rencontrer.

♦ ♦ ♦

Après une heure de marche, j'entrai enfin dans la zone habitée. Je décrochai mon sac de onze kilos qui me labourait le dos pour m'asseoir un instant. Ma hanche me faisait souffrir. Je sortis ma gourde et quelques gorgées d'eau plus tard, je repris ma route.

J'entrai sur un vaste chantier où une carrière entamait la base d'une falaise. Il n'y avait personne. Six engins occupant le site dormaient là, immobiles. Tous portaient les mêmes inscriptions représentant une roue dentée noire sur fond rouge. Cette roue creuse et vide en son centre me faisait penser à un rouage de réveil. Plus loin, je vis cinq bunkers semi-enterrés autour desquels on avait planté des bananiers et des eucalyptus. En arrière plan, j'aperçus nettement les deux colonnes de fumée.

Je pris mes jumelles pour observer, entre deux blocs, toute la plaine qui s'étendait jusqu'à la plage sud. Une rangée de quatre bunkers plus grands et plus enterrés me barrait le passage. J'empruntai une large piste caillouteuse qui menait jusqu'au village en traversant des champs cultivés quadrillés d'allées et de tuyaux d'arrosage.

Le village était conçu comme une caserne militaire : un ensemble de bâtiments autour d'une cour. Au centre, un mât surmonté d'un drapeau rouge dont je devinai la même roue dentée noire que j'avais déjà vue inscrite sur les engins du chantier. Ce sigle était omniprésent. Côté sud, les bâtiments étaient parfaitement alignés mais séparés pour donner accès à la plage. Deux d'entre eux achevaient de brûler. La plage était aménagée : une digue artificielle, un embarcadère, un préau. Dans l'axe de la digue, la « plate-forme pétrolière » en feu semblait plus imposante.

J'avançai à découvert vers la piste qui donnait sur la cour par un porche. Deux cent mètres me séparaient de la caserne. À cette distance, impossible de voir une forme de vie... Cent cinquante mètres… mon cœur battait de plus en plus fort… Cent mètres… Je sentis l'odeur âcre de l'incendie… Trente mètres… J'aperçus des gens dans la cour au travers du porche, ils étaient assis par-terre, leurs regards se tournèrent vers moi !…

2 – Drôles d'indigènes

Selon les peuplades des îles voisines, Khéo, d'une superficie de 32 kilomètres carrés, était connue comme un endroit maudit et dangereux. Officiellement, c'était une zone militaire interdite et inhabitée. Sa position géographique m'avait été donnée par Franck, ex-officier de l'armée de terre, ami de mon père aujourd'hui décédé. Il accompagnait les membres d'équipage d'un porte-container, le *Cirius*, qui évoluait entre les îles de l'Océan Indien et le continent africain. Franck s'était lié d'amitié avec ces marins avec lesquels il cohabitait. Son hélicoptère avait sa place réservée sur le pont du *Cirius*.

Moyennant finance, cet officier à la retraite avait accepté de braver l'interdiction pour me déposer à Khéo. Il ne croyait pas à la version officielle, et prétendait que l'endroit était habité, ce qui excita ma curiosité !

Je pensais y trouver, outre l'exotisme et l'évasion de la civilisation, une poignée d'indigènes vivant de pêche, de chasse et de cueillette ! La réalité était tout autre. Les gens de race noire que j'aperçus assis sur cette place portaient tous la même combinaison rouge avec cette même roue dentée inscrite sur le dos ! C'était choquant de voir plusieurs centaines de personnes, hommes, femmes, enfants habillés de cette façon.

Toute cette foule était assise face à deux hommes perchés dans la benne d'un camion garé au milieu de la place. En me voyant arriver, la plupart des gens tournèrent la tête vers moi pour me dévisager. Je me sentais comme une bête curieuse épiée par des centaines de regards interrogatifs et fatigués. L'ambiance était lourde mais non agressive. Quelques-uns chuchotèrent à l'oreille de leur voisin en me suivant des yeux pendant que je m'avançais vers le camion. Des mères serraient fortement leurs enfants contre elles en les berçant nerveusement. Chaque enfant, effrayé, se blottissait contre un adulte. De toute évidence, ces personnes étaient en état de choc.

Au bout d'interminables secondes, je m'arrêtai à une dizaine de mètres du camion en laissant glisser lentement mon sac à dos sur le sol. Si ces gens avaient voulu me tuer, je serais mort depuis longtemps ! Une jeune femme était appuyée contre le flan de la roue arrière du camion. Elle entourait de ses bras une fillette adossée contre elle. Leurs cheveux étaient mouillés. Un morceau de fil électrique était solidement noué autour de la cheville gauche de la fillette.

Dans la benne du poids lourd, deux hommes contre la ridelle m'examinaient attentivement. L'un, de race blanche, portait un uniforme vert armé, sale et déchiré. Un pansement recouvrait son œil droit et son visage était tellement tuméfié qu'il était impossible de lui donner un âge ! L'autre homme, de race noire, en combinaison rouge, devait être âgé d'une cinquantaine d'années. On entendait le crépitement des flammes qui terminaient de dévorer un bâtiment derrière eux.

L'homme blanc m'adressa la parole d'un ton sarcastique : « Eh bien, les nouvelles vont vite, on nous envoie déjà un journaliste ! Bonjour, Monsieur le journaliste, on a vu ton hélico ! »

Un peu surpris de constater que mon appareil photo et ma paire de jumelles pendus à mon cou me fassent passer pour un journaliste, je répliquai avec le même verbe :

« Je ne suis pas un journaliste, je m'appelle Jérôme et je viens en touriste ! »

L'homme blanc éclata de rire : « Un touriste ? Ça va être compliqué de trouver des cartes postales par ici ! Je m'appelle Athal et voici Etienne, le nouveau gouverneur de Khéo ! dit-il en embrassant l'homme noir. Prends-nous en photo car aujourd'hui est un grand jour.»

Je photographiai les deux hommes (qui semblaient être les chefs de tout ce peuple) ainsi que la fillette avec la jeune fille adossée à la roue du camion pendant qu'Athal et Etienne descendaient de la benne.

Etienne s'adressa à tous avec un porte-voix : « Nous avons un invité surprise : Jérôme le touriste, qu'il soit le bienvenu parmi nous. Distribution des lampes à pétrole dans une heure devant le magasin numéro deux. Les trois familles qui déménagent ce soir, vous venez au camion et vous mangerez sous le préau ; les autres, vous mangerez dans vos bunkers respectifs. Interdiction d'ouvrir les chambres froides jusqu'à nouvel ordre, utilisez vos provisions. N'oubliez pas qu'il fait nuit dans deux heures…Vous pouvez disposer ! »

Athal me tira par le bras en murmurant : « Vas-y, petit, prends les habitants de Khéo en photo, ils entrent dans une nouvelle vie ! Prends des photos. »

J'acceptai poliment en visant la foule qui se levait en bavardant. Puis, il se tourna vers la jeune fille contre la roue du camion. « Je te présente Kélia, vingt ans et sa petite sœur Nellie, neuf ans, mes deux héroïnes qui ont risqué leur vie en participant à l'attentat.

– Enchanté, moi, c'est Jérôme, vingt-quatre ans.
– Prends-nous en photo tous les trois ! »

Il prit la petite Nellie dans ses bras et se serra contre Kélia en forçant un sourire de ses lèvres enflées. Cela lui donnait un air encore plus effrayant. Tous trois étaient sales, les cheveux emmêlés. On voyait distinctement le fil électrique attaché à la cheville de Nellie. Les deux sœurs affichaient une mine affreuse sans sourire et sans vie. En appuyant sur le déclencheur de mon appareil, je me demandai ce que je ferais d'une telle photo !

Etienne revint vers nous accompagné de deux hommes au visage grave, âgés semble-t-il d'une trentaine d'années. « Jérôme le touriste, voici mes deux terribles fils : Hémerik et Frédo ».

Les deux hommes, l'air renfrogné, me saluèrent brièvement sans interrompre leur marche pour grimper dans la cabine du camion qu'ils démarrèrent. La place se vidait, les gens s'affairaient pour devancer les premières lueurs du soir.

3 – L'infirmerie

Etienne était sur le point de partir, son porte-voix sous le bras. Il s'arrêta net et s'adressa à Athal : « Au fait, où va dormir Jérôme le touriste ?

Athal – Eh bien…

Moi – Ne vous inquiétez pas pour moi, j'ai l'habitude du camping sauvage, il me faut juste un petit endroit qui ne gêne personne.

Etienne – Non, pas dehors à cause des moustiques !

Athal – Affirmatif, pas dehors. Il reste de la place dans un bunker et l'infirmerie est libre.

Etienne – Exact, que choisis-tu, Jérôme le touriste, le bunker ou l'infirmerie ?

Moi – L'infirmerie.

Etienne – C'est entendu, je vais t'accompagner avec Kélia et Nellie qui t'apporteront de l'eau, une lampe à pétrole et un plateau-repas.

Moi – Merci beaucoup !

Athal – Quant à moi, je vous quitte en vous disant à demain. J'ai eu ma dose d'émotions fortes aujourd'hui !

Etienne – À demain !

Moi – Bonne nuit ! »

Etienne ramassa mon sac à dos en insistant pour le porter. En chemin, il me dit :

« Il n'y a plus de danger, nous allons tous pouvoir nous reposer! Le gouverneur Achab a détruit notre chapelle ainsi que notre station électrique, c'est la raison pour laquelle nous n'avons plus d'électricité. Ceci dit, Athal a tout prévu, il affirme qu'une livraison importante va arriver dans deux ou trois jours. Athal va nous aider à reconstruire et réhabiliter l'île.

– Qui est ce gouverneur Achab ?

– Un tortionnaire qui nous a maltraités depuis trop longtemps. C'est une longue histoire qui se termine bien puisque Achab et ses collaborateurs ont péri sur la plate-forme grâce au complot organisé par son fils Athal avec la complicité de Kélia et Nellie. Nous leur devons beaucoup.

– Athal a tué son père ?

– Parfaitement, il fait partie de notre famille à présent. Nous voici devant l'infirmerie. Kélia, occupe-toi bien de notre invité, donne-lui la chambre individuelle !

– Bien, pasteur Etienne, répondit la jeune fille. »

Etienne me rendit mon sac en me saluant. C'est à ce moment que je m'aperçus qu'il était amputé de la main gauche.

« – Je dois prendre congé de vous car j'ai pas mal de choses à finir avant la nuit. Bien, le bonsoir et à demain !

– À demain et merci encore ! »

Sans se retourner, il leva son unique main comme pour dire : pas de quoi ! Je le regardai s'éloigner, son porte voix sous le bras gauche pendant que Kélia ouvrait la porte de l'infirmerie.

Nous entrâmes dans une grande salle blanche d'une propreté impeccable. Murs brillants laqués blanc, carrelage blanc, plafond blanc équipé d'un ventilateur blanc, persiennes blanches… Et au milieu de cette blancheur immaculée, un carré de verre rouge teinté dans la masse d'un demi-mètre de côté, brillait en évidence sur le mur du fond. Il représentait la même roue dentée que celle inscrite sur le dos des deux filles !

Il ne manquait rien, dans cette infirmerie moderne : le mobilier en tubes d'acier chromé, deux boxes pour les urgences, une salle d'accouchement et une chambre individuelle dans laquelle Kélia me conduisit. Cette pièce était la copie conforme d'une chambre d'hôpital : le pont au-dessus du lit électrique avec ses équipements, la table à roulette, un ventilateur sur pied, un téléphone sur la table de chevet… Faute de courant, rien ne fonctionnait.

Je posai mon sac sur le carrelage à un mètre des filles immobiles qui m'observaient fixement. J'entrepris de vider mon bagage dans le placard blanc à coté du cabinet de douche. Je déroulai mon sac de couchage sur le lit et je me demandai pendant combien de temps encore ces filles allaient rester figées là.

Assis sur mon lit, je décidai de les observer à mon tour des pieds à la tête. Elles chaussaient des brodequins de couleur foncée, leur combinaison rouge sentait l'eau de mer. Nellie était toujours collée à sa grande sœur.

Je pris dans mon sac une boîte de pâtes de fruits que je présentai à la plus jeune. Celle-ci regarda l'objet sans réagir. « Prends ! » insista sa grande sœur. Nellie hésita puis saisit la boîte entière. « Merci » dit-elle.

Impossible de leur décrocher un sourire, pensai-je. J'avais tellement envie de connaître leur histoire mais je n'osai pas les questionner.

Soudain, elles partirent puis revinrent une demi-heure plus tard : Kélia portait un seau d'eau à chaque main, suivie de Nellie qui tenait une lanterne à pétrole allumée. Elles sortirent en silence avec le même sérieux.

Après une toilette à l'eau froide, j'enfilai un jogging et m'allongeai sur le lit en attendant mon plateau-repas. Je croyais rêver. J'avais l'impression d'être sur une autre planète ! Tout cela était choquant et semblait irréel. J'avais besoin de comprendre. J'étais troublé et si fatigué que je m'endormis comme un sac jusqu'au lendemain !

4 – Un lourd passé

Mercredi 19 mars 1997.

Il était cinq heures du matin lorsque je fus réveillé par le ronronnement de moteur d'un camion circulant sur la place. Le soleil tropical illuminait déjà ma chambre blafarde. J'avais un peu froid et surtout très faim ! Je découvris posé sur la desserte (probablement depuis la veille) le plateau-repas recouvert d'un couvercle en inox à côté d'une cruche d'eau fermée. Au menu : soupe de légumes (froide), cuisse de lapin grillée, quartiers d'ananas.

En mangeant, je remarquai que la lampe à pétrole était encore allumée sur le rebord de la fenêtre. Dehors, des voix, des moteurs, des raclements, des pas sur le gravier de la place, les gens s'activaient, la vie recommençait. Ce peuple devait reprendre en main son destin et se reconstruire.

♦ ♦ ♦

Vers six heures, on frappa à la porte. Cinq personnes entrèrent : Kélia et Nellie, toujours aussi sérieuses, Etienne, Athal, et une femme quinquagénaire souriante qu'Etienne s'empressa de me présenter :

« Bonjour, Jérôme le touriste, je te présente Linda mon épouse qui est infirmière.

– Bonjour, Linda, heureux de vous connaître.

– Comment tu vas mon garçon ? me demanda-t-elle.

– Très bien, docteur, je suis en bonne santé ! Et merci pour ce bon repas.

Ils rirent tous. Kélia prit mon plateau-repas vide. Elle quitta l'infirmerie suivie de sa sœur.

Athal alla s'asseoir dans la salle de soin et Linda commença à lui changer son pansement à l'œil pendant qu'Etienne me proposa d'aller bavarder dehors. J'étais impatient de connaître les événements qui venaient de secouer l'île de Khéo. Une table et des chaises avaient été installées dans un coin de la cour sous un grand parasol. Etienne m'invita à m'asseoir et me dit :

– Tu étais endormi quand Kélia t'a apporté le repas hier soir, elle n'a pas osé te réveiller.

– Merci...merci pour votre accueil.

– J'imagine bien toutes les questions qui se bousculent dans ta tête ! Te raconter tout ça pour nous, c'est l'occasion de faire connaître au monde extérieur les atrocités qu'on a subies ici à cause de cet infâme gouverneur Achab !

– Si je pige bien, vous comptez sur moi pour témoigner à mon retour ?

– Pourquoi pas ? Achab trafiquait avec des individus de son espèce qui vont réagir comment, maintenant que tout est détruit ?

– Vous sous-entendez que Khéo est en danger ?

– Dieu seul le sait et nous comptons sur lui pour nous aider à assumer notre indépendance. Athal connaît très bien son père : il l'a servi depuis son enfance. Il est donc en mesure de nous expliquer toutes les activités gérées depuis la plate-forme. Je vais en apprendre beaucoup !

– Pourquoi Athal est-il défiguré ?

Etienne soupira avant de me répondre :

– Mes fils l'ont frappé à coups de barres de fer. Si je n'étais pas intervenu pour les séparer, Athal serait mort et Achab nous aurait tous massacrés par la suite ! Athal est venu seul, sans garde du corps : grave erreur ! On ne pouvait pas deviner qu'il était venu nous demander de l'aide pour organiser un complot contre son père ! J'étais dans mon appartement au-dessus de l'atelier de mécanique où travaillaient Hémerik et Frédo quand j'ai entendu l'agression.

– Mais pourquoi une telle violence ?

– Le mieux c'est d'attendre la réponse d'Athal. Il va nous rejoindre dès que mon épouse aura fini les soins.

En attendant Athal, j'observai les activités sur la place. Sous un grand préau, des femmes lavaient du linge en chantant, d'autres épluchaient des bassines entières de fruits et légumes. Au fond, côté sud, des hommes chargeaient les débris des deux bâtiments incendiés dans la benne du camion à l'aide d'une pelle mécanique.

Quelques enfants, dont Nellie, jouaient et couraient autour du mât en haut duquel flottait toujours le drapeau rouge et son sigle noir. Je remarquai qu'il y avait peu de jouets : un vélo, un ballon, trois cerceaux, deux cordes à sauter...

Kélia nous apporta un plateau de boissons : cinq verres et une cruche de jus de mangue. Athal arriva au même moment et s'assit à côté de moi pendant que Kélia nous servait. Etienne demanda à Athal :

– Explique voir à Jérôme le touriste pourquoi Hémerik et Frédo t'ont frappé.

– Eh bien…il y a un peu plus d'une vingtaine d'années, Etienne et son peuple en ont eu marre d'être maltraités par mon père, ils ont donc fait grève. À l'époque, j'avais neuf ans et mon père n'avait pas encore d'hélico. Il se déplaçait uniquement en navette. Il m'a embarqué avec lui et deux de ses hommes pour aller chercher Etienne, Linda, Hémerik et Frédo. Il voulait qu'on « négocie » sur la plate-forme.

– Ses hommes nous ont attachés les mains après des tuyaux au-dessus de nous, ça s'est passé dans l'un des locaux techniques sous la plate-forme, poursuivit Etienne, un atelier qui servait de salle de torture. Ils m'ont coupé la main gauche devant ma femme et mes fils !…

– Pour arrêter l'hémorragie, continua Athal, ils se sont servis d'un chalumeau ! J'ai encore en mémoire l'odeur de cramé ! J'ai voulu sortir mais mon père a ordonné à ses hommes de m'en empêcher. J'ai vomi. Mon père voulait faire de moi « un homme » capable de supporter une scène de torture ! On m'a obligé à fouetter Hémerik et Frédo âgés à l'époque de dix et onze ans. Pour finir, ils ont détaché Linda pour la violer dans une autre pièce. Un de ces hommes était le médecin de la plate-forme, il aimait faire des expériences scientifiques malsaines. Ce soir-là, il a juste fait une piqûre à chaque victime pour les endormir. On les a ensuite balancés sur la plage pendant la nuit. Quant à moi, j'ai passé le reste de la soirée sous la douche tout habillé. Je n'ai rien mangé pendant deux jours, ça faisait rigoler mon père ! »

Athal arrêta son discours pour siroter son jus de mangue.

J'étais mal à l'aise en voyant le moignon d'Etienne posé sur la table à côté de la cruche. Je n'arrivais plus à finir mon verre. Kélia qui venait de finir le sien appela sa sœur pour la servir.

Athal reprit son récit :

« Après ça, plus jamais de grève ni de signe de contestation... jusqu'à hier ! Fini le règne de mon père et de ses collaborateurs ! »

♦ ♦ ♦

Athal se leva et m'invita à venir avec lui faire un petit tour en mer en m'équipant de mon appareil photo. En quittant la table, je croisai le regard de Kélia. Elle me fit son premier sourire. J'étais abasourdi par ce que je venais d'entendre mais cependant bien décidé à en savoir davantage.

5 – Racisme et despotisme

Nous arrivâmes à l'embarcadère où était amarrée une étrange embarcation gonflable qu'Athal appelait *Zodiac.*

« Ce bateau gonflable de douze mètres de long, me dit-il, je l'ai conçu et fait construire sur le continent. Officiellement, il était destiné à emmener une équipe de quatre ouvriers qui devaient poncer et repeindre la structure métallique de la plate-forme. Officieusement, il devait permettre au personnel esclave d'échapper à l'explosion finale de leur lieu de travail. »

Nous montâmes à bord de cette grande barque. Nous enjambâmes un moteur et une sorte de petite citerne pour accéder à l'avant. Athal actionna une petite manette et le bateau avança aussitôt en silence.

« Géniale la propulsion électrique, m'expliqua fièrement l'homme, ça démarre du premier coup sans tirer sur un lanceur et c'est très silencieux. Pendant le boulot, ce moteur à essence, au milieu, active un compresseur pour les outils pneumatiques et le pistolet à peinture. Il recharge en même temps ces batteries qui alimentent la propulsion pour le retour des ouvriers en fin de journée. »

♦ ♦ ♦

Nous nous trouvâmes à quelques mètres de ce qui restait de la plate-forme : un immense enchevêtrement de treillis métallique, deux hectares de forêt de tubes d'acier pliés dans tous les sens. Cela ressemblait au squelette d'un énorme animal affaissé sur lui-même. Toute cette masse de ferraille inerte semblait encore tellement terrifiante que je ne risquerais pas de venir rôder là pendant la nuit ! Une épaisse vapeur s'élevait encore des entrailles béantes de cette affreuse carcasse. La chaleur de l'incendie avait tout tordu, plus aucun élément n'était rectiligne et une odeur de brûlé indéfinissable se dégageait du brouillard. Athal coupa le moteur électrique du zodiac qui s'immobilisa puis commença à me raconter son passé :

– Voilà à quoi ressemble ma chienne de vie : un fiasco ! Je suis né sur cette fichue plate-forme ! J'ai vainement essayé de satisfaire les désirs de mon père, mais pour lui, je n'étais jamais à la hauteur. Quand j'agissais bien, c'était insuffisant, quand c'était vraiment bien à ses yeux, cela ne durerait pas. Je ne pouvais plus encaisser ses sarcasmes ni ses reproches. J'ai voulu me foutre en l'air et les faire tous plonger avec moi. Ce complot, j'ai commencé à le cogiter il y a quatre ans. La goutte qui a fait déborder le vase, c'est quand j'ai réalisé que tout était mort en moi, même mes pulsions sexuelles étaient déviées, mes raisonnements, ma façon de penser… J'étais incapable d'avoir mes propres opinions, j'avais besoin de l'avis de mon père pour tout. Son approbation, c'était vital ! Il me dirigeait, il voulait me façonner à son image. Le seul moyen de m'échapper de son emprise était de l'entraîner avec moi dans mon suicide.

– Mais, je ne pige pas, tu es toujours en vie.

– C'est vrai, à cause de Kélia et Nellie. Elles ont participé à l'attentat.

– Comment ça ?

– Tu leur poseras la question.

– Je n'oserai jamais !

– Tu as tort, Kélia est forte. Elle a osé résister à mon père qui a tenté d'abuser d'elle ! Elle te racontera elle-même comment elle est intervenue sur la plate-forme juste avant l'explosion. Elle se souvient très bien !

– Soit. Mais au fait, où sont les parents de Kélia et de Nellie ?

– Euthanasie ! Morts irradiés en manipulant les déchets radioactifs d'un fût qui avait un défaut de fermeture.

– Des déchets radioactifs ? Ici ?

– Bien, sûr ! T'as pas remarqué les bunkers en haut de l'île ? Ils sont destinés au stockage de déchets radioactifs. Mon père, moyennant finances, voulait débarrasser les pays riches de cette saleté. Il déclarait « zone militaire interdite » Khéo et ses environs, comme ça, il était tranquille. Qui pourrait bien s'intéresser à une île paumée au milieu de l'Océan Indien, remplie de fûts dangereux pour la santé et le milieu naturel ? Ça arrangeait tout le monde et surtout mon père qui pouvait trafiquer incognito dans les eaux internationales !

– Mais, je croyais que les bunkers étaient aménagés pour y habiter.

– Affirmatif, les cinq du dessus sont aménagés mais les quatre gros du dessous qui sont les plus enterrés contiennent des déchets radioactifs à haute activité et à vie longue. Ils proviennent des pays industrialisés utilisant le nucléaire civil et militaire.

– Et les bunkers aménagés, pour quelle raison ton père les a fait construire ?

– Mon père n'a plus rien dirigé ici depuis quatre ans, c'était moi le responsable de toute la logistique de l'île. Pour gagner sa confiance, j'ai fait semblant d'entrer dans son jeu en traitant durement le peuple. Ecoute ce que je lui ai sorti :

« Père, vous avez beaucoup de travail en dirigeant de nombreuses affaires sur le continent et partout dans le monde, aussi confiez-moi la direction de Khéo. L'air marin abîme le métal de la plate-forme, c'est un travail pour le personnel de l'île, je vais les faire bosser, ces négros ! »

– Tu vouvoyais ton père ?

– Ouais, et je devais l'appeler « père » et non « papa ». Il se prenait pour un général : « le gouverneur Achab ». Il ne tolérait aucune familiarité. Il appelait les gens d'ici : « des négros ». Il n'a pas beaucoup hésité à me confier les affaires de l'île. Il m'a donné son numéro de compte le lendemain. Dès lors, je me suis mis à bosser, j'avais carte blanche. Pour lui, Khéo avait moins d'importance que toutes les autres affaires en cours.

– Quel genre d'affaires ?

– Mon père était à la tête d'un vaste empire mafieux à l'échelle internationale : trafic en tout genre, drogue, armes, proxénétisme…

– Tu as parlé d'euthanasie à propos des parents de Kélia et Nellie…

– Affirmatif, on achevait par l'intermédiaire de Linda les malades incurables ou trop vieux, c'était une des méthodes pratiquées pour réguler la démographie de l'île. Comme ça, on évitait une augmentation trop importante de la population. T'as sans doute remarqué qu'il n'y a aucun vieillard ici.

– Tu dis que Linda achevait les malades ? !

– Ouais, Linda administrait les médicaments qu'on lui ordonnait. À l'infirmerie, il n'y a pas grand-chose, tout juste de quoi soigner des plaies. En cas de maladie, elle devait immédiatement le signaler au docteur de la plate-forme en lui communiquant le diagnostic du malade et surtout son identité. Selon l'âge du patient et la gravité de sa maladie, on lui faisait parvenir des médicaments appropriés : pour le guérir ou l'achever. Les médicaments pour tuer ou pour guérir avaient la même apparence, même couleur et conditionnement, mais ils ne produisaient pas le même effet !

– Mais Linda n'a rien remarqué ?

– Non, d'ailleurs elle l'ignore encore aujourd'hui, on lui faisait croire que la mort de ses patients était naturelle, causée certainement par un microbe inconnu dans une boisson. Des gens mouraient suite à une simple fièvre ou une crise de paludisme ! Pour ce qui est des parents de Kélia et Nellie, leur pronostic vital étant engagé, l'euthanasie était la seule solution. Selon mon père, tuer un négro n'était pas plus grave que de tuer un animal !

– Et c'était quoi l'autre méthode pour « réguler » la démographie de l'île ?

– Des belles jeunes filles ont été envoyées dans différents pays pour prostitution et ne sont jamais revenues. Des gosses vendus pour l'adoption internationale et trafic d'organes transitaient par des orphelinats africains avec la complicité des autorités locales et des O.N.G bidons. Mon père disait : *« Je ne comprendrai jamais pourquoi les Blancs sont assez cons pour acheter à prix d'or des petits négros, ils ne manquent pourtant pas d'animaux de compagnie ! »* Pour lui, tout était bon pour gagner du fric ! Pas étonnant que la population n'ait pas augmenté depuis vingt ans. Réguler la démographie, c'était mon principal boulot. J'avais créé un fichier informatique mentionnant l'identité, l'âge, l'aptitude professionnelle, les mensurations, le numéro matricule des 1326 habitants vivant ici. Je connais tout le monde. Sache que j'ai volontairement oublié de rajouter les douze naissances qui ont eu lieu ces quatre dernières années ! Mon père s'est douté de quelque chose et a commencé à se méfier de moi. Il me trouvait trop condescendant envers son élevage de négros de même que…

– Arrête ! C'est insupportable, changeons de sujet s'il te plaît !

– Ouais ? Comme tu veux.

– J'ai entendu Kélia appeler Etienne « pasteur ». Etienne est pasteur ?

– Oui, tout le monde ici l'appelle comme ça, on le considère comme une sorte de conducteur spirituel. Il enseigne la Bible et les valeurs chrétiennes, tout ce genre de truc. J'ai remarqué que la foi de ces gens avait une « incidence positive sur leur équilibre mental ». J'en ai conclu que cette échappatoire irrationnelle, en y ajoutant un soupçon de confort et une nourriture convenable, pouvait rendre ce petit monde plus malléable et efficace au travail ! C'est avec ce genre d'argument que j'ai convaincu mon père de m'autoriser à faire construire une chapelle pour ce qu'il appelait « des bondieuseries » et une station de production d'électricité pour améliorer les conditions de vie à Khéo. J'espérais ainsi établir un lien amical avec le peuple. Grave erreur ! On se méfie trop d'un fils de tyran !

– Pourquoi les gens d'ici parlent aussi bien le français ? C'est pas leur langue d'origine.

– Absolument pas ! Lorsque mon grand-père paternel s'est emparé de Khéo en 1939 pour la coloniser, il a établi des commissaires et des mercenaires pour réduire le peuple à l'esclavage et l'obliger à parler la langue française. On fouettait publiquement ceux qui continuaient à baragouiner autre chose que le français : méthode efficace pour faire perdre la langue maternelle aux gens. Tout le monde aujourd'hui s'exprime dans un français littéral. On ignore les tournures argotiques et les expressions idiomatiques. Mon grand-père et mon père ont tout fait pour anéantir l'identité de ces indigènes pour bien les manipuler. Les habiller tous de la même manière avec cette affreuse combinaison rouge faisait partie de son programme. Ce peuple a toujours été coupé du monde. La scolarité des gosses était bien sous contrôle : pas d'illustration dans les supports pédagogiques. Les cours étaient revus et corrigés sur la plate-forme avant leur introduction en salle de classe. Malgré cet acharnement à détruire la culture locale, il y a une chose que ni mon grand-père ni mon père n'ont réussi à arracher à ce peuple, c'est sa foi en Dieu. Des bibles et des recueils de chants ont été brûlés à plusieurs reprises mais il restait toujours une bible planquée quelque part ! L'instituteur a même réussi à en copier une en douce !

– Les deux bâtiments incendiés sur l'île, c'étaient la chapelle et la centrale électrique. Tout ça était commandité par ton père. Comment il a fait ? Il a envoyé quelqu'un pour mettre le feu ?

– Non, il s'est contenté d'envoyer deux missiles depuis la plate-forme. Celle-ci était équipée d'une défense anti-aérienne. Le petit univers du gouverneur devait toujours rester protégé des regards extérieurs. Finalement, il n'y a jamais eu de conflits, tout le monde se fout complètement de cet endroit qui ne figure même pas sur la plupart des cartes maritimes !

– Heu…Je ne supporte plus cette odeur de brûlé, j'aimerais qu'on regagne la côte, s'il te plaît !

– Affirmatif, mais tu veux bien prendre quelques photos de la plate-forme ?

– Entendu, j'en prends cinq pendant qu'on s'éloigne, comme ça tu auras plusieurs vues.

– Ça marche. De toute façon, je veux rentrer, j'ai une tête comme un ballon, j'espère que Linda a des calmants. »

Le *zodiac* contourna la carcasse puis prit le cap du retour vers la terre ferme.

6 – Dans la gueule du loup

Pendant le trajet du retour, j'observais Athal. Son visage déformé me donnait l'impression qu'il était impassible et imperméable aux événements. Je le trouvais jovial ou vulgaire, ou cynique ! Il était visiblement perturbé, il épiait mes réactions à chaque fois qu'il me racontait quelque chose de dramatique comme pour mesurer la gravité de ses propres paroles. En coupant le moteur, il me dit :

– Je voulais te faire visiter le tour de l'île en *zodiac* mais je préfère économiser l'essence et je ne connais pas l'autonomie des batteries…

– Aucune importance, on peut faire la visite à pied, j'aime marcher, je faisais des randonnées quand j'étais étudiant.

♦ ♦ ♦

De retour sur la place, Athal me pria de photographier toutes les personnes présentes pendant leurs activités. Je lui fis comprendre que c'était gênant pour moi de prendre en photos des gens en plein travail. Il m'assura que le peuple en serait ravi, puis il me quitta pour se rendre à l'infirmerie.

Je commençai à viser la vingtaine de femmes qui cuisinaient sous le grand préau côté est. Celles qui m'aperçurent sourirent aussitôt, c'était rassurant ! L'endroit était coupé en deux par une grande table de travail en béton contenant des éviers, fours et plaques de cuisson au-dessus desquels était fixée une immense hotte en acier galvanisé. Parmi celles qui épluchaient fruits et légumes, deux portaient un bébé accroché sur leur dos par un dispositif astucieusement confectionné à partir d'éléments découpés dans des combinaisons rouges ! J'ai pensé que ces nouveau-nés faisaient partie de la douzaine d'enfants qu'Athal n'avait pas inscrits sur le listing d'évaluation statistique de son père.

Le préau d'en face était pratiquement vide. Des centaines de bols et de plateaux-repas métalliques avaient été empilés sur quelques tables pour le repas de midi. Au fond, on distinguait des bacs pour la lessive. Plus loin, une quinzaine d'hommes nettoyaient le périmètre de la chapelle dont il ne restait plus que les pignons. Sur l'un d'eux, était accrochée une croix en acier intacte d'environ deux mètres de haut, dernier vestige de ce lieu de culte.

Les dents du godet de la pelle mécanique pilotée par Hémerik, grattaient bruyamment le sol bétonné, tandis que les autres hommes jetaient à mains nues tous les gravats noircis sur la trajectoire de la machine. Là aussi, quelques sourires furent immortalisés. Hémerik resta sérieux en hochant une fois la tête pour marquer son approbation, et son frère Frédo me fit une rapide petite grimace amicale. C'était un bon début, j'éprouvai le besoin de voir ce peuple heureux et pleinement délivré de son passé. Ces gens me fascinaient, à cause de leur courage et de leur force intérieure, plus je les connaissais, plus je les aimais !

La séance photos d'une durée d'une heure, avait entamé sérieusement mon stock de pellicules et je décidai de retourner m'asseoir à la table, spécialement placée pour moi au petit matin dans la cour. J'aperçus Kélia, Nellie, Athal, Etienne, Linda et trois autres personnes que je ne connaissais pas encore, se diriger vers le même endroit. Au moment de s'asseoir, Etienne me présenta un homme et deux femmes :

– Jérôme le touriste, voici mon frère Nicodème, maître d'école et ses deux assistantes Mado et Rose-Marie. Mado est l'épouse de Nicodème, et Rose-Marie est l'épouse de mon fils Frédo.

– Enchanté, je vois que toute la famille est bien occupée !

Chacun me salua d'un signe de la tête en souriant. Etienne continua :

– Jérôme le touriste, j'ai un travail à te demander…

– J'écoute.

– Ce matin, nous avons retiré toutes les tables de la plus grande salle de classe pour y faire entrer 112 élèves âgés de 10 à 14 ans. Cet après-midi, j'aimerais que tu te présentes et que tu répondes à leurs questions. C'est d'accord ?

– Avec joie, mais… quel genre de questions ?

– Tu sais bien qu'on est coupé du monde. Ces enfants ont besoin de savoir ce qui se passe en dehors de leur île natale. Je t'aiderai à entamer le dialogue avec eux, Nicodème, Mado et Rose-Marie seront là aussi.

– Ça marche. À quelle heure ça commence ?

– À quatorze heures.

Mon verre de jus de mangue était toujours sur la table, quelqu'un l'avait recouvert d'une soucoupe pour protéger son contenu des insectes. Kélia et Nellie étaient assises à califourchon l'une derrière l'autre sur un banc. Kélia commença à former des tresses avec les cheveux de sa petite sœur. Athal lui demanda de me raconter les dernières minutes de la plate-forme. Elle n'hésita pas à répondre :

– Lundi matin, j'ai été désignée pour travailler sur la plate-forme avec le personnel de jour. J'ai passé ma journée à aider les femmes de ménage et aussi à la cuisine. Le soir, les hommes du gouverneur ne m'ont pas laissée monter sur le *zodiac* pour retourner sur l'île avec les autres, ils m'ont enfermée et attachée dans un atelier en bas. Le mardi, un peu après midi, ils m'ont fait avaler un bol de soupe, ils m'ont détachée et obligée à prendre une douche à l'étage au-dessus. Dans la salle de bain, il y avait une robe sur un cintre. Ils m'ont dit : *« Quand tu auras fini de te laver, tu enfileras ça. »* Je n'ai pas voulu l'enfiler et après la douche, je suis sortie avec ma combinaison habituelle. Ils étaient furieux. Ils m'ont traînée un étage plus haut jusque devant le gouverneur dans une grande salle. Il y avait plein de tableaux avec des lumières et des instruments. L'homme qui me traînait a dit au gouverneur : *« Elle n'a pas voulu enfiler sa robe ! »*

« Au même moment, deux autres hommes sont entrés en bas de l'escalier qui donnait sur un quai dehors. Ils tenaient Nellie et l'ont amenée aussi près du gouverneur à côté de moi. Ils ont dit : *«Monsieur, cette petite est venue toute seule en navette, elle avait cette lettre sur elle ! »* Le gouverneur, après avoir lu la lettre ordonna qu'on enferme et qu'on attache ma petite sœur dans l'atelier où j'avais passé la nuit. Nellie pleurait et j'ai crié : *« Laissez-la partir ! »* Le gouverneur m'a tiré les cheveux tellement fort en arrière que je me suis retrouvée assise par-terre et il m'a crié dans l'oreille en soufflant sa fumée de cigare : *« C'est pas les négros qui font la loi ici ! »* Il m'a poussée avec son pied. J'ai vu ma sœur partir, tenue par les deux hommes, elle me suppliait de venir la chercher. Le gouverneur a crié : *« Cette sale race a réussi à contaminer mon fils avec ses bondieuseries ! Je vais finir par tous les massacrer ! Armez deux missiles. Point d'impact : la chapelle et la station électrique... Vous ! Restez pas plantés là ! Fouillez la navette et apportez-moi tout ce qu'elle contient, il y a une malle qui m'intéresse ! Et vous, emmenez cette garce dans ma chambre et apportez-lui sa robe, je vais m'en occuper après ! »*

« Pendant qu'on me traînait dans l'escalier vers l'appartement du gouverneur, j'ai entendu un de ses hommes l'interpeller : *« Mais Monsieur, à propos des missiles, votre fils est sans doute resté sur l'île et...*

– Je le sais, il m'a trahi, s'il s'en sort vivant, j'irai moi-même lui arracher les tripes ! Exécution ! »

« Une fois dans la chambre, l'homme m'a jetée sur le lit. Il m'a serré la gorge et m'a dit : *« Ecoute bien, petite bronzée, quand le gouverneur en aura terminé avec toi, ça sera mon tour, t'as imprimé ?* » Il m'a jeté la robe à la figure et il est sorti en claquant la porte.

« La chambre était immense et luxueuse. J'ai entendu deux explosions du côté de l'île. J'ai vu par la fenêtre deux incendies, je suis sortie de la chambre pour aller chercher Nellie, mais l'homme qui m'avait jetée sur le lit montait la garde et m'a repoussée à l'intérieur et refermé la porte.

« J'ai alors décidé de mettre le feu. J'ai fouillé partout, tables de nuit, meubles accrochés au-dessus du lit, placards… j'ai trouvé un briquet à côté d'une boîte de cigares dans un tiroir du bureau. J'ai rassemblé sur le lit tout ce qui pouvait brûler : vêtements, coussins du canapé, documents, papiers… et j'ai allumé. J'ai pris une serviette mouillée dans la salle de bain pour mettre sur mon nez et j'ai attendu derrière la porte. Toute la pièce s'est remplie de fumée. Une sirène s'est mise à hurler. Celui qui montait la garde a ouvert la porte en criant: *« Au feu ! »* J'ai profité qu'il décrochait une sorte de grosse bouteille rouge sur un mur du couloir pour filer. J'ai descendu l'escalier en croisant des hommes du gouverneur qui couraient dans l'autre sens. Je pensais qu'ils montaient aider leur collègue à éteindre le feu. Je suis passée tout près du gouverneur resté seul. Il venait d'ouvrir une grande malle en criant : *« Sortez-moi ça, sortez-moi ça…elle va sauter…vite, où allez-vous, bande de connards, sortez cette malle ! »*

« Dans la panique, personne ne faisait plus attention à moi, et je suis entrée dans l'atelier tout en bas où ma sœur était attachée. Comme je n'arrivais pas à défaire le nœud du fil électrique qui entourait sa cheville, j'ai utilisé une scie comme celle qu'utilisent Hémerik et Frédo, et j'ai coupé le fil. J'ai ouvert une trappe sur le sol et on a sauté dans l'eau sous la plate-forme. On a trouvé le *zodiac* attaché tout près par un mousqueton. Pendant qu'on se dirigeait vers l'île, on a entendu plusieurs explosions…

– Oui, et on a eu très peur, continua Nellie en admirant ses premières tresses dans son miroir de poche, même qu'on croyait que le gouverneur nous tirait dessus !

– Athal nous attendait seul sur l'embarcadère avec des jumelles. Ma sœur a sauté dans ses bras ce qui m'a un peu étonné car je ne savais rien de ce qui était en train de se passer à Khéo. Nous étions terrifiées, Athal n'arrivait plus à calmer Nellie ! Il répétait : *« C'est fini !… C'est fini!… »*.

Athal restait silencieux, l'air absent. Etienne et Linda avaient écouté le récit de Kélia avec beaucoup d'attention comme si c'était la première fois. Leur existence avait basculé en quelques minutes, les filles avaient frôlé la mort.

Je profitai de cette pause pour questionner Athal :

– C'était quoi cette histoire de navette, de malle et de lettre ?

– Une chance sur trois pour que ça marche, et ça a marché !

« À l'origine, je devais encastrer la navette piégée sous la plate-forme pendant la nuit de lundi à mardi pour la faire exploser avec moi à l'intérieur, un attentat suicide en quelque sorte. Seulement voilà, je n'avais pas prévu que Kélia serait retenue à bord de la plate-forme et il a fallu changer mon plan avec l'aide d'Hémerik et de Frédo. En plus des 150 kilos d'explosifs répandus autour du moteur et du réservoir de la navette, j'ai rajouté un détonateur qui devait s'activer uniquement en tournant la clé de contact. Un interrupteur dissimulé sous le tableau de bord remplaçait la fonction de cette clé. Dans la navette, nous avions placé aussi une malle de 120 kilos d'explosif, une véritable bombe à retardement ! Une minuterie devait déclencher l'explosion au bout de quatre minutes à condition d'ouvrir le couvercle de la malle pour l'activer. Quand tout fut prêt, le mardi peu après midi, j'ai renvoyé Hémerik et Frédo rejoindre les autres dans les bunkers et j'ai installé Nellie au volant de la navette en lui interdisant de toucher à la clé de contact. Je lui ai dit : *« une fois arrivée, arrête le moteur à l'aide du bouton derrière le tableau de bord, donne la lettre au gouverneur et attends qu'il fasse venir ta grande sœur, compris ? »*

– Athal n'a pas voulu venir avec moi ! s'écria Nellie en caressant ses tresses.

– Non, car si j'étais retourné sur la plate-forme, mon père aurait torturé à mort Kélia et Nellie pour me punir. J'ai donc envoyé Nellie seule apporter la bombe à mon père. Dans la lettre j'ai écris ceci: *« Père, veuillez recevoir ce chargement de saphirs en provenance de Madagascar et acceptez en échange de renvoyer Kélia et Nellie. »*

J'ai tout observé avec mes jumelles. Ce qui s'est passé à l'intérieur de la plate-forme, Kélia vient de le raconter. Mon père a envoyé des hommes prendre la malle dans la navette. En supposant que cette malle contienne réellement un trésor, mon père ne m'aurait pas rendu les filles pour autant. Il était bien trop malhonnête pour respecter ce marché. Il a donc activé lui-même la minuterie en ouvrant la malle, mais j'avais disposé un écran qui indiquait un compte à rebours d'une minute ! Quand les collaborateurs de mon père ont vu que l'explosion allait se produire dans moins d'une minute, ils se sont enfuis vers l'hélicoptère, laissant mon père seul avec la bombe. J'avais programmé qu'elle saute au bout de quatre minutes. Kélia et Nellie ont donc eu le temps de fuir en *zodiac*. L'hélico aurait pu lui aussi s'échapper mais il ne comportait que 8 places pour 14 hommes ! Ils se sont battus pour grimper à bord ! J'ignore où était mon père pendant la première explosion, le plus important était d'apercevoir les filles fuir en *zodiac*. J'ignore si la navette a explosé après ou avant la malle. La troisième explosion a fait jaillir comme un geyser toute l'eau de la piscine. Tout a cramé. J'ai vu l'hélico grimper dans les flammes juste avant qu'il explose. Le rotor activait la fournaise comme une boule de feu ! Ça faisait un boucan d'enfer qui résonnait jusque dans la carrière ! On a prévenu tout le monde. On s'est tous retrouvé sur la place quand on a vu ton hélico rappliquer. La suite, tu la connais puisque tu es venu nous rejoindre.

– Quand je pense que tu as osé envoyer cette petite Nellie toute seule avec autant d'explosifs ! Elle et sa sœur auraient pu mourir plusieurs fois !

– Je n'avais pas d'autre alternative. En me rendant sur la plate-forme, je condamnais à mort les filles. Elles avaient une chance sur trois de s'en sortir : être tuées par mon père, être tuées dans l'attentat, ou survivre en fuyant. Comme tu vois, elles ont survécu.

– C'est Dieu qui a permis qu'elles s'en sortent, conclut Etienne! Qu'il soit béni!

7 – Les couleurs de la démocratie

À l'heure du repas, Athal partit à l'infirmerie avec Linda. Mais l'infirmière revint seule nous rejoindre pour manger.

– Où est Athal ? demanda Etienne.

– Il fait une crise d'angoisse, répondit Linda, il veut s'isoler dans un bunker, mais je n'ai pas d'antidépresseur à lui proposer.

– Pauvre garçon, il faut prier pour lui, j'irai le voir dès que possible.

Après avoir rendu grâce, Etienne nous souhaita bon appétit. Nous mangeâmes de la soupe, du poisson grillé et une banane, le tout servi sur un plateau que les filles nous apportèrent. La foule, revenue des champs, s'était assise sur la place et sous les préaux pour prendre son repas. On remercia Dieu par un chant. Ceux qui travaillaient trop loin dans l'île déjeunaient là où ils se trouvaient.

– Kélia et Nellie sont toujours avec vous ? demandai-je à Etienne et Linda.

– Elles habitent avec nous, répondit Linda, elles dorment ensembles dans l'une des chambres de notre appartement.

Quelques enfants, étonnés de voir un Blanc manger avec des Noirs à la même table, nous observaient à distance. Après le repas, chacun retourna à son travail. Les filles débarrassèrent notre table et se séparèrent : Nellie resta dans la cour avec les autres tandis que Kélia allait s'occuper d'un élevage de lapins dont elle était responsable. En attendant quatorze heures, je jouai au ballon avec des petits devant l'école. Ceux-ci furent très amusés et surpris que je puisse rentrer dans leur jeu.

♦ ♦ ♦

À l'heure « H » toute la classe m'attendait, en silence, les enfants debout, encadrés par Rose-Marie au fond à gauche et Mado au fond à droite. Etienne venait de me rejoindre lorsque Nicodème, devant le tableau noir, nous fit signe d'entrer. Après les salutations, les élèves eurent l'autorisation de s'asseoir, les garçons d'un côté et les filles de l'autre. Rose-Marie et Mado restèrent debout les bras croisés. Etienne tenta vainement d'amorcer le dialogue :

« Qui veut poser la première question ? Allons, vous connaissez tous Jérôme le touriste, il est avec nous depuis hier, il vient du continent. »

Il est vrai que ces préadolescents étaient endoctrinés, j'étais pour eux un étranger blanc aux yeux bleus et cheveux châtain clair appartenant à la « race supérieure », un dominateur qui maltraite, qui exige, qui punit… et même s'ils m'avaient vu jouer et communiquer avec certains d'entre eux, ils avaient encore besoin d'entendre la voix rassurante de leur pasteur pour délier leur langue. Un garçon leva le doigt pour exprimer dans un français académique la première d'une longue série de questions : « Comment s'appelle l'endroit du continent où vous habitez ?…Comment s'appelle votre gouverneur ?…Comment est votre drapeau ?… »

Pas facile de localiser la France sans carte du monde. Un monde qui se réduisait à quelques îles autour de Khéo face à un continent grand et mystérieux d'où provenait parfois du ravitaillement par cargos.

À propos de gouverneur, j'entrepris un cours d'instruction civique, j'eus soudain envie de participer vivement à la désintoxication de cette génération ! Etienne, visiblement satisfait de ma relation établie avec les écoliers, me fit un geste discret avant de partir rejoindre Athal. L'instituteur m'invita à utiliser le tableau noir. Je commençais par dessiner le drapeau français, mais il n'y avait que de la craie blanche, aussi blanche que tous les murs des bâtiments de l'île !

Volontairement, je donnai à mon dessin les mêmes dimensions que le carré de verre rouge avec son sigle noir encore accroché au-dessus du tableau (il y en avait un par salle). J'inscrivis « bleu » dans le premier rectangle et « rouge » dans le troisième avant de colorier en blanc celui du milieu sous le regard attentif des enfants (et des adultes présents !) qui ne comprenaient pas pourquoi ce symbole national n'apparaissait pas sur mon dos comme le leur. Je leur parlai ainsi :

« Dans mon pays qui est une république, nous n'avons pas un gouverneur mais un président de la république. Il ne gouverne pas seul mais il est entouré d'un certain nombre de conseillers. On désigne aussi la France comme une démocratie, c'est-à-dire un gouvernement du peuple, par le peuple, pour le peuple. Les citoyens choisissent eux-mêmes leurs dirigeants moyennant des élections.»

Puis, je dessinai un diagramme pour représenter les rouages de la constitution : pouvoir exécutif, Président, Premier Ministre, ministres d'État, ministres délégués, secrétaires d'État, pouvoir législatif, assemblée nationale, sénat, parlement… pour ne pas compliquer davantage l'explication, j'évitai d'aborder le thème des partis politiques. Que de monde pour diriger un tel pays ! Il faut dire qu'avec une population qui dépasse les soixante millions d'habitants, la superficie de la France (en la comparant avec celle de Khéo), devait, selon eux, occuper les trois-quarts de notre planète.

Ma tenue vestimentaire les intriguait. Elle n'était plus la même que celle que je portais en arrivant le premier jour et d'autres se trouvaient dans mon sac ! À quoi ressemblait donc l'uniforme du citoyen français ? Je voulus leur montrer des photos de paysages et du quotidien de mon pays natal et, soudain, je réalisai qu'en quittant définitivement le logement que louaient mes parents, j'avais vidé une dernière fois la boîte aux lettres. J'y avais trouvé une revue publicitaire d'une trentaine de pages que j'avais gardée dans mon sac à dos. J'informai l'instituteur que je devais aller chercher un journal dans mon bagage pour pouvoir poursuivre mes explications. En allant vers l'infirmerie, je croisai peu d'enfants car la plupart étaient agrippés aux fenêtres de l'école pour nous observer.

♦ ♦ ♦

À mon retour dans la classe, les élèves excités bavardaient bruyam-ment mais les deux femmes imposèrent le silence et la séance reprit. Mon journal intitulé : *Extrait de la mode printemps-été 1997* fit lentement le tour de la classe sous l'œil vigilant de Mado. Ces jeunes lecteurs s'étonnaient de voir autant de vêtements avec autant de couleurs. Ils me demandèrent la signification des chiffres et de la lettre « F » inscrits sur les photos. Il n'y avait pas d'argent sur l'île, et il me fallut leur montrer le rôle et le pouvoir de l'argent, dans mon pays et partout dans le monde. Je sortis de mon portefeuille un billet de cent francs ainsi que quelques pièces de monnaie jaunes et blanches que Nicodème s'empressa de glisser dans une pochette transparente qu'il donna aux élèves.

Des éclats de rire discrets et des chuchotements accompagnaient la brochure de mode. On s'esclaffait à la vue de ces mannequins à la peau blanche dont certaines tenues laissaient apparaître des jambes et des bras nus. On voyait aussi des lunettes de soleil, des chapeaux, des escarpins munis d'étranges talons très hauts et fins… Je n'avais jamais vu un tel engouement pour une simple pub que j'aurais volontiers jetée dans une poubelle !

Liberté, égalité, fraternité. La France se révélait à eux comme un immense pays paradisiaque dans lequel on pouvait gérer individuellement sa propre vie, s'habiller comme bon nous semblait et choisir les dirigeants de la patrie. L'agriculture, l'industrie, les énergies, la distribution… tout intéressait ces enfants qui buvaient mes paroles, le regard émerveillé. Ils me prenaient pour un grand professeur, une source inépuisable de culture générale. Ils me demandèrent même si j'étais membre du gouvernement français !

La revue publicitaire restait dans le groupe de filles, fascinées par les robes multicolores, tandis que l'argent liquide demeurait entre les mains des garçons.

♦ ♦ ♦

À dix-sept heures, tout le monde sortit de la classe. La foule revenue des champs préparait les activités de la soirée. J'avais récupéré mon argent mais pas la pub toute froissée qui continuait d'attirer de nouveaux regards d'adolescents et d'adultes assemblés sur la place après la journée de travail.

Nicodème m'accompagna jusqu'à ma table et resta assis auprès de moi. Il me demanda s'il était possible de recommencer mes explications pour les adolescents le lendemain matin selon le souhait du pasteur Etienne.

– Bien, sûr, répondis-je, et je visiterai l'île demain après-midi avec Athal.

Pendant que nous bavardions, j'entendis Mado ordonner aux filles sur la place de me rendre ma brochure publicitaire et c'est Kélia qui me l'apporta, Mado la suivait.

– Tu peux la garder, lui dis-je.

– Merci ! dit-elle, ravie et souriante.

– Merci pour elle, renchérit Mado.

Elles s'éloignèrent et le groupe de filles se reforma autour d'elles.

♦ ♦ ♦

À l'heure du dîner, toute la place était parsemée de lampes à pétrole et la foule assise par terre remercia Dieu par un chant qui résonna jusque sous les préaux. À notre table, il manquait Linda et Athal. Etienne m'expliqua que sa femme était partie dans le bunker apporter à manger à Athal, qui n'était pas encore rétabli.

Hémerik vint faire le rapport des travaux de la journée. Après quoi, il fut question de planifier ceux du lendemain.

« Demain, indiqua Etienne, tu creuseras les fondations de la nouvelle chapelle à l'extérieur du village. Tu m'aideras d'abord à tracer le périmètre selon le plan qu'Athal a dessiné la nuit dernière. Comme nous n'avons pas besoin de poissons en ce moment, tu ordonneras aux pêcheurs de reprendre la fabrication des parpaings, Athal en a calculé la quantité nécessaire...

– Athal est un criminel comme son père et tu es toujours occupé à réfléchir avec lui ! *(Silence)*

– Qu'est-ce que ça veut dire ? Athal a toujours agi sous la contrainte de son père et tu le sais ! Aujourd'hui, il a fait demi-tour, il recommence une nouvelle vie.

– Comment peux-tu pardonner ça ? s'écria Hémerik en saisissant le moignon de son père, qui va te rendre ta main, Dieu ou Athal ?

– Suffit, répliqua Etienne en repliant brutalement son bras mutilé, tais-toi ! !

– Tu n'aimes pas entendre ça ! Tu décides tout avec ce blanc bec et tu trouves ça normal ? Moi je te dis qu'on ne négocie pas avec le fils de Satan ! Un meurtrier comme lui n'a plus aucun pouvoir ici !

– Exact ! Il n'a plus aucun pouvoir ici parce que c'est moi le gouverneur de Khéo et j'ai décidé qu'Athal serait membre de notre communauté, que ça te plaise ou non ! Athal a changé d'attitude et tu ferais bien d'en faire autant !

– Je n'ai pas confiance en lui. Les Blancs sont tous les mêmes !

– Calme-toi ! Nous en reparlerons ce soir avec ton frère et ta mère.

– Compte sur moi ! »

Hémerik s'éloigna avec rage. Son père, l'air désolé, s'excusa :

« Je suis navré. J'espère que cette conversation n'a pas été trop choquante. Mon fils n'a pas vraiment réfléchi quand il a dit : *« Les Blancs sont tous les mêmes.»*

– Ne vous inquiétez pas. Vos familles ont beaucoup souffert et je comprends sa réaction.

– Pas question qu'il s'endorme avec sa colère. Que Dieu m'aide à lui parler ce soir. »

♦ ♦ ♦

Linda, Etienne, Kélia, Nellie et moi avions pris ensemble pour la première fois notre dîner dehors à la lueur d'une lampe à pétrole qui attirait les moustiques. Nous étions les seuls à ne pas manger assis par-terre. J'étais tellement bien accueilli par ces gens que je me sentais comme chez moi. Je les connaissais depuis moins de deux jours et j'avais l'impression d'être un membre de la famille !

♦ ♦ ♦

De retour à l'infirmerie, je me suis couché dans ma chambre silencieuse en pensant beaucoup à Athal et Hémerik. J'espérai vivement une réconciliation. J'éteignis ma lampe. La nuit tropicale me semblait plus profonde et plus noire que celle de mon pays natal. Le sommeil m'emporta doucement.

8 – Un peuple libre

Jeudi 20 mars 1997

À cinq heures du matin, je fus réveillé par la lumière du jour et les bruits du dehors. Je sortis de l'infirmerie à six heures pour éviter à Kélia de m'apporter un plateau-repas jusque dans ma chambre. Dehors, des gens assis sur le sol terminaient leur petit-déjeuner. D'autres se préparaient à partir aux champs. Ceux qui portaient des sacs et des paniers, avaient pris place dans la benne du camion. Les enfants jouaient et bavardaient en attendant l'heure de la classe réservée aux adolescents ce matin là.

Kélia, Nellie et Etienne vinrent me rejoindre à table avec des plateaux-repas et me saluèrent. Kélia se dirigea ensuite vers l'école. Je remarquai la brochure publicitaire enroulée qui dépassait de sa poche arrière. Sa sœur la suivait. Le pasteur, resté seul avec moi, m'expliqua que les filles avaient déjà mangé et que Linda allait venir dans un instant. Tout ce petit groupe m'attendait pour déjeuner avec moi. On me traitait comme un fils.

Peu après, l'infirmière nous apporta de bonnes nouvelles concernant Athal : il se portait mieux et projetait de revenir parmi nous à midi. J'avais hâte de lui poser d'autres questions. Je demandai comment Hémerik avait réagi la veille à l'issue de la réunion de famille.

« Bien, m'assura Etienne, nous avons prié ensemble et même si notre fils n'a pas encore revu Athal, je crois qu'il se dirige vers la voie de la réconciliation. En tout cas, il nous en a montré le désir,

– Oui, ajouta Linda, mais il ne faut pas le brusquer. Hémerik est comme ça, il s'énerve facilement mais il n'est pas obstiné, on peut le raisonner. »

♦ ♦ ♦

Après le repas, Nicodème resta seul avec moi en attendant l'heure de la classe. Il me parla de mes jeunes auditeurs âgés de 15 à 21 ans au nombre de 90. Il y avait des couples mariés parmi les plus grands. Il me confia son problème de vue qui semblait s'aggraver avec le temps, à tel point qu'il pouvait à peine écrire au tableau. Ses collaboratrices l'aidaient à corriger les devoirs et préparer les cours.

♦ ♦ ♦

À huit heures, la séance débuta dans les mêmes conditions que celle de la veille. Kélia était assise au premier rang, sa précieuse revue publicitaire sur les genoux. Etienne me présenta et la série de questions commença. Les métiers, les études, les mœurs, les coutumes, les loisirs... Pas facile de répondre sans risquer de faire une caricature du citoyen français. Comme pour les plus jeunes, le cours d'instruction civique les impressionnait. Le schéma de fonctionnement de la république était resté inscrit sur le tableau ce qui me facilita la tâche. Kélia accepta de faire passer son journal de mode que la plupart des filles connaissaient déjà. La monnaie circulait aussi. Des jeunes adultes questionnaient Etienne sur la possibilité d'aller un jour en France. Mado et Rose-Marie voulaient connaître les occupations des femmes du continent.

♦ ♦ ♦

Vers onze heures, toute cette petite troupe me suivit sur la place. Par groupes, ils bavardaient avec moi comme pour prolonger le cours.

♦ ♦ ♦

Athal apparut peu avant midi. Il avait repris des couleurs et confirma notre projet de visiter l'île après le déjeuner. J'étais ravi de le retrouver. Il me demanda d'aller chercher mon appareil photo et la matinée s'acheva ainsi : Athal me photographiait avec d'autres personnes. Seul ou en groupe, tout le monde voulait figurer avec moi sur la pellicule comme si j'étais une vedette !

♦ ♦ ♦

Pendant le repas de midi, personne ne manquait à ma table. L'atmosphère était détendue. Les gens cherchaient l'ombre des préaux ou mangeaient le long des murs qui les abritaient du soleil.

Soudain, nous vîmes Hémerik et Frédo poussant chacun une brouette de chaque côté de la place. Ils décrochèrent dans les salles, tous les carrés de verre rouge représentant le sigle noir, symbole du gouverneur Achab. Lorsque les brouettes furent pleines, ils les poussèrent jusqu'au milieu de la place au pied du drapeau. Athal me chuchota à l'oreille : « Prépare ton appareil photo, mon gars, je crois bien que les deux frangins nous préparent quelque chose ! »

Frédo alla chercher une sorte de perche au bout de laquelle pendait une lampe à pétrole allumée et ouverte pour laisser dépasser la flamme. Il la donna à son frère qui attendait adossé contre le mât. Les deux hommes avaient arraché les manches de leur combinaison pour laisser apparaître leurs bras nus et musclés. Ils avaient également rasé entièrement leur tête. Il y eut un profond silence au moment où la perche approcha la lampe du drapeau qui s'enflamma immédiatement. Pendant que la roue dentée noire se déformait et disparaissait dans le feu, une immense clameur s'éleva de la foule, un cri de victoire qui fit trembler toute l'île et me fit frissonner de la tête aux pieds !

Hémerik sortit de sa brouette un carré de verre rouge teinté dans la masse et le brandit bien haut. L'objet étincelait dans le soleil. Il fit un tour sur lui-même pour bien le montrer à la foule avant de le lancer violemment contre le mât métallique. Puis, ce fut le tour de Frédo…

Au total, une trentaine de plaques explosèrent au contact du mât. Nous nous levâmes tous pour entonner un cantique de remerciements à Dieu ! Linda avait donné le ton pour commencer le chant. Hémerik et Frédo piétinèrent joyeusement et en rythme les morceaux de verre répandus sur le sol. D'un bond, Athal alla les rejoindre pour les accompagner dans leur danse ! Quel moment intense !

Le premier jour de mon arrivée sur l'île, j'avais trouvé un peuple en état de choc. Le deuxième jour, il reprenait ses activités sans vraiment réaliser sa nouvelle condition. Mais en ce jeudi 20 mars, et au travers de ce geste symbolique, quelque chose dans l'invisible s'était produit : une rupture, une page d'histoire venait de se tourner dans les cœurs et j'étais le seul témoin au monde à le vivre en direct. L'esclavage était définitivement aboli à Khéo !

9 – Avertissements

Le déjeuner dura plus longtemps que d'habitude ce jour là. Le poisson, les fruits, les légumes, le soleil…tout semblait nouveau et meilleur ! Athal nous prit en photo.

Paisiblement, chacun reprit ensuite ses activités et l'après midi s'écoula doucement. L'heure n'était pas encore aux grands projets, mais on avait besoin de goûter au temps présent, d'apprécier cette liberté toute nouvelle. Seul, Etienne anticipait en programmant la reconstruction de l'île avec les idées d'Athal.

Etienne n'était pas un pasteur mystique et passif en dehors de la réalité, mais il était pragmatique et prévoyant, comme un berger qui veille sur son troupeau. Il se définissait lui-même comme le gouverneur de Khéo, il se conduisait à la fois comme un guide spirituel et un chef d'entreprise. Le peuple, trop habitué à se soumettre à un pouvoir absolu et arbitraire, ne décidait rien par lui-même. Il fallait gérer dans l'urgence une situation complètement nouvelle. Ce pasteur et son épouse, s'y engageaient totalement à la manière d'un père et d'une mère prêts à tout pour leurs enfants. Ils étaient jadis les serviteurs du gouverneur Achab, bien malgré eux, et chargés de faire exécuter les ordres d'un dictateur. En ce jour nouveau, seul Dieu était leur guide et leur conseiller.

♦ ♦ ♦

Athal et moi étions les derniers à quitter la table. Nous empruntâmes le chemin caillouteux par lequel j'étais arrivé le premier jour. Ce moment me semblait déjà très loin dans mon passé ! Le chemin grimpait jusqu'aux bunkers puis se perdait dans la carrière. Partout, des hommes et des femmes travaillaient dans les plantations.
Athal m'expliqua le fonctionnement du chantier :

« Quand mon père a décidé de construire ces bunkers, j'ai acheté tous les engins qui sont dans la carrière : un chargeur, une pelle mécanique munie d'un burineur, un concasseur, un tamis, un camion benne, une centrale à béton… Je voulais créer des matériaux de construction en utilisant les matières premières disponibles sur l'île, comme cette roche qu'on réduit en cailloux pour fabriquer du béton.

Ainsi, on économise le sable de la plage réservé pour le mortier. Seul, le ciment est importé. »

Entre les bunkers, nous entendîmes les moteurs des machines. Nous entrâmes dans la carrière. Hémerik, installé dans la cabine de l'énorme bétonnière, nous fit signe d'approcher d'un geste autoritaire ce qui m'effraya quelque peu. Plus loin, des hommes préparaient des rangées de moules à parpaings.

Nous grimpâmes dans la cabine par un escalier métallique. Hémerik, assis devant un tableau de commande, nous salua en levant la main sans même nous regarder. Prenant son air bourru habituel, il s'adressa à Athal :

« Athal

– Oui

– J'ai eu une discussion hier soir avec mon père. J'ai remarqué qu'il a beaucoup d'estime pour toi. Je ne vois pas les choses comme lui. Certes, tu as éliminé ton tyran de père mais sache que cela ne fait pas de toi un héros.

– Loin de moi l'idée de me considérer comme un héros.

– Mon père m'a fait comprendre que tu n'es pas responsable des exactions de ton père envers nous. Tu as été manipulé dès ton enfance et j'ai promis de te pardonner avec l'aide de Dieu car c'est vraiment au-dessus de mes forces. Depuis que je suis né, j'ai été maltraité, torturé, nous n'avons jamais rien connu d'autre. Ton père a mutilé le mien, il a violé ma mère…et ce n'est pas tout...

Hémerik actionna une commande et du béton tomba dans un bac sous la machine. Des hommes s'approchèrent avec leur pelle pour s'en emparer.

« J'ai entendu dire que tu connais chacun de nous ici : âge, sexe, situation de famille, mensurations, aptitudes, matricule et que sais-je encore !

– Oui.

– Tu dois donc savoir que je suis célibataire.

– Oui.

– Tu as connu Maryse ?

– Heu… Je ne crois pas…

– Moi je l'ai connue : son âge, la couleur de ses yeux…c'était ma fiancée ! Il y a huit ans, ton père l'a fait venir sur sa maudite plate-forme d'où elle n'est jamais revenue ! Je présume qu'il l'a d'abord violée avant de l'envoyer dans un de ses réseaux de prostitution sur le continent. Qu'en penses-tu ?

– Je … Je suis désolé…

– Pas autant que moi ! Tu vois, c'est difficile de pardonner. Non seulement on m'a volé mon enfance, mais aussi mon amour. C'est toute mon existence qui a été détruite par ton père, et je ne suis pas le seul, malheureusement ! Maintenant que tu as le champ libre et que tu es apparemment bien intentionné, tu vas prendre contact avec les autorités des pays du continent et embaucher qui tu voudras pour retrouver tous ceux qui ont été déportés. Tu ne quitteras plus Khéo tant que tu n'auras pas terminé ta mission !

– Je n'ai pas l'intention de fuir mes responsabilités.

– Tu vois, continua Hémerik en se tournant vers son interlocuteur, mon père nous a empêchés de commettre un péché en te tuant quand il est intervenu en ta faveur. C'est un pasteur, il aime tout le monde et pardonne tout, alors que moi, je n'ai pas le charisme d'un pasteur qui ne compte que sur la justice divine. Aussi, en attendant que cette justice s'exerce pleinement sur chacun de nous, je veillerai personnellement à ce que tu consacres tous les jours qui te restent à vivre à réparer les dégâts commis par ton père et ses collaborateurs... du moins ce qui est encore réparable !

– J'ai mis quatre ans pour piéger mon père, je mettrai tout le temps qu'il faudra pour continuer dans ce sens. J'assumerai tout ce qui se passera après lui !

– C'est la moindre des choses. Maintenant Messieurs, si vous voulez bien me laisser, j'ai du travail. Bonne promenade ! »

Nous descendîmes l'escalier suivi d'Hémerik qui rejoignit les pêcheurs fabricants de parpaings. Frédo vidait les cailloux du godet d'un chargeur par l'ouverture au sommet de la centrale à béton. Nous saluâmes tous ces gens avant de nous enfoncer dans la fraîcheur de la forêt sans mot dire.

10 – Confidences

Après quelques minutes de marche sur le chemin qui continuait à grimper, j'osai poser ma première question :

« Tu viens de dire à Hémerik que tu avais mis quatre ans pour préparer l'attentat, pourquoi ne pas avoir essayé d'en informer le peuple ? Etienne par exemple, il t'aurait sans doute écouté.

– Je t'ai déjà dit qu'Etienne avait trop peur de mon père et pour l'inciter à collaborer avec moi, je me suis volontairement livré à ses fils !

– Tu savais que les fils d'Etienne allaient te frapper et tu as fait exprès de les rencontrer pour qu'ils te marquent le portrait au risque d'y laisser ta vie ?

– Oui, je n'ai rien fait pour me défendre malgré mon expérience des arts martiaux. En me présentant à eux, seul et sans arme, j'étais sûr qu'ils s'acharneraient sur moi. Cela faisait partie de mon plan. J'avais une chance sur deux de survivre. S'ils m'avaient tué, mon père qui ignorait encore ce complot, m'aurait vengé en massacrant les trois quarts des habitants. Comme j'ai survécu et que j'étais défiguré, j'ai mis Etienne au pied du mur ! »

« Lorsque j'ai repris connaissance à l'infirmerie, Linda se tenait à mon chevet en pleurant. Elle a commencé à me soigner. J'ignorais que mon œil était crevé et mon père ne savait pas que j'avais quitté la plate-forme. Etienne tournait en rond comme un ours en cage. Je pense qu'il priait. Je lui ai imposé mon plan : *« Etienne, il faut m'aider à préparer un attentat pour en finir avec mon père. Il faut que tes fils m'aident à fabriquer une bombe. J'ai tout prévu. Le peuple doit aller s'abriter dans les bunkers. Tu dois m'aider maintenant ! »* Je le voyais hésiter, il avait peur. Il m'a répondu : *« C'est trop risqué, ton père va nous massacrer ! » « Ecoute bien, Etienne, ou bien tu collabores pour m'aider à tuer mon père, ou bien mon père vous tue tous en commençant par tes fils, sans parler des tortures qui vont précéder leur mort. Ils ont osé porter des coups sur moi ! Ils sont condamnés ! »*

J'ai entendu Linda pleurer encore plus fort. Etienne cherchait une solution ! Il m'a dit : *«Supposons que j'apprenne à ton père ton projet de lui faire du mal, peut-être qu'il laissera ma famille et moi en vie...*

– Aucune chance, il me croira moi plutôt qu'un négro comme toi ! Je ne quitterai pas cette infirmerie tant que tu n'auras pas pris une décision. De toute façon, je ne retournerai plus jamais sur cette plate-forme ! Réfléchis bien et vite,

chaque minute compte et mon père ignore ma présence ici. Quand il l'apprendra, ça va barder. Crois-moi, tu n'as pas d'autre alternative, le sort de Khéo dépend de ta décision, l'avenir de ton peuple est entre tes mains !

– Faux ! Il est entre les mains de Dieu. Si c'est sa volonté que le gouverneur meure, je ne peux pas m'y opposer, mais je dois d'abord en parler au peuple !

– Je te conseille de faire vite et avec discrétion. Assemblez-vous tous derrière les bunkers à l'abri des regards de la plate-forme ! »

Une heure plus tard, il est venu me chercher pour m'annoncer que le peuple voulait m'entendre derrière les bunkers. Une fois sur place, il m'a prêté son porte-voix pour que j'explique mon projet à tout le monde, mais beaucoup avaient peur. Hémerik s'est mis à hurler : *« C'est un piège, il cherche un prétexte pour nous faire du mal ! Il est comme son père, c'est un manipulateur !»*

« Etienne a pris ma défense en essayant de démontrer que j'avais pris d'énormes risques en venant seul parmi eux et que le gouverneur Achab n'avait pas besoin de prétexte pour opprimer le peuple ! La foule a fini par accepter les conseils du pasteur. Tout le monde a déménagé dans les bunkers pendant le reste de l'après-midi. Etienne et ses deux fils m'ont aidé à construire les bombes.

– Ça n'a pas dû être facile, les fils d'Etienne te haïssaient !

– Ouais, ils n'arrêtaient pas de répéter à leur père qu'ils n'avaient pas confiance en moi ! Mais ils m'ont quand même aidé. La situation avait dépassé le point de non-retour.

– Comment tu as fait pour acquérir autant d'explosifs sans attirer l'attention de ton père ?

– J'avais un stock d'explosifs pour détacher des rochers dans la carrière. Mon père n'avait aucune raison de s'en méfier,

– Personne n'a vu que des bunkers étaient aménagés ?

– Négatif. Ces bunkers devaient servir à stocker le dernier arrivage de déchets radioactifs qu'on a balancé en douce dans la mer au nord de l'île. Pour ça, on s'est servi du bateau de pêche pendant quatre jours.

– Dans la mer ? Mais c'est dangereux, à quelle distance de la plage ?

– Une centaine de mètres. Les fûts reposent à 30 mètres de fond et sont parfaitement étanches. L'eau absorbera les éventuelles fuites radioactives, si fuites il y a !

– C'est de la folie ! La corrosion du sel peut endommager et provoquer la contamination du site bien plus vite que tu crois !

– Bah, on ira les renflouer, maintenant qu'on est hors de danger. Encore que, ce week-end, nous pourrions bien recevoir la visite de la mafia !

– Si j'ai bien pigé, personne sur la plate-forme n'a pensé à vérifier la mise en place des fûts radioactifs dans les bunkers !

– Non, mon père n'aurait pas pris ce risque, il voulait éviter toute contamination !

– Etienne a accepté d'impliquer ses fils dans la préparation de la bombe. C'est surprenant. ça aurait pu lui poser un problème de conscience en temps que pasteur !

– Ouais. C'est pour ça qu'il a hésité. Pour lui, cet attentat était un meurtre, un grave péché. Il a ensuite compris que c'était de la légitime défense. Si j'ai demandé l'aide de ses fils, c'était pour qu'ils prennent position contre leur bourreau. Je suis l'instigateur de ce complot, mais eux, à présent, sont aussi responsables que moi.

– En fait, c'est comme si tu avais piégé tout le monde !

– On était tous piégés par mon père. C'était le seul moyen d'en finir.

– Linda a dit que tu faisais des crises d'angoisses. Pourtant, tu devrais te sentir mieux maintenant que tu es débarrassé de ton père. Et ce peuple aujourd'hui délivré, c'est super, non ?

– C'est vrai, mais je suis incapable de me réjouir du bonheur des autres, je n'ai aucune compassion pour personne ! J'aimerais avoir des bons sentiments, mais je ne ressens que de la douleur, un mélange de dégoût de moi-même et de culpabilité. J'aurais voulu ne jamais naître, ou être dans la peau de quelqu'un d'autre qui a l'innocence d'un gosse ! Je n'arrive pas à accepter mon passé. Quand j'ai trop mal, j'étouffe et je fais des crises d'angoisses, je préfèrerais crever...

– La mort n'est pas une solution !

– Ouais, je sais. Etienne prétend que seul Jésus peut me sortir de cette galère. Selon lui, en mourant sur la croix, Jésus a porté le péché du monde. Son sang a le pouvoir d'effacer tous les péchés, même les pires, même les miens ! Mais je ne comprends pas comment cela peut se produire sur moi ! Je vois bien qu'Etienne essaie de m'évangéliser !

– Normal, c'est un pasteur.

– Tout ça c'est bien beau, mais je continue à me ronger intérieurement, et j'ai fini par me rebeller contre mon père, l'idée a germé un samedi, il y a quatre ans. Des invités venus de très loin avaient amarré leur yacht contre la plate-forme pour festoyer avec mon père qui m'avait obligé à rester avec eux jusque tard dans la soirée. Cette bande de fêtards dégénérés avaient amené quelques prostituées. Ils voulaient « s'amuser » avec elles toute la nuit à bord du yacht. Les derniers domestiques avaient terminé leur service et regagné l'île en navette. Pendant que je saluai tout ce beau monde pour aller dormir, mon père, ivre mort, m'a bredouillé : *«Une surprise pour toi, amuse-toi bien ! »*.

« Quand j'ai ouvert ma chambre, j'ai senti une odeur de cigarette. Une prostituée dormait sur mon divan. Sans rien dire, j'ai refermé la porte et me suis assis sur mon lit. La femme, très légèrement habillée est alors venue se frotter contre moi pour m'exciter. Comme je ne montrais aucune réaction, elle s'est inquiété et s'est éloignée. Je lui ai fait signe de regagner mon divan. Je savais qu'elle ne parlait pas un mot de français. Elle s'est vexée et m'a regardé de travers en croisant les bras. Quelques dollars sortis de ma poche l'ont vite consolée ! Je l'ai obligée à rester assise sans fumer pendant près d'une heure avant de la renvoyer sur le yacht de son patron. J'étais à la fois dégoûté, irrité et honteux. Pour la première fois, j'ai réalisé que même mes pulsions sexuelles étaient déréglées. J'ai enfin osé faire le rapprochement entre l'influence écrasante de mon père sur ma vie et les dégâts de mon être intérieur ! Mon seul modèle était celui qui m'avait engendré. C'est à cet instant précis que j'ai décidé de conspirer contre lui...il y a quatre ans.

– À propos d'engendrer, tu ne m'as jamais parlé de ta mère.

– Ma mère a quitté définitivement mon père quand j'avais cinq ans, elle ne supportait plus ses mauvaises fréquentations. Il était violent et il la trompait.

– Il la trompait ? Il rencontrait d'autres femmes sur la plate-forme ?

– Affirmatif. Autrefois, mes parents vivaient sur l'île. Après ma naissance, les affaires frauduleuses de mon père étant de plus en plus florissantes ce qui lui a permis de continuer à moderniser son univers. Sur sa plate-forme, il a fait construire des appartements luxueux, une grande piscine au centre, un bar, une petite salle de cinéma, une salle de musculation, un dojo... Il voulait en mettre plein la vue à ses invités, des moqueurs comme lui qui aimaient humilier tous ceux qui n'étaient pas dans leur clan. D'après eux, une femme est un objet de plaisir domestique. On peut parfois s'en servir pour procréer ! Quand ma mère a vu tous ces délinquants de plus en plus nombreux passer des week-ends entiers chez elle, et surtout ces prostituées s'isoler avec son mari, elle en a eu marre et elle est partie.

– Elle t'a laissé seul avec ton père ? Et comment est-elle partie ?

– Un milliardaire a accepté de la prendre sur son yacht un dimanche soir pendant que je dormais. Je te laisse le soin d'imaginer ma réaction le lendemain. Mon père n'avait plus aucune retenue dans toute sa débauche à partir de ce jour.

– Je n'arrive pas à imaginer ta mère t'abandonner aux mains de ce monstre !

– C'est pourtant ce qui s'est passé. Je ne lui en veux plus aujourd'hui, personne ne peut vivre avec un tel individu, c'est compréhensible. Et si elle avait tenté de me prendre avec elle, mon père aurait engagé toute une armée pour la retrouver, l'éliminer, et me récupérer ! Mais, j'ai peur de t'ennuyer avec toutes mes histoires !

– Heu…Non, puisque c'est moi qui te pose toutes ces questions. Ceci dit, je pense qu'il vaut mieux ne pas trop remuer tout ce triste passé ! »

Absorbés par notre conversation, nous marchions lentement. Au bout de l'allée, nous vîmes la lumière jaillir entre les arbres fruitiers et les eucalyptus. Elle provenait d'une clairière verdoyante entourée d'enclos dans lesquels bondissaient des lapins en captivité. Nous entendîmes derrière nous Nellie et Kélia qui poussaient une petite charrette contenant des bidons d'eau. Nous stoppâmes notre marche pour laisser aux filles le temps de nous rejoindre. Elles rirent, s'amusant de voir deux Blancs plantés au milieu de leurs occupations quotidiennes. Je demandai à Kélia de me laisser pousser la charrette, ce qu'elle accepta en pouffant. Je fis asseoir Nellie sur le devant du véhicule contre les récipients, puis nous continuâmes notre chemin. Kélia me questionna :

« Jérôme le touriste.

– Oui ?

– Tu n'es pas fatigué ?

– Non. Où allez-vous pour puiser de l'eau ?

– Nous sommes bientôt arrivés près du puits. C'est là que nous prenons l'eau pour donner aux lapins et arroser les semis entre les enclos.

– C'est Hémerik et Frédo qui ont fabriqué cette charrette ? demandai-je en remarquant la structure tubulaire et les roues de vélo de la petite remorque.

– Oui, Jérôme le touriste, répondit Kélia

– S'il vous plaît, appelez-moi Jérôme tout court, c'est d'accord ?

– D'accord, Jérôme tout court ! »

Je n'insistai pas en me promettant de mieux formuler ma demande à la prochaine occasion !

Au même moment, j'entendis une voix de femme m'appeler :

« Monsieur Jérôme le touriste, pouvez-vous venir à l'école ? Monsieur Nicodème m'envoie vous chercher. »

Je reconnus Rose-Marie, épouse de Frédo. Athal m'invita à accepter. Je lui laissai la charrette et, pendant que nous redescendions, je me retournai un bref instant. Le regard de Kélia croisa le mien. Un sourire, et elle disparut dans l'ombre des arbres.

11 – Une nouvelle vie

Rose-Marie semblait essoufflée. Pourquoi Nicodème voulait-il me rencontrer ? La raison devait être importante pour faire courir ainsi Rose-Marie ! Celle-ci me répondit sans même attendre la question. Elle m'apprit que Nicodème avait besoin de moi pour trier les livres et les recueils de cours préparés jadis par les collaborateurs du gouverneur Achab. L'instituteur voulait instruire ses élèves à la manière des enseignants d'une démocratie. J'étais un peu surpris mais aussi heureux de me sentir utile !

En chemin, nous croisâmes un motoculteur conduit par un homme qui empruntait une piste perpendiculaire à notre direction. « Il va retourner la nouvelle terre, m'expliqua Rose-Marie, il a abattu une portion de la forêt et brûlé le sol pour agrandir la surface cultivable »

♦ ♦ ♦

En nous voyant arriver sur la place, Mado cria à son mari : « Les voilà ! ». Des livres et des recueils étaient empilés sur des tables alignées tout le long de la classe ! Mado impatiente, brandissait son stylo pour noter mes remarques à la suite de son inventaire, tandis que le maître d'école me remercia d'avoir accepté de venir.

« Je ne suis pas sûr de pouvoir être utile à quelque chose, fis-je remarquer à Nicodème, je ne suis pas instituteur ! »

Mais l'homme ne fit aucun cas de mes paroles et m'invita à m'asseoir et à commencer mon travail. La plupart des cours n'avaient rien de mauvais en soi, mais les matières enseignées étaient peu nombreuses : français, mathématiques, biologie, agriculture, pêche, apiculture, mécanique et technologie pour les garçons, couture et cuisine pour les filles. Bien, évidemment, rien sur l'histoire et la géographie mondiale. Tous ces ouvrages étaient reliés d'une même façon : le sigle noir sur fond rouge en couverture au-dessus du titre, quelques rares illustrations en noir et blanc. Ces livres sans attrait ne donnaient pas envie d'apprendre !

J'ai trouvé aussi un recueil de morale qui vantait la sagesse et la générosité du gouverneur Achab. D'après ce texte, le peuple était présenté comme une grande famille placée sous la divine protection du bienveillant gouverneur. Ce dernier se montrait soucieux de moderniser l'île et de pourvoir aux besoins de chacun. On pouvait lire une série de commandements, un savant mélange de versets bibliques et de proverbes populaires. Je n'hésitai pas une seconde : je déchirai le livret devant Mado qui barra le titre sur sa liste avant de déchirer elle-même sa pile de livrets. Nicodème s'approcha pour comprendre. « C'est le recueil de morale que nous supprimons ! » lui cria Mado. « Je m'en doutais ! » répondit le maître d'école. Avaient-ils besoin de moi pour faire ce geste ? Et que faire des autres livres ? Dans ces salles de classe, on n'enseignait que ce qui était utile de savoir pour le bon fonctionnement de Khéo et de la plate-forme.

Nicodème, Mado et Rose-Marie attendaient assis devant moi. Ils me mirent mal à l'aise. Je décidai de leur proposer de sortir dans la cour pour réfléchir ensemble sur la manière d'organiser les cours. En réalité, j'espérais voir Etienne ou Athal arriver vers nous. Je me suis contenté d'expliquer le fonctionnement de la scolarité française : maternelle, primaire, secondaire, études supérieures...les différents diplômes que je connaissais et mes anecdotes pendant mes examens.

J'essayai de connaître le déroulement de leur formation. Ainsi, j'appris que Nicodème avait reçu des cours apportés par un docteur et un ingénieur de la plate-forme. Ceux-ci préparaient des énoncés d'examens pour tester les connaissances des adolescents en âge de travailler. Une fois les épreuves terminées (qui se passaient toujours pendant l'absence de leur maître) les deux femmes ramassaient les copies et les transmettaient aux hommes d'Achab qui surveillaient les élèves spécialement ce jour là. Nicodème devait rester pendant toute la durée des épreuves sur la plate-forme. Il valait mieux pour cet unique enseignant que les résultats des copies soient bons ! Le docteur et l'ingénieur se déplaçaient sur l'île uniquement pour interroger les élèves en fin de scolarité.

♦ ♦ ♦

Athal apparut sur la place en poussant la charrette dans laquelle se tenait Nellie. Sa sœur les suivait. Ils étaient tous les trois joyeux et fatigués.

Quelques groupes de personnes rentraient chez eux à l'approche du soir.

Athal me dit : « Ne t'inquiète pas pour tous ces vieux bouquins, j'ai commandé des neufs avec du matériel scolaire, des crayons feutre et des ordinateurs. Trois containers vont arriver demain.

– Il va falloir faire de la place pour tout ranger, fit remarquer Nicodème.

– Affirmatif, répondit Athal, je suggère de stocker toute la série Achab dans le local de l'incinérateur, c'est le seul endroit convenable pour ça ! »

Aussitôt dit, l'instituteur et ses deux collaboratrices se mirent au travail en utilisant la charrette de Kélia ! Nellie et d'autres enfants rejoignirent les trois adultes pour les aider à effectuer cette tâche qui semblait réjouir tout le monde !

♦ ♦ ♦

Athal et moi regagnâmes notre table pour bavarder.

« Beaucoup de boulot pour demain, dis-je.

– Ouais ! Etienne va venir tout à l'heure pour organiser tout ça, me répondit Athal en soupirant. Je compte sur toi pour m'aider à gérer toutes les affaires de Khéo !

– Moi ?

– Affirmatif. Ce peuple a besoin nous.

– Mais, je ne peux pas rester, je dois rentrer en France pour reprendre mon boulot fin mars.

– Et alors ? Ton patron ne peut pas te remplacer ?

– Heu... oui, mais…

– Tu laisserais Nicodème enseigner tout seul avec son problème de vue ?

– Mais Athal, qu'est-ce que tu me chantes ? Je suis français et…

– Et quoi ? Tu t'imagines que les autorités françaises vont chercher après toi ici ?

– Non, mais…

– Reste avec nous, fais-le pour ce peuple qui a besoin de toi !

– Athal, tu sais quoi sur moi ?

– Excuse-moi d'insister. Tu as sans doute une famille qui t'attend.

– Non. Mon passé n'est pas plus beau que le tien.

– Tu aurais pu gérer les affaires de mon père, celles qui sont légales.

– Des affaires légales ? Ça existe chez *Achab industrie ?*

– Si tu restes avec moi, tu ne manqueras jamais de rien. Au Mexique, la banque de mon père est toujours là. Moi, je ne connais le monde qu'au travers d'Internet alors que toi, tu as quelque chose dans la tête et tu connais les coutumes du continent. Tu serais très utile pour notre communauté. Tu pourrais même m'aider à gérer la fortune de mon père !

– Je n'ai aucune expérience en matière de gestion financière. En plus, cette banque doit contenir beaucoup d'argent sale. ça ne te dérange pas ?

– Non, mais on peut blanchir cet argent sale en le distribuant aux pauvres !

– C'est ta façon de voir les choses. J'ai des engagements en France, je ne peux pas tout plaquer comme ça !

– Comme tu voudras. »

Kélia nous servit à boire et s'assit à côté de moi. Elle ouvrit sa précieuse revue publicitaire. Athal continua.

« Tu dis que tu as eu un passé difficile ? Raconte.

– Mon père et ma mère sont tous les deux morts le même jour quand j'avais vingt deux ans. Moi qui croyais qu'être orphelin c'était plus difficile pour un gosse que pour un adulte ! Je vivais chez eux. Ils finançaient mes études, ils étaient fiers de moi. On était bien. Je rêvais d'être un ethnologue, je voulais devenir docteur en ethnologie : une lubie de jeunesse ! J'ai toujours aimé les peuples, c'est pour ça que j'aime voyager, je suis curieux de nature. J'ai toujours eu envie de connaître la vie des gens, leurs coutumes, leur religion…L'année dernière, j'ai passé mes premiers congés en Afrique chez les Pygmées. J'accompagnais une mission humanitaire. J'ai pris plein de photos. J'aurais tellement voulu les montrer à mes parents.

– Tes parents sont morts de quoi ?

– Tués dans un accident de la route. J'étais avec eux ce jour là au volant de leur voiture. Mon père occupait la place du passager à ma droite et ma mère était assise derrière lui. Mon père est mort sur le coup. Ma mère est tombée dans le coma, elle est décédée dans la soirée à l'hôpital.

– Des bons parents avec toi pendant toute ton enfance. Quel bol ! Je n'ai pas connu ça !

– J'ai survécu avec la hanche droite déboîtée.

– La cause de l'accident, le mauvais temps ?

– Non, un camion a franchi la ligne pour nous couper la route, j'ai serré à droite pour l'éviter et c'est comme ça que j'ai dérapé sur le bas-côté. La voiture a heurté latéralement un pylône électrique. »

Kélia semblait émue en écoutant mon récit. Elle aussi était orpheline. Nous avions au moins ce triste point en commun !

– Et après, t'as fait quoi ? poursuivit Athal.

– J'ai vécu seul dans l'appartement que louaient mes parents. Après plusieurs mois de rééducation, j'ai fini par abandonner mes études ! Je me sentais coupable !

– Coupable de quoi ? C'est le chauffeur du camion le vrai coupable, pas toi !

– Je sais, c'est exactement ce que mon psychologue.

– Au fait, pourquoi ce camion a foncé sur vous ?

– Le chauffeur était ivre. ça n'a pas empêché les flics de me retirer mon permis de conduire dont j'étais titulaire depuis moins d'un an !

– Mais pourquoi ?

– Parce que j'ai quitté la route pour éviter le camion, voilà de quoi je suis coupable. D'après le code de la route, je n'ai pas le droit de m'éloigner de la chaussée. J'aurais dû rentrer dans le camion pour conserver mon permis !

– Et tu serais mort avec ton permis toujours valide. À quoi ça rime ?

– Je serais mort mais peut-être pas mes parents.

– Ouais et tu aurais laissé des parents les plus malheureux du monde !

– Bien, vu ! Aujourd'hui, c'est moi le malheureux, ils me manquent tellement. Ils étaient chrétiens. Ils auraient été heureux que je m'intéresse aux choses de Dieu, mais je n'étais pas pressé de me convertir. Je voulais faire ma vie, découvrir le monde. Je voulais croire en l'Homme. Mes parents étaient très engagés au point de tout donner dans des œuvres humanitaires. Je ne comprends pas pourquoi Dieu a permis qu'ils meurent. Au début, j'étais même irrité contre lui.

– Si tu étais irrité contre Dieu, c'est la preuve que tu y crois !

– Évidemment ! J'ai entendu parler de Dieu depuis ma plus tendre enfance, je ne peux que croire en lui ! Mais on peut croire que Dieu existe sans vraiment s'engager. Aujourd'hui, je vois les choses plus sereinement. Je constate que les gens qui ont vraiment vécu quelque chose avec Dieu sont différents. Ils ont une force intérieure, une espérance, des certitudes solides. Pourquoi ils joueraient la comédie en faisant semblant d'être heureux ? Aujourd'hui, j'ai envie de connaître ce Dieu qu'ils aiment. Si Dieu s'est révélé à eux, pourquoi pas à moi ?

– C'est logique. J'ai dit ça aussi à Etienne. Comme on doit tous partir un jour, autant crever heureux !

– Mon cher Athal dans toute sa finesse !

– Ouais. T'as eu de bons parents qui t'ont aimé, c'est logique qu'ils te manquent. Moi, je ne ressens pas tous ces beaux et grands sentiments. J'aimerais connaître ce Jésus qui enlève la douleur, je me bouffe trop intérieurement ! Etienne va sûrement m'expliquer comment faire... Après l'accident, t'as fait quoi ?

– Une fois guéri, j'ai trouvé un travail dans une imprimerie. Mes premières économies sont parties dans un voyage en Afrique. Cette année, j'ai décidé de venir ici.

– Pour y découvrir le peuple de Khéo ! Demain matin, on va recevoir trois containers. On va construire une station Internet pour reprendre contact avec le monde. On va convoquer toutes les familles pour organiser la recherche des personnes déportées.

– Si elles sont éparpillées sur la planète, ça ne va pas être facile de retrouver leurs traces !

– Je sais. Si seulement tu acceptais de rester pour m'aider !

– Athal, on en a déjà parlé, tu sais que je repars samedi matin ! »

À ces mots, Kélia interrompit la lecture de sa revue pour m'observer. Elle partit ensuite s'occuper de sa sœur pendant qu'Athal continuait de me faire part de ses projets.

« Je pense revendre le jet de mon père stationné à l'aéroport de Mahé. J'aimerais aussi faire soigner toutes les personnes en mauvaise santé.

– Tu penses aux problèmes de vue de Nicodème ?

– Ouais, et aussi à la main d'Etienne. Il existe aujourd'hui des prothèses adaptées. »

♦ ♦ ♦

Le repas du soir était un moment privilégié où notre tablée habituelle se retrouvait au complet. La joie éclairait chaque visage, même celui d'Hémerik venu faire son rapport quotidien à son père :

« On a terminé de creuser les fondations de la nouvelle salle. J'ai stocké la terre végétale en haut des cultures. On a fait assez de parpaings pour ériger le coffrage de la semelle Tu auras besoin de nous pour décharger les containers ?

– Non, on a assez de monde. Il vaut mieux que tu continues ton chantier avant les pluies. Laisse-nous juste le camion pour décharger les containers.

– Entendu. Au fait, c'est normal qu'on mange toujours les mêmes plats ?

– Oui parce qu'on termine de vider les chambres froides ! Tout rentrera dans l'ordre quand le courant sera rétabli. Un des containers contient un turbo-alternateur.

– Bien. Bonsoir à tous. »

Hémerik s'éloigna parmi la foule qui dînait. La lumière des lampes à pétrole faisait briller la peau de son crâne rasé et de ses épaules nues.

♦ ♦ ♦

Le repas était terminé. Les familles regagnèrent leur chambrée dans les étages des bâtiments. Une à une, les lumières disparurent dans l'épaisseur de la nuit tropicale.

Kélia resta seule devant moi. La flamme des deux lampes posées sur la table faisait briller ses pommettes et les pupilles sombres de ses yeux en amande me fixèrent une dernière fois.

– Il est tard, me dit-elle en refermant les pages de sa revue publicitaire, je débarrasse et je vais me coucher. Je t'ai préparé trois seaux d'eau devant ta chambre. Bonne nuit.

– Merci Kélia, bonne nuit et à demain !

♦ ♦ ♦

En entrant dans l'infirmerie, j'aperçus Linda occupée à verser des gouttes dans l'œil blessé d'Athal. Celui-ci, la tête en arrière, tenait dans sa main un vieux livre jaunie dans un piteux état. Tous deux étaient en pleine conversation au sujet de la parole de Dieu. Ils parlaient sans faire attention à moi. Je compris qu'Etienne avait prêté sa Bible à Athal qui prenait l'habitude de se confier dans ce couple pastoral pour exprimer sa souffrance. Il questionnait l'infirmière :

« J'aimerais beaucoup avoir votre foi. J'ai déjà lu une Bible sur la plate-forme il y a quatre ans. Mon père l'avait confisquée à l'un d'entre vous et je l'ai récupérée pour la brûler. En fait, je l'ai lu en cachette.

– Sans doute que tu cherchais la vérité.

– Ouais, mais je ne comprenais pas que vous soyez si heureux malgré tout ce qu'on vous faisait endurer.

– Notre bonheur ne dépend pas des circonstances, mais de notre relation avec Dieu. Notre raison de vivre, c'est l'amour de Jésus qui vit en nous.

– Mais comment est-ce que vous pouvez être sûr qu'il vous aime ? Uniquement en lisant ça dans la Bible ?

– Pas uniquement. Au début quand on lit sa parole, on décide de croire en son amour, et ensuite, Dieu se révèle dans notre cœur.

D'abord on croit et ensuite Dieu se révèle en confirmant ce qu'on lit dans la Bible.

– Je ne ressens rien d'autre que de la culpabilité et du dégoût ! La rédemption, la nouvelle naissance, le combat de la chair contre l'esprit…je ne comprends rien à tout ça. Vous, vous pouvez vivre ces choses là parce que vous êtes moins mauvais que moi !

– Faux ! Nous sommes tous pécheurs et quelque soit la nature de nos péchés la Bible nous enseigne que : *« Là où le péché abonde, la grâce surabonde »*. Le sang de Jésus efface tous les péchés sinon, à quoi aurait servi le sacrifice de Jésus ?

– Mais vous, vous êtes innocents !

– Bien, sûr que non ! On est tous nés dans le péché, même si on a ni volé ni tué. À cause du péché originel, on est tous coupables dès la naissance ! Le péché nous sépare de Dieu et le jour où on décide de croire et de recevoir Jésus comme notre sauveur personnel, il se passe quelque chose de merveilleux : on demande pardon à Dieu et on entre automatiquement dans sa présence, ça ne s'invente pas, il faut le vivre ! On reçoit cette indescriptible paix surnaturelle. Il est écrit *« La paix de Christ surpasse toute intelligence »* Ne cherche pas à comprendre, crois seulement !

– J'aimerais tellement ressentir cette paix !

– Arrête de te sous-estimer. Dieu t'aime tel que tu es ! Si tu ne t'aimes pas toi-même, comment est-ce que tu pourrais recevoir l'amour divin ? Laisse-toi aimer par Dieu et le Saint-Esprit fera le reste en toi!… Et tiens la lampe plus haut...arrête de bouger, j'essaie de nettoyer ce reste de paupière !

– Aujourd'hui, j'ai eu mal plus qu'hier, surtout quand j'ai lu cette Bible, ça m'a fait pleurer !

– Tu as pleuré ? Je constate que monsieur Athal éprouve des sentiments c'est pas ce que tu tentais de nous faire croire !

– Ouais, mais je ne savais pas qu'un œil crevé pouvait encore pleurer...et ça me pique !

– Crevé ou pas, je veux juste qu'il ne s'infecte pas. »

♦ ♦ ♦

Mes amis étaient partis. Resté seul dans cette infirmerie, je ne parvenais pas à m'endormir : quand on se lave à l'eau froide, ça réveille! Les conversations de la journée me revinrent. Tous les projets d'Athal : équiper Khéo en important du matériel, rétablir le lien Internet avec le monde, retrouver toutes les personnes déportées par Achab, renflouer les containers de déchets radioactifs… J'étais abasourdi par l'ampleur de ces projets, quant à leur réalisation… !

Désormais, Athal ne cherchait plus à fuir ses responsabilités en convoitant sa propre mort, mais il était déterminé à réparer les actes odieux de son père. J'étais inquiet en pensant au personnel de la plateforme en train d'attendre l'hélicoptère près de l'aéroport de Mahé ! Comment allaient réagir tous ces gens ? Ils venaient de terminer leur semaine de congé avant de reprendre deux semaines de travail conformément au roulement des postes imposé par le règlement. Ces hommes avaient tous leur famille demeurant sur le continent et sur les îles alentour. Sans parler de la mafia qui trafiquait avec le gouverneur. Ces quatre jours de silence radio allaient bien finir par alerter et faire venir quelqu'un à Khéo !

Il me semblait que les habitants n'étaient pas vraiment conscients du danger potentiel qui pesait sur eux. Sans doute mettaient-ils leur confiance en Dieu. À ce propos, quand j'entendais Etienne et Linda parler des choses de Dieu, je croyais entendre mes chers parents! Mêmes expressions, même vocabulaire, mêmes arguments, même Bible, même témoignage…même Dieu. Les écrits de cette bible avaient le même effet partout. Un peuple coupé du monde qui, de ce fait, ignorait tout des innombrables religions et prétendues vérités répandues sur la planète. Son seul repère : la Bible.

12 – Inquiétants lendemains

Vendredi 21 mars 1997

La troisième nuit de mon séjour fut la plus agitée et la plus mauvaise. Je me réveillai vers six heures du matin à la suite d'un cauchemar. Dans ce rêve, nous étions tous occupés à attendre l'arrivée du porte-container. Le ciel était menaçant et assombri par d'énormes nuages noirs qui se mêlaient à la brume matinale. Soudain, une étrange lumière émana de la carcasse de la plate-forme comme si quelques projecteurs venaient de s'allumer ! J'observai ce phénomène avec mes jumelles. Athal et Etienne se tenaient près de moi. « Comment est-ce possible ? demandai-je à Athal, il y aurait de l'électricité sur la plate-forme ? Je croyais que tout avait brûlé !

– Et comment que tout a cramé ! Passe-moi tes jumelles que je voie ça ! »

Nous vîmes d'innombrables débris flottant à la surface que les vagues ramenaient vers nous. Parmi ces déchets, Athal reconnu des restes humain, des morceaux d'os et de chairs brûlées et décomposées: « C'est le corps de mon père ! » s'écria-t-il. Au même instant, la silhouette d'un navire venant vers l'île se profila à l'horizon. Tout le peuple de Khéo poussait des cris de joie derrière nous, une joie de courte durée car Athal reconnut au travers de mes jumelles un bâtiment de guerre prêt à nous attaquer. Il informa aussitôt Etienne qui cria au peuple : « C'est la flotte militaire du gouverneur Achab ! Tous aux abris! Fuyons! » Nous nous enfuîmes vers les bunkers. Pendant que je courais, j'entendis un claquement derrière moi… et je me réveillai, en sueur, sur mon sac de couchage ! Athal et Linda venaient d'entrer dans la salle de soins.

♦ ♦ ♦

Contrairement aux jours précédents, le matin vu de ma fenêtre était très sombre et nuageux, ce qui rendait ma chambre blanche encore plus blafarde ! Après m'être rafraîchi avec l'eau du troisième seau, je rejoignis mes deux visiteurs toujours en pleine discussion. Athal avait la même position que la veille, Bible en main, et Linda lui appliquait à l'œil un nouveau pansement plus petit que celui des autres jours. Il m'interpella :

« Hello, Jérôme le touriste ! Bien, dormi ?

– Pas vraiment, mais il est l'heure que je me lève.

– On dirait que tu t'inquiètes, pas vrai ?

– J'ai fait un cauchemar, voilà tout. – Viens, on va manger.

– J'arrive. »

J'enfilai le haut de mon jogging par-dessus mon tee-shirt avant de sortir. Les hommes d'Hémerik regagnèrent leur chantier, tandis que tous les autres attendaient la livraison des trois containers. Etienne organisait le travail. On sortit des tables et des chaises de l'école pour les aligner dans la cour et des grands cahiers pour en faire des listes d'enregistrements. Quelques-uns chantaient sous un préau.

J'aperçus soudain Kélia et Nellie courir vers moi, elles devaient sans doute me guetter depuis un moment. Elles me saluèrent et Kélia me proposa d'aller chercher mon déjeuner. Quel empressement, pensai-je ! Nellie me demanda d'un ton suppliant :

« Jérôme le touriste, viens avec nous, on va s'occuper des lapins. Le pasteur est au courant !

– Euh…oui, si le pasteur n'a rien d'autre à me faire faire.

– Génial ! »

Ravie, la petite courut annoncer ma réponse à sa sœur, pendant qu'Athal et Etienne s'approchaient de moi.

« Bonjour Jérôme, commença Etienne, bien dormi ?

– Pas vraiment, j'ai rêvé que l'île était victime d'une offensive militaire commandité par le gouverneur Achab !

– Ah ? Je ne crois pas à une guerre de ce genre, mais plutôt à une guerre économique !

– En effet, continua Athal, nous risquons d'être confrontés aux créanciers de mon père qui vont vouloir récupérer l'argent qu'on leur doit en faisant pression sur le personnel de la banque située au Mexique.

– Vraiment ? Dans ce cas, que la banque rende à ces gens ce que ton père leur doit et n'en parlons plus !

– Pas si simple ! Ces mafieux ne vont pas se contenter de ça. Dès qu'ils apprendront la mort de mon père, ils prendront le contrôle de la banque pour nous couper les vivres ! Les ressources de l'île ne suffisent pas pour qu'on vive en autarcie, on doit commercer avec le continent.

– Et alors ? C'est quoi la solution ?

– Il faudrait transférer une partie des fonds sur ton compte en banque en France, en supposant que tu en aies un.

– Mon compte en banque ? Mais…

– Tu n'en as pas ?

– Si, bien sûr, comme tout le monde, mais est-ce que c'est légal? Combien vous voulez verser?

– Il n'y a rien d'illégal à déposer quelques millions de francs sur un compte appartenant à un citoyen français !

– Non… Je ne veux pas être mêlé à ça, cet argent sale n'est pas à moi !

– Cet argent, mon père l'a gagné en exploitant le peuple de Khéo, en vendant leur vie et leur chair. Il faut agir vite tant que les employés de la banque croient que leur patron Achab est encore aux commandes. Après, je ne pourrais plus rien faire et le monde extérieur nous ignore.

– Désolé, tout ça, c'est trop compliqué pour moi.

– Soit. Remarque, tu aurais pu disposer de la moitié de cette somme pour ton usage personnel. Tu aurais pu par exemple acheter l'imprimerie dans laquelle tu travailles et embaucher ton patron ! *(Silence).* Je plaisante.

– Je voudrais beaucoup vous aider, je vous aime tous, mais pas comme ça. Pourquoi vous n'essayez pas de faire alliance avec un pays du continent pour bénéficier d'une protection militaire et d'une assistance logistique ?

– En échange de quoi ? Quel pays voudrait d'une île sans ressource et sans intérêt ? On ne pourrait même pas y développer du tourisme à cause d'une prétendue radio-toxicité qui paniquerait tout le monde !

– Tu veux dire que les déchets radioactifs ne présentent aucun danger?

– Le risque zéro n'existe pas mais j'assure qu'une fois stockés en lieu sûr, ces produits resteront inertes.

– Surtout ceux qui reposent par trente mètres de fond au nord de l'île !

– Le renflouage de ces fûts fait partie de mes priorités. »

Etienne hochait la tête en signe d'approbation. Kélia m'apporta le déjeuner préparé à l'européenne : café, miel, pain frais…

« Du pain frais! S'écria Athal, le veinard, Kélia lui a cuit du pain! D'où vient la farine ?

– Il m'en restait un peu pour la sainte cène du culte de dimanche, répondit Etienne, je lui ai donné. Elle a préparé la pâte hier soir ! »

Kélia sourit et tous me regardaient déguster ce bon pain encore chaud. Ils avaient déjà mangé une heure plus tôt quelque chose de bien moins appétissant ! Etienne se pencha pour me parler à l'oreille :

« Le vendredi est le jour où nous changeons la litière des lapins, et d'habitude, j'aide les filles à accomplir cette tâche, mais je dois rester ici pour accueillir le porte-container. J'ai donc désigné quelqu'un pour me remplacer mais Kélia refuse cette proposition et insiste pour que toi tu ailles l'aider à ma place ! Tu es d'accord ?

– Avec joie, surtout que ce bon pain m'a donné des forces ! »

Tout le monde se tut pendant que j'étalais le miel sur une tranche. Silence complet. Un peu gêné, je décidai de poser des questions à Athal :

« Ce sigle, cette roue dentée noire sur fond rouge, ça représentait quoi ?

– Mon père était passionné de technologie. C'était comme une idole, la clé de la réussite sociale et politique. Le progrès technologique et scientifique, fruit d'un travail acharné, constituait selon lui, la parure méritée d'un peuple, une preuve de supériorité. Il admirait ceux qui travaillaient dur pour faire triompher leur patrie en exploitant les plus faibles. Il prétendait que négliger le modernisme conduit toujours une nation vers la ruine. Il voyait les peuples noirs dans les pays sous-développés comme étant des êtres ignorants, paresseux et inférieurs. Cette roue dentée représentait le progrès, l'avenir, la puissance et la supériorité…que sais-je encore ? »

Nouveau silence. Cette réponse insultante me mettait encore plus mal à l'aise ! Je regrettai ma question ce qui ne me coupa pas l'appétit pour autant. J'en formulai vite une deuxième : « Qui a évangélisé l'île de Khéo ? »

Etienne s'empressa de répondre :

« D'après ce que je sais, Khéo aurait été évangélisée par des missionnaires britanniques à la fin du 19ème siècle. Ils nous auraient laissé quelques bibles écrites en langue malgache. Dès que le père d'Achab est venu coloniser notre île en 1939, il a commencé par faire détruire tout ce qui concernait le christianisme en nous imposant sa dictature dont l'apprentissage de la langue française. Notre peuple a ainsi été privé de la parole de Dieu jusqu'en 1972. Cette année là, alors qu'on priait Dieu sans cesse pour qu'il nous fasse parvenir les Saintes Ecritures, un cargo français en route vers l'île Maurice, a fait une escale forcée sur la côte nord de Khéo. Surpris par un cyclone, ces marins furent ont dû interrompre leur voyage pour réparer quelques avaries. Parmi l'équipage, un pasteur protestant nous a offert une dizaine de bibles écrites en français avec quelques recueils de chants. On a donné à ces gens des fruits et du miel autour d'un feu de camp allumé sur la plage ! Ils ont ensuite repris la mer six heures plus tard. Achab ne l'a jamais su ! Gloire à Dieu ! »

♦ ♦ ♦

Le ciel était maussade comme celui de mon cauchemar. Aussi, après avoir remercié mes interlocuteurs, je ne fus pas mécontent de m'éloigner de la côte en compagnie des filles ! Mon repas terminé, Kélia débarrassa la table et chacun partit de son côté.

13 – Les lapins

Nellie attendait dans la charrette, assise contre une poubelle remplie d'épluchures.

« Nellie, s'écria Kélia, tu exagères ! Descends immédiatement !

– Non, j'aime bien quand on me pousse !

– Laisse-la, répondis-je à Kélia, je peux pousser. »

Chacun se préparait pour l'arrivée des containers. Dans les différents bâtiments, on rangeait, on faisait de la place. Des femmes lavaient trois chambres froides vides en chantant.

Nous partîmes par le porche en direction des plantations désertées. Le crissement des pneus de la charrette résonnait sur les cailloux du chemin. Nous vîmes au loin les fondations de la nouvelle chapelle. Les hommes posaient les premiers parpaings. Les filles furent ravies de partager cette matinée grise en ma compagnie. J'avoue que je savourai également ce moment. J'avais l'occasion d'enter dans leur quotidien, en sachant que mon séjour touchait à sa fin. Kélia entama la conversation :

« Merci d'avoir accepté de venir nous aider.

– Pas de quoi, et merci pour le pain, j'ai cru comprendre que tu l'avais préparé exprès pour moi !

– Oui, et le pasteur m'a dit que c'était une bonne idée, j'ai fait la pâte hier soir.

– Je sais. Mon travail va consister en quoi ?

– Tu devras enlever le fumier des enclos pour le stocker un peu plus loin. Moi je fauche de l'herbe pour la nourriture et Nellie dispose le foin propre comme litière.

– Je vois que tout est bien organisé !

– On élève aussi des lapins en France ?

– Oui, mais je n'ai jamais vu d'élevage industriel. Les lapins que j'ai vus vivent en petit nombre dans des cages superposées.

– Des cages superposées ? Cela ressemble à de petits immeubles fabriqués à la taille des lapins ?

– On peut dire ça.

– Comme c'est curieux ! Vous, les Français, vous ne vivez pas en communauté, même vos lapins ont des logements individuels ! »

Les cultures, les bunkers, le chantier avec ses engins, la carrière, les bois…tout paraissait différent sous la grisaille du ciel. L'inclinaison du chemin était plus forte dans la forêt. Kélia me demanda :

« La pente est raide. Tu ne veux vraiment pas que Nellie quitte la charrette ?

– Ne t'en fais pas, quand je serai fatigué, je la ferai descendre.

– La mauvaise saison approche. Je n'aime pas cette période de l'année où les gens meurent !

– Quoi ? Qu'est-ce que tu dis ?

– Chaque année, pendant juillet-août, c'est le temps des maladies. Il n'y a pas de maladies en France ?

– Si, mais on soigne les gens aussi bien que possible !

– Ici aussi, mais les traitements pour nous protéger ne sont pas toujours assez efficaces.

– Quels traitements ?

– Tous les ans, au début de la saison des maladies, le docteur de la plate-forme et son équipe organisaient à l'infirmerie une visite médicale obligatoire pour chaque habitant. Ils prenaient nos mensurations pour nous confectionner des combinaisons. Le docteur nous faisait avaler des pilules de vitamines et nous injectait des vaccins.

– Et malgré tous ces soins, certains d'entre vous mouraient, c'est ça ?

– Oui, ils disaient que certains virus de saison évoluaient plus vite que les vaccins. ça expliquait les décès.

– Et toi, tu t'inquiètes pour la prochaine *« saison des maladies »* ?

– Oui, parce qu'aujourd'hui, on n'a plus de docteur et Linda n'a plus ni médicament, ni vaccin, ni vitamine…

– Kélia, tu dois connaître la vérité : il n'y a jamais eu de *« saison des maladies »*. Le gouverneur Achab vous a menti, il essayait des nouvelles préparations qui vous rendaient malades !

– Tu parles des vitamines et des vaccins ?

– Parfaitement, Athal m'a tout raconté, ces criminels se servaient de vos corps pour tester des nouvelles substances expérimentales.

– Mais pourquoi ? À quoi servaient ces substances et pourquoi elles étaient dangereuses au point de faire mourir ?

– Les médicaments sont des substances chimiques, elles sont conçues pour guérir mais elles peuvent provoquer des réactions indésirables qu'on appelle « effets secondaires » Les scientifiques doivent limiter ces effets tout en conservant l'efficacité maximale du produit.

– Des produits destinés à être vendu sur le continent, je présume !

– Je suppose, mais je ne sais pas à qui. Achab faisait n'importe quoi pour s'enrichir. Je crois même qu'il élaborait des produits cosmétiques et des armes chimiques dans les laboratoires de la plate-forme. Vous serviez de cobayes pour ces expériences.

– C'est quoi des cobayes ?

– Des petits rongeurs, des animaux de laboratoires sur lesquels on essaie des traitements pour savoir s'ils sont dangereux ou pas pour l'Homme.

– Tu es en train de me dire que tous ceux qui sont morts ont été empoisonnés ? »*(Silence)*

Kélia s'arrêta de marcher et me tourna le dos. Elle pleurait. Ne sachant que faire, j'attendis longtemps immobile. Puis, je décidai de poser délicatement l'avant de la petite remorque pour m'approcher doucement de Kélia…

« Tu mens, s'écria-t-elle, c'est impossible ! Le pasteur me l'aurait dit !

– Je suis désolé, Kélia. Etienne n'a pas eu le temps de tout vous dire. »

Elle s'éloigna davantage pour aller s'appuyer contre un arbre, elle semblait anéantie. Je la suivis, et après une longue hésitation, j'osai poser ma main sur son épaule. Elle se tourna brusquement pour pleurer contre moi. Nellie, qui n'avait sans doute pas suivi toute la conversation, descendit de la charrette (qui bascula vers l'arrière) et vint se blottir contre sa grande sœur qui continuait d'évoquer ses souvenirs, d'une voix tremblante entrecoupée de sanglots :

« Quand les personnes vaccinées n'étaient pas assez résistantes, elles tombaient dans le coma. On les transportait sur la plate-forme dès qu'on avait signalé leur état. Il fallait faire vite pour éviter la contagion. Au bout de plusieurs jours, ils mouraient et les corps étaient incinérés sur place pour empêcher une épidémie.

– ça explique l'absence de cimetière sur l'île.

– Ils étaient vraiment empoisonnés ?

– Ils ne tombaient pas dans le coma. En fait, Achab les endormait avec des drogues pour pouvoir disposer de leur corps dans les laboratoires. L'incinération, ça effaçait tout après les expériences.

– Quand je pense que ma tante et mon oncle ont subi le même sort il y a cinq ans ! Ma tante était enceinte de huit mois !

– Une femme enceinte leur procurait du placenta ! Vous avez été manipulés pendant cinquante ans. C'était un moyen de ralentir la croissance démographique de votre peuple ! Je suis désolé de te dire tout ça, mais…

– Tu as bien fait, je l'aurais de toute façon appris d'une manière ou d'une autre. »

Elle recula d'un pas en s'essuyant les yeux et dit :

« Partons ! Il faut se dépêcher tant qu'il reste de la rosée, l'herbe est plus facile à faucher quand elle est mouillée. »

Nellie remonta dans la charrette et nous marchâmes en silence jusqu'à la clairière délimitée par les enclos des lapins.

Voilà ce qui m'étonnait chez ce peuple : ces gens étaient capables de surmonter rapidement leurs malheurs, comme si la mort n'était qu'une parenthèse. Ils avaient cette faculté de traverser les épreuves de la vie sans abandonner leur travail ni se laisser déstabiliser par des circonstances dramatiques. Etienne disait : *« Nous sommes ici coupés du monde, nous n'avons que Dieu. Mais en Dieu, nous avons tout ! »* L'espérance et la foi de cette communauté semblaient inébranlables. Moi, un fils de chrétiens, je me sentais bien petit à côté d'eux !

Le long du chemin, du foin séchait sur trente mètres de grillage tendu horizontalement. Nous marchâmes jusqu'à une cabane cachée derrière un enclos à l'abri des arbres. Kélia l'ouvrit et nous distribua les outils. La porte n'était pas verrouillée. Il n'existait ni clé ni cadenas sur les portes de tous les bâtiments de l'île !

Chaque outil avait son emplacement. Trois paires de bottes en caoutchouc noir étaient soigneusement alignées. Les filles enfilèrent les leurs et me donnèrent celles d'Etienne, un peu trop courtes pour moi ! Kélia aiguisa sa faux avec une rapidité inquiétante, la moindre erreur et… ! Quand à Nellie, elle maniait la fourche avec une facilité déconcertante du haut de ses neuf ans ! Ma tâche consistait à ramasser la vieille litière pour en faire un tas derrière les enclos en utilisant une brouette en bois. Un citadin comme moi n'avait jamais fait ce genre de travail et je trouvai la situation plutôt cocasse ! J'aurais aimé me voir en photo avec ma raclette, ma fourche, mon balai de cantonnier et mes bottes trop courtes ! Si on m'avait dit que j'allais un jour ramasser du fumier de lapins au milieu d'une île de l'Océan Indien… !

Dès que j'avais terminé de nettoyer une cage, Nellie y étalait du foin propre. Il y avait onze cages contenant une douzaine de lapins chacune. Kélia apporta l'herbe fraîche dans les mangeoires en treillis accessibles par des trappes. Les filles utilisèrent chacune à leur tour la même charrette pour transporter tantôt le foin, tantôt l'herbe. Le sol de chaque enclos était légèrement incliné permettant l'écoulement du purin et de la pluie. Les lapins pouvaient s'abriter sous une tôle suspendue à un mètre du sol au milieu de branchages. Chaque enclos était numéroté.

Mon travail fut terminé au bout d'environ deux heures et demie. Après quoi, je rangeai la brouette et les outils dans la cabane pendant que les filles finissaient de déposer l'herbe et le foin.

Bottes enlevées, rangement des outils, fermeture de la cabane et nous voilà tous les trois occupés à nouer nos lacets en même temps, un pied posé sur la ridelle de la charrette. Éclats de rire au moment de changer de pied ! Mes chaussures de marche avaient un principe de laçage identique à celui de leurs brodequins.

Nellie s'installa dans la charrette et nous repartîmes paisiblement en direction du village.

« Qui tue les lapins ? Demandai-je à Kélia

– C'est moi. Je les tue et les dépouille sur place. Ensuite, je les donne à cuire ou à congeler selon les besoins de la communauté.

– Il y a d'autres élevages comme celui-ci ?

– Bien, sûr, une dizaine gérée par d'autres familles. Il y a aussi des poulaillers. Toute cette partie de l'île est réservée à l'élevage.

– Pourquoi ici ?

– À cause du relief accidenté. Les cultures se situent plutôt dans des zones plates.

– C'est logique.

– Cet après-midi, nous viendrons changer l'eau des abreuvoirs. J'ai hâte de voir ce qu'ils vont sortir des containers. J'aurais tellement voulu que mes parents voient tout ça, eux qui n'ont connu que l'oppression d'Achab ! Ils sont morts l'année dernière. Je me souviens toujours de leurs mains irritées à cause de cette saleté de poison chimique !

– Je sais, Athal m'a tout raconté. Un fût de déchets radioactifs mal fermé, tes parents ignoraient le danger quand ils l'ont touché.

– Ils n'ont pas eu droit à cette combinaison blanche que les hommes de la plate-forme portaient pour ramasser ce fût ! Ils seraient encore vivants aujourd'hui.

– Quelle combinaison blanche ?

– Quand mes parents ont été contaminés, Linda a prévenu Athal par radio. Les trois quarts de ce poison avaient été déposés par camion devant les derniers bunkers. On ne savait pas que ces fûts étaient dangereux. Athal nous a demandé de rester éloignés Des hommes de la plate-forme complètement protégés par cette drôle de combinaison, ont saisi le fût endommagé avec des outils spéciaux pour le ranger dans les premiers bunkers déjà pleins.

– Les bunkers les plus enterrés ?

– Oui. Mon père et ma mère inconscients ont été transportés sur la plate-forme d'où on ne revient jamais. C'était la pire journée de ma vie ! Athal a ordonné quelque chose d'incroyable : il a demandé qu'on jette tout le reste des déchets dans la mer au nord de l'île sans se faire voir. On aurait dit qu'il avait pris cette décision en cachette de son père !

– Certainement, il prévoyait déjà ce qui vient d'arriver.

– Il redoutait un conflit. Il nous a donc demandé d'aménager les bunkers en stockant plusieurs jours de nourriture. À l'époque, on se demandait bien de quel genre de conflit il voulait parler !

– D'autant plus qu'il n'y en a jamais eu à Khéo.

– Peut-être qu'Athal ne supportait plus la cruauté de son père envers nous.

– Sûrement, et personne d'entre vous ne se doutait qu'Athal agissait en votre faveur ?

– Non. Il est vrai qu'on avait remarqué que l'île s'était modernisée en trois ans : l'eau courante, l'électricité, des chambres froides, des machines pour fabriquer des bâtiments en béton et pour l'agriculture…mais on pensait que c'était pour servir indirectement les intérêts de nos ennemis !

– à quel moment avez-vous su qu'Athal dirigeait tout indépendamment de son père ?

– Depuis qu'il était le seul à parler au pasteur par radio.

– Avant ça, c'est Achab en personne qui donnait des ordres à Etienne ?

– Oui. En plus, il venait une fois par mois en hélicoptère avec son fils et quelques hommes armés pour passer les habitants en revue. Parfois, il survolait l'île pour la présenter à ses invités.

– Athal n'agissait pas de cette façon ?

– Non. On le voyait venir deux ou trois fois par an en navette. Il était accompagné de gardes armés.

– Et la seule fois où il est venu seul, Hémerik et Frédo lui ont sauté dessus !

– Non, ils n'ont pas sauté sur lui, ils l'ont frappé avec des barres de fer !

– C'est une façon de parler. La radio dont se servait Etienne existe toujours ?

– Bien, sûr, elle se trouve dans son logement au-dessus de l'atelier de mécanique où travaillent Hémerik et Frédo. Mais elle a été coupée à la demande d'Athal juste après son agression.

– ça se comprend, il voulait rompre tout contact avec son père.

– Le premier homme Blanc que j'ai vu sans arme, excepté Athal, c'était toi le jour de ton arrivée sur la place ! Tu t'es approché d'Athal et du pasteur qui étaient debout dans la benne du camion. Tu t'es arrêté juste devant moi et ma sœur. Tu nous as saluées en posant ton sac. On te prenait tous pour un journaliste !

– Oui, et je t'avoue que j'avais très peur. Je ne vous connaissais pas et vous auriez pu me prendre pour un ennemi !

– J'ai tout de suite vu que tu étais quelqu'un de bien.

– Merci, j'ai été très bien accueilli, je n'oublierai jamais ce jour! »

Nous descendîmes doucement le flan de l'île. Ma hanche commençait à me faire souffrir. Parmi les plantations, nous vîmes Frédo et deux autres hommes rebrancher tous les tuyaux d'arrosage utilisés provisoirement pour alimenter en eau le bâtiment des sanitaires. La pompe électrique d'origine étant inutilisable faute de courant, on en avait installé une autre à moteur thermique sur le puits.

« Regarde, me fit remarquer Kélia, ils remettent l'arrosage comme avant. Ça veut dire que nous allons avoir du courant ! J'ai hâte de voir les choses qui sont dans le container. »

♦ ♦ ♦

La place ressemblait à un immense marché. Plusieurs centaines de personnes de tous âges coloriaient des cahiers avec des feutres et des crayons de couleurs !

Nellie bondit hors de la charrette et courut avec sa grande sœur rejoindre Mado et Rose-Marie derrière la rangée de tables d'école servant de comptoir. Les deux femmes étaient responsables de la distribution et prenaient soin d'affecter le matériel à chaque habitant selon les directives d'Athal. Celui-ci gérait, avec l'aide d'Etienne, le flux des marchandises qui arrivait par camion depuis la jetée où les containers avaient été déposés l'un derrière l'autre.

Pour ne pas déranger toutes ces personnes assises, je garai la charrette contre le mur du porche. J'entendis la conversation du couple assis le plus proche de moi. L'homme travaillait sur un livre de coloriage et s'appliquait à remplir de couleur bleue la silhouette d'une girafe. Sa femme l'interrogea :

« Pourquoi tu mets du bleu sur cet animal ?

– Parce que j'aime bien cette couleur.

– On ne connaît pas cet animal ! Tu ne peux pas savoir si c'est sa vraie couleur !

– C’est une girafe. C'est Athal qui me l'a dit. Les girafes vivent quelque part sur le continent et j’ai décidé de la colorier en bleu.

– Je suis sûre que cette couleur n’est pas correcte ! »

L’homme répliqua d’un ton agacé :

« Peu m’importe la couleur réelle de cette bête bizarre, je fais ce que je veux avec mon matériel. T'as reçu la même chose que moi, non ?

– Oui, mais ce n’est pas une raison pour faire n’importe quoi avec ces feutres !

– Ce n'est pas n'importe quoi. Je fais ce que je veux comme dans une démocratie ! »

♦ ♦ ♦

Etienne invita la foule à quitter les lieux, avec son porte-voix, pour cause de travaux. La place se vida et j’en profitai pour la traverser avec la charrette. La pelle mécanique pilotée par Hémerik et le camion conduit par son frère entrèrent sous le porche. Le mât en haut duquel flottait jadis le drapeau rouge d’Achab fut arraché et le godet de la pelle creusa un trou dans le sol.

Etienne s'approcha :

« Ah, Jérôme le touriste ! Tout s’est bien passé avec les filles ? Les lapins vont bien ?

– Oui, ils sont tous propres et bien en vie !

– Merci pour ton aide !

– C’est normal. Mais dites-moi, ces travaux sur la place… ?

– C’est une idée de mon fils Hémerik, il veut absolument ériger une croix au milieu de la cour pour le culte de dimanche ! C'est pas important, mais il a insisté. Il ne peut pas concevoir un lieu de culte sans croix ! »

♦ ♦ ♦

À l’heure du repas, les tables d’école furent utilisées pour manger. Tous mes amis étaient là : Athal, Hémerik, Frédo et son épouse Yvonne, Etienne et son épouse Linda, Nicodème et son épouse Mado. J’étais assis entre Kélia et Nellie.

Les femmes qui remplissaient les chambres froides n’avaient pas eu le temps de cuisiner. Elles déposèrent des paniers de fruits et de gâteaux secs sur les tables.

Ce matin là, personne n'avait travaillé dans les plantations. Seuls les responsables d'élevages s'étaient absentés pour s'occuper de leurs bêtes. Les pêcheurs restaient au service d'Hémerik.

Après la prière et le chant de remerciements à Dieu, l'organisation des activités de l'après-midi se décida à ma table. Khéo devait obtenir son indépendance énergétique le plus rapidement possible. Comme à son habitude, Athal avait tout prévu : Capteurs solaires en provenance d'Europe, éoliennes en provenance du Canada...Hémerik voulait tout savoir et tout décider avec Athal :

« *Hémerik* – Toutes les toitures seront recouvertes de panneaux solaires, même celle de la villa !

Athal – Oui, il faut discerner les panneaux qui produisent l'électricité et ceux qui permettent le chauffage de l'eau.

Moi – Une villa ? À quel endroit ?

Etienne – Sur le flan ouest de l'île, Achab et son père habitaient là avant la construction de la plate-forme. Mais aujourd'hui, cette bâtisse tombe en ruine ! Vous allez faire quoi avec ça ?

Kélia – Athal l'a visitée le jour où il nous a accompagnés. Il veut la remettre en état pour y habiter et monter la station radio.

Etienne – Vraiment ?

Athal – Oui, la chambre à l'étage est encore en état, elle est assez grande et bien placée pour installer une partie de l'équipement Internet. Je vais avoir besoin d'aide.

Hémerik – La moitié de mon équipe ira avec toi. Déposez tout par camion à la carrière puis faites des navettes avec le motoculteur et sa remorque jusqu'à la villa.

Etienne – Je présume que tu vas ériger la croix avec l'autre moitié de ton équipe, pas vrai ?

Hémerik – Exact ! Frédo viendra nous rejoindre sur la plate-forme dès qu'il aura terminé le branchement du générateur.

Frédo – Dans une heure, nous aurons du courant !

Etienne – Vous allez sur la plate-forme ? Pour quoi faire ?

Hémerik – Nous allons récupérer des segments de poutrelles métalliques qui ne sont pas tordus. J'ai repéré des pièces bien droites qui nous serviront pour la croix et la toiture des bâtiments en construction. Le chalumeau, les palans et les élingues sont déjà chargés sur le bateau de pêche.

Etienne – Tout de même, cet endroit est malsain, ce n'est pas très correct de travailler là où beaucoup de gens ont perdu la vie. Il faut considérer ce lieu comme un cimetière et le respecter comme tel !

Hémerik – Un cimetière ? Notre cimetière à tous, c'est l'océan, là où nos cendres sont jetées, tu le sais très bien. Les morts n'ont plus besoin de poutrelles, tandis que nous les vivants, nous en avons besoin pour fabriquer la croix et la toiture de la future église !

Frédo s'adressant à Athal – Il te faudra de l'aide pour les branchements dans ta station ?

Athal – Oui, je te préviendrai quand tout le matos sera en place!

Frédo – Le matos ?

Athal – C'est un mot qui veut dire « matériel » dans le langage populaire.

Nicodème – Il y a beaucoup de mots inconnus pour nous dans la langue française !

Athal – Ces mots appartiennent au langage populaire qui n'est pas utilisé à Khéo. »

Ainsi se déroula le repas de midi : échanges d'avis, projets ambitieux sur le court et le long terme. Je me réjouissais de voir Hémerik et Frédo collaborer avec Athal, leur ennemi d'hier ! À présent, ils décidaient tout ensemble à tel point qu'Etienne semblait perdre le contrôle de la situation !

Vers la fin du repas, des enfants jouèrent autour de nous en explorant des cartons ouverts contenant des instruments de musique. Hémerik semblait particulièrement intéressé par une batterie qu'il déposa derrière lui avant le déjeuner pour se l'approprier plus tard. Il demanda à Athal :

« J'aimerais bien cogner sur ces barils. Tu pourras me montrer comment ça marche ?

– C'est une batterie, on frappe avec des baguettes. »

Trois enfants s'approchèrent pour palper l'instrument. Hémerik les reprit :

« Vous ne touchez pas à ça sinon c'est sur vous que je cogne ! »

Effrayés, les bambins s'éloignèrent tandis qu'Etienne fixa du regard son fils qui répliqua :

« Je plaisante ! »

Nellie avait vite terminé de manger pour pouvoir continuer son coloriage. Kélia était pensive et Linda l'interpella :

« Kélia, tu vas bien ? Tu n'as presque rien mangé !

– Je… Je suis un peu fatiguée.

– Non, il y a quelque chose qui te trouble.

– Oui, je pense à la saison des maladies. Jérôme m'a tout raconté ! »

Un silence interrompit les conversations. Linda prit la parole au bout d'une minute qui me parut une éternité :

« Je sais, Kélia. On a tous appris que beaucoup de nos bien-aimés sont morts empoisonnés à cause des expériences de cet abominable gouverneur Achab. Et le pire, c'est que moi, j'ai administré, sans le savoir, du poison à tous ces malades. Ils sont morts peu après sur la plate-forme ! Que crois-tu que je ressente ? Chaque nuit, je revois ces visages crispés par la douleur ! »

Etienne posa son unique main sur celle de son épouse :

« C'est Achab le seul coupable, tu as toujours voulu soigner. Dieu sait tout ça et il rendra à chacun selon ses actes !

– Ecoute, Kélia, s'écria Hémerik, plus personne ne dominera sur nous ici ! C'est terminé ! »

Les paroles d'Hémerik imposèrent un nouveau silence.

« *Kélia* – Est-ce que tout le monde ici est au courant ?

Etienne – Non, je me charge d'en parler dimanche.

Athal – L'équipage du porte-container ne va pas tenir sa langue très longtemps après avoir vu la plate-forme détruite. Il faut vite passer commande pour nous ravitailler tant qu'on en a le pouvoir !

Nicodème – Tenir sa langue ?

Athal – *« Tenir sa langue »* signifie garder un secret. Ce cargo est l'un des seuls à avoir l'autorisation de venir ici. Mon père payait le silence de ces matelots qui côtoyaient le personnel *d'Achab industrie* sur le continent. L'équipe qui doit prendre la relève sur la plate-forme va bientôt comprendre pourquoi son hélico ne vient pas les chercher !

Etienne – Tu as raison...Au travail ! »

14 – La villa

Les femmes débarrassèrent les tables et le flux des marchandises provenant des containers reprit de plus belle. On déballait, triait, distribuait, rangeait…Le soleil fit une première apparition. À la demande d'Athal, je pris une nouvelle série de photos. Puis, je m'endormis sur mon lit pendant deux heures.

♦ ♦ ♦

Nellie frappa à la porte de ma chambre pour m'inviter à aller travailler avec sa grande sœur à la carrière des lapins ! Je constatai que les filles ne voulaient plus se passer de moi ! La douleur de ma hanche s'étant dissipée, j'acceptai avec joie.

Dehors, l'activité était toujours aussi intense. Hémerik et son équipe au complet, soudaient des segments de poutrelles composant la future croix. Des adolescents portaient la même tenue que celle d'Hémerik et de Frédo. Ils n'avaient plus de manches à leur combinaison rouge et leur crâne était rasé. Ils voulaient aider les fils du pasteur avec un empressement qui forçait l'admiration ! Ils s'apprêtaient à badigeonner d'huile de vidange la base de la croix pour la planter dans le béton. Hémerik leur demanda gentiment d'attendre que le métal refroidisse.

Nellie prit place dans la charrette devant les récipients vides. Kélia me remercia vivement d'avoir accepté l'invitation et nous voilà repartis vers les hauteurs de l'île ! Sur la place, des enfants vinrent me saluer en me montrant leur bicyclette toute neuve :

« Bonjour, Jérôme le touriste ! Regarde, on a tous reçu un vélo !

– Oui, grâce à Athal qui connaît tout le monde ici !

C'est lui qui a fait venir toutes ces belles choses chez nous ?

– Absolument, pensez à lui dire merci ! »

Le garçonnet, un peu surpris par ma réponse, se tourna vers ses compagnons et me fit un sourire approbateur avant de s'enfuir en dérapant sur le gravier. Toute la troupe le suivit en direction du porche.

♦ ♦ ♦

Pendant notre marche, Kélia commença à me poser des questions parfois embarrassantes, entrecoupées de silences de réflexions :

« Est-ce que dans ton pays il y a des drames comme ici ?

– Il y a des drames partout dans le monde.

– Des gens comme Achab, ça existe aussi en France ?

– Ça existe, mais des gens comme Achab ne peuvent pas agir librement.

– Parce que la France est une démocratie, je présume.

– Oui et surtout parce qu'il y a des lois et une justice qui veille sur l'application de ces lois.

– Des lois qui ressemblent aux commandements de la Bible ?

– On y trouve quelques ressemblances mais ces lois sont écrites par des hommes qui ne mentionnent pas le nom de Dieu.

– Comment peut-on vivre sans Dieu ?

– Kélia, tu réagis ainsi parce que tu y crois ! Certaines personnes n'ont pas la foi, qui d'ailleurs est un don de Dieu. Il faut souvent du temps pour devenir croyant et dans notre société, les gens ont le choix de croire ou de ne pas croire en Dieu. Croyants et non-croyants doivent cohabiter en se respectant et en respectant les lois de la démocratie.

– Et si quelqu'un tentait d'agir comme Achab, ça se passerait comment ?

– Ce quelqu'un serait immédiatement arrêté par des représentants de la loi.

– Il n'y a donc pas de crimes en France ?

– Malheureusement si. Des malfaiteurs réussissent à faire du tort à leurs concitoyens, mais ils finissent par se faire arrêter. En France on trouve des tribunaux, des prisons, des magistrats, des gendarmes, toutes sortes de gens qui tentent de faire régner l'ordre pour le bien de tous. Si l'Homme était naturellement bon, tout ce dispositif n'aurait aucune raison d'exister !

– Je sais que nous sommes tous pécheurs. Mais je ne comprends pas le comportement d'Achab. Il agissait comme s'il n'avait plus le choix entre le bien et le mal ! Quand il m'a retenue sur la plate-forme et qu'on m'a attachée dans ce sombre atelier où j'ai passé la nuit, j'ai bien cru que je vivais les dernières heures de mon existence terrestre ! J'ai pensé à mes parents qui m'attendaient au Ciel.

Achab et ses hommes étaient plus forts que moi, ils avaient le pouvoir d'abuser de moi et de m'anéantir. J'ai trouvé la force et l'audace de résister parce que ma sœur était en danger. Quand j'ai vu qu'on la traînait sur le sol comme un vulgaire paquet de chiffons, j'ai tout fait pour aller la délivrer ! C'était insupportable. Ce sentiment dominait ma peur et ma propre souffrance.

« Aujourd'hui, je n'éprouve aucune rancœur envers ce dictateur mais plutôt un profond dégoût. Comment est-ce que des hommes peuvent en écraser d'autres uniquement pour servir leurs intérêts égoïstes et en prétextant qu'on est une race inférieure ? En plus, ils font comme s'ils vivaient éternellement sur la Terre !

– Kélia, d'abord, vous n'êtes pas une race inférieure, ensuite, tu ne pourras comprendre ce comportement que si tu admets que des gens puissent vivre sans Dieu. Des individus comme Achab ne respectent aucune loi : ni celles des hommes, ni celles de Dieu. Mais je te rassure tout de suite : les non-croyants ne sont pas tous des meurtriers !

– Avant l'intervention d'Athal et ton arrivée sur notre île, je croyais vraiment que les Blancs étaient tous des non-croyants criminels!

– Ça se comprend, votre peuple a toujours vécu sous cette dictature.

– Toi, au moins, tu es chrétien, tu ne ressembles pas aux hommes d'Achab !

– Je ne me considère pas encore comme un chrétien. J'ai quelques démarches à accomplir pour entrer dans le peuple de Dieu.

– Mais tu es croyant !

– Oui mais croire que Dieu existe ne suffit pas pour être chrétien, je dois m'engager en lui donnant ma vie et concrétiser cet engagement en prenant le baptême.

– J'ignorais que tu n'étais pas baptisé. J'ai reçu mon baptême un an avant la mort de mes parents. J'avais 18 ans. »

♦ ♦ ♦

Nous traversâmes en silence la clairière des lapins. Nellie, toujours assise à l'avant de la charrette fredonnait au rythme de mes pas.

Kélia continua à me questionner :

« Tu es obligé de partir demain ? Tu n'aimerais pas vivre toujours avec nous à Khéo ?

– Je…Je ne sais pas si je m'adapterai à cette nouvelle vie ici. J'ai un emploi dans une imprimerie en France, mon patron m'y attend à la fin du mois !

– Un patron ?

– Oui, un patron, c'est comme un chef d'équipe, il dirige une entreprise. Je travaille pour lui en échange d'un salaire

– Un salaire, tu veux parler de la monnaie que tu nous as montrée à l'école ?

– Exactement. Dans mon pays, cette monnaie est indispensable pour vivre. Elle permet de s'habiller, d'habiter une maison, de manger.

– Je me rappelle toutes tes explications à ce sujet. J'aimerais bien voir ta maison. Elle est grande ?

– Je n'ai pas de maison. J'habitais dans l'appartement que mes parents louaient. « Louer » signifie prêter contre une somme d'argent. Comme ce logement était trop grand et trop cher pour moi tout seul, je l'ai rendu à son propriétaire avant de venir ici. Un collègue a accepté de garder mes meubles dans son garage en attendant que mon patron me trouve un autre endroit plus petit pour me loger.

– Ton patron s'occupe bien de toi.

– Oui, c'est un homme extraordinaire, si les patrons étaient tous comme ça !

– Tu pars demain, tu penses revenir quand ?

– Dans un an, durant mes prochains congés. »

♦ ♦ ♦

Je ne connaissais pas encore ce versant de l'île. Au bout de l'étroit chemin, un muret en pierres de taille formait le bord d'un puits autour duquel trois femmes s'affairaient. La plus âgée, tenant son bidon plein d'eau en équilibre sur la tête, attendait que les deux plus jeunes terminent de remplir le leur. Elles éclatèrent de rire en me voyant pousser la charrette transportant Nellie et les récipients.

« Jérôme le touriste, chuchota l'une d'elle. »

Après un échange de « bonjours », de regards amusés et de sourires, elles partirent dans une autre direction. Je décidai de m'asseoir sur le muret pour me reposer. Nellie descendit de la charrette et se chargea de remplir les récipients. Kélia m'expliqua que les trois femmes s'occupaient d'un élevage de volaille.

Je remarquai un vieux tuyau métallique sortant du puits et branché sur une niche en pierres parmi les broussailles à une dizaine de mètres. Kélia m'en parla aussitôt :

« Là-dedans, il y avait autrefois une pompe pour acheminer l'eau vers le réservoir de la villa du gouverneur.

– La villa en ruines dont parlait Athal ?

– Oui, elle est tout près d'ici. Tu veux la voir ?

– Si c’est possible, j’aimerais bien !

– C’est un peu difficile d’accès, mais c’est possible. Nellie, laisse la charrette là, nous partons à la villa ! »

Les dimensions de la bâtisse étaient évidemment gigantesques, à la mesure de la folie d’un dictateur : une quarantaine de mètres de long sur une trentaine de mètres de large ! Je trouvai l’architecture un peu simpliste : deux pans de toit qui se terminaient en pente douce sur des piliers de pierre sculptée abritant de part et d’autre des terrasses étroites. Sous le pignon de devant, une terrasse plus longue devait autrefois dominer la mer quand le jardin était entretenu ! Dans le prolongement du pignon arrière, le premier étage se dressant comme une tour n’occupait que le quart de la surface totale de la villa.

C’est par les ouvertures de devant que nous pénétrâmes dans cette sinistre demeure. Il faisait très clair au rez-de-chaussée, car il manquait les deux tiers des tôles ondulées du toit, laissant apparaître les poutres et le solivage en état de décomposition. Kélia m’expliqua que Frédo et Hémerik avaient récupéré ces tôles pour fabriquer les abris des lapins et des volailles.

Des débris jonchaient le marbre du sol, les vitres des fenêtres avaient disparues. La végétation envahissait tout. Des lianes, des cactus… des plantes grimpantes s’enroulaient autour des piliers et des chevrons.

L’arrière était plus sombre mais en bien meilleur état, à l’abri des pluies diluviennes. Sous cette portion de toiture encore intacte se dressait un escalier en bois sculpté menant à l’étage. Nellie monta la première et nous ouvrit la porte de la chambre principale, encore plus sombre. Derrière les vitres poussiéreuses des fenêtres, des persiennes fermées laissaient faiblement filtrer la lumière du jour. Un grand lit en baldaquin avait été oublié là.

« C’est ici la chambre des parents d’Achab, m’indiqua Kélia pendant que sa sœur grimpait sur le lit pour sauter dessus.

– Je crois aussi que c’est l’endroit où Athal veut installer sa station radio et Internet.

– C'est exact... Nellie, arrête de sauter sur ce lit ! »

Kélia, désirant me montrer le paysage, ouvrit la fenêtre avec peine et tenta d’écarter les persiennes bloquées. J’essayai avec elle et pendant la manœuvre, les persiennes finirent par se décrocher et dégringolèrent au rez-de-chaussée.

« Désolé !

– Ce n’est pas grave, me répondit-elle, tout est à refaire dans cette maison ! »

La lumière du soir envahit la chambre où résonnait le grincement des ressorts du sommier sur lequel Nellie bondissait joyeusement. Dehors, la brousse encombrait ce qui devait être autrefois un magnifique jardin. Tout au fond, entre les arbres, nous vîmes une sorte de citerne toute rouillée perchée en haut d'un support métallique.

« C'est le réservoir d'eau, me rappela Kélia, c'est là que le tuyau que tu as vu est branché. Frédo et Hémerik ont récupéré toute la robinetterie de la propriété. »

Puis, se tournant vers sa sœur, elle éleva la voix :

« Nellie, arrête de sauter là-dessus ! C'est dégoûtant !

– Pas question, répondit la fillette essoufflée, pour une fois que j'ai l'occasion de sauter sur un lit !

– Ce lit est vermoulu ! Tant pis pour toi si tu passes au travers! »

Sous les pieds de l'enfant, le vieux matelas de quatre mètres carrés produisit un nuage de poussière qui s'accrochait aux rayons du soleil couchant.

Kélia referma la fenêtre et m'invita à quitter la pièce en prévenant sa sœur toujours occupée à bondir :

« Nous partons ! Je suppose que tu passes la nuit ici puisque tu aimes tellement ce lit ! »

La jeune femme descendit l'escalier la première plus rapidement que moi car mon mal de hanche se faisait de nouveau sentir. Elle se tourna vers moi et remarqua ma grimace de douleur. Elle me prit la main pour ne plus la lâcher avant que nous ayons tous quitté la propriété. En franchissant la grande terrasse de devant, nous entendîmes Nellie rebondir sur les lames du plancher pour venir nous rejoindre.

Kélia poussa la charrette chargée de récipients pleins d'eau en interdisant à sa sœur de s'y installer. Elle me questionna en chemin :

« Qu'est ce que tu penses de cette villa ?

– Elle est grande. Elle a certainement été construite sous la contrainte, avec des pierres taillées à la main !

– Sans doute. Je l'ai toujours vue inhabitée.

– Achab n'en avait plus besoin puisqu'il vivait sur la plateforme. Il vous interdisait de l'approcher ?

– Non, il s'en moquait complètement. Mais aucun d'entre nous n'avait envie d'habiter là. Trop de mauvais souvenirs !

– Je comprends.

– Le jardin est en friche, seule la parcelle contenant les ruches est entretenue. Les abeilles continuent à donner du miel à notre communauté ! »

♦ ♦ ♦

Nous arrivâmes à la clairière des lapins. Les abreuvoirs furent vidés sur les semis, puis rincés et remplis d'eau fraîche provenant des récipients. Une fois le travail terminé, Nellie s'empressa de prendre place dans la charrette. Kélia s'y opposa fermement :

« Non, Nellie ! Nous marchons tous les trois, Jérôme a mal à la hanche, descends immédiatement !

– Je suis fatiguée !

– Nous sommes tous épuisés ! Tu n'étais pas fatiguée quand tu sautais sur le lit ! »

Après une longue hésitation, Nellie sortit brusquement et alla se jeter contre sa grande sœur en bredouillant :

« Papa et maman nous attendent au Ciel…

– Nellie, pourquoi tu me dis ça maintenant ? Tu ne vas pas me faire ce genre de crise à chaque fois que tu es contrariée ! »*(Silence)*

Kélia continua à voix basse :« Nellie, je n'aime pas crier après toi mais tu dois comprendre que cette situation est aussi difficile pour moi que pour toi. Tu n'es pas toute seule à souffrir sur Terre. Jérôme aussi a perdu ses parents ! »*(Silence)*

« Tu vas toi-même pousser la charrette devant nous. Elle est vide, légère et le sentier descend jusqu'au village. Compris ? »*(Silence)*

La fillette s'écarta de sa grande sœur, me regarda brièvement d'un air confus puis se mit à marcher devant. Kélia continua à me parler en me tenant la main :

« Je suis sûre qu'Athal, Hémerik et Frédo vont fabriquer une installation pour simplifier cette corvée d'eau. »

Les filles chantèrent un vieux cantique que j'avais déjà entendu dans l'église que fréquentaient mes parents :

J'ai soif de ta présence, divin chef de ma foi ;
Dans ma faiblesse immense que ferai-je sans toi ?

Chaque jour, à chaque heure, oh ! J'ai besoin de toi,
Viens, Jésus, et demeure auprès de moi.

Des ennemis dans l'ombre, rôdent autour de moi ;
Accablés par le nombre, que ferai-je sans toi ?...

Pendant les jours d'orage, d'obscurité, d'effroi,
Quand faiblit mon courage, que ferai-je sans toi ?...

O Jésus ta présence c'est la vie et la paix,
La paix dans la souffrance, et la vie à jamais...

Lorsque j'étais plus jeune et incrédule, je prenais les chrétiens pour des gens un peu naïfs et faibles, leur Dieu étant un raccourci pour expliquer l'inexplicable et aussi un moyen de fuir les responsabilités. La Bible était pour eux l'unique vérité destinée au « bourrage de crâne » et leurs chants leur permettaient de « s'auto-conditionner » ! Moi, un citadin français, né dans un monde matérialiste, mercantile et cartésien, avais pourtant reçu une éducation chrétienne. De père et de mère pleinement engagés dans l'église et dans l'œuvre sociale qui s'y rattache, j'étais né « entre deux pages de la Bible », selon une expression employée dans le milieu religieux ! Cela ne m'avait pas aidé à choisir le « chemin qui mène au Ciel » ! Mais les événements dramatiques rencontrés dans ma jeunesse, particulièrement la mort brutale et prématurée de mes parents, m'avaient poussé à réfléchir sur le sens de ma vie. Plutôt que de continuer à chercher tous les défauts et les erreurs des chrétiens dans leurs attitudes, je reconnaissais un véritable impact positif de la parole de Dieu sur le genre humain !

Le peuple de Khéo qui évoluait en vase clos loin du contexte géopolitique que je connaissais, avait cette faculté déconcertante de s'approprier les promesses divines. Ces croyants, qui n'avaient pas de passé rempli de guerres de religions et de grandes pensées philosophiques, savaient vivre leur foi. Ils croyaient simplement comme des enfants. Ils m'avaient donné envie de leur ressembler, de parler avec Dieu !

Main dans la main avec Kélia, je n'entendis plus que sa vibrante voix fluette qui chantait et faisait danser la lumière entre les branches des mandariniers. Sa douceur, ses délicates attentions envers moi, le contact de sa main...tout cela commençait à faire fondre mon cœur !

15 – Le dernier soir

Nous sortîmes de l'ombre de la forêt en passant entre le camion, le motoculteur et sa remorque, immobiles et silencieux. Une bâche couvrait le chargement du camion : probablement le matériel informatique destiné à être installé dans la villa. L'équipe d'Hémerik, surprise par la tombée de la nuit avait sans doute préféré remettre au lendemain le transport du précieux « matos » !

En franchissant le porche, Kélia lâcha ma main. Pour la première fois, j'entendis le ronronnement du générateur. Des lumières électriques s'allumaient un peu partout au fur et à mesure qu'avançait le soir. Sur la place, la foule s'activait autour d'une croix blanche de neuf mètres de haut. Des hommes achevaient de reboucher une petite tranchée sur le sol qui partait d'un bâtiment et se terminait contre le socle en béton au pied de la croix. Les filles me quittèrent pendant que je m'avançai vers Hémerik et Frédo. Dès qu'il me vit, ce dernier m'interpella fièrement :

« Bonsoir Jérôme le touriste ! T'as vu ? J'ai installé un rayon laser à la base de la croix pour l'éclairer pendant la nuit ! On peut le faire clignoter et même changer la couleur ! ça existe aussi en France ?

– Heu…Je n'ai encore jamais vu de rayon laser éclairer une croix, mais ce genre de d'illumination existe et s'utilise dans des concerts et autres manifestations festives.

– Éteins ça, ordonna Hémerik, il y a assez de moustiques qui se collent sur la peinture fraîche ! »

À côté de la croix, sur la droite, des hommes recouvrirent d'une bâche une estrade qu'ils avaient confectionnée avec des palettes, des parpaings et des planches de coffrage. Hémerik m'expliqua que toute la communauté préparait, pour dimanche, le premier culte célébré après la disparition d'Achab.

Partout, des enfants couraient. Les plateaux-repas commencèrent à circuler et, comme chaque soir, la foule s'assit sur le sol pour dîner après avoir chanté à Dieu :

Puisque le Seigneur de gloire est venu nous secourir,
Puisqu'il nous suffit de croire pour qu'il veuille nous guérir,
Confions-nous en sa grâce ; À tous il dit : « Viens et crois !
Je suis mort à votre place, mort sur la croix ! »

Encore un peu de souffrance, de combats et de travaux,
Puis, viendra la délivrance et l'heureux jour du repos.
Je veux, ô mon tendre Père, vivre pour toi désormais
Jusqu'au bout de ma carrière... Oui, pour jamais !

♦ ♦ ♦

J'étais si bien assis entre Kélia et Nellie ! La fatigue me gagnait. Je n'osai imaginer que c'était ma dernière soirée avec elles !

Le dîner terminé, Kélia resta seule à ma table pour bavarder avec moi. Comme j'étais épuisé, je ne saisis pas le sujet de son monologue, mais le son de sa voix m'était agréable et dominait légèrement le brouhaha de la foule. Lorsqu'elle vit mes paupières se fermer à plusieurs reprises, malgré mes efforts pour me tenir éveillé, elle posa sa main sur la mienne en disant :

« Je vais te laisser, je vois que tu es fatigué. Bonsoir et bonne nuit !

– Je...bonne nuit, répondis-je un peu confus. »

Je décidai de regagner ma chambre. Les familles assises prenaient un temps de partage. Certains priaient, d'autres chantaient à la lueur d'un puissant projecteur placé au-dessus du porche. Des néons fixés sur toutes les façades des bâtiments éclairaient la place.

En entrant dans la pièce principale de l'infirmerie, j'aperçus Linda en train de bander le pied d'un garçonnet assis sur une couchette. Elle m'expliqua :

« Il a voulu suivre les grands qui sautaient du haut de l'estrade : entorse !

– Pauvre petit ! Si vous voulez, après les soins, je peux le porter jusque dans sa chambre.

– Non, merci, j'ai fait prévenir son père qui va venir le chercher. »

L'enfant, qui avait encore les larmes aux yeux, regardait avec fascination sa cheville et son talon disparaître lentement sous l'interminable bande blanche sortant des mains habiles de l'infirmière.

« Quelle journée, reprit Linda, les enfants étaient très excités et un peu livrés à eux-mêmes ! Les adultes trop occupés ! Et toi, comment tu vas ? Fatigué, je suppose ?

– Fatigué mais heureux d'être avec vous tous ! Mon départ demain ne va pas être facile !

– Tu te plais avec nous. Les filles ont changé depuis qu'elles se promènent avec toi !

– Comment cela ?

– Depuis la mort de leurs parents, elles s'isolaient des autres jeunes et ne parlaient plus. Tandis que maintenant, grâce à toi, elles ont retrouvé le sourire et la parole !

– Je n'y suis pour rien, et j'ignorais qu'elles ne parlaient plus. Nous avons évoqué nos souvenirs. Peut-être est-ce le fait que moi aussi j'ai perdu mes parents.

– Peut-être. C'est important de partager nos joies et nos peines.

– Je pense que votre communauté vit un moment merveilleux de délivrance, vous devez respirer maintenant qu'Achab ne pourra plus jamais vous nuire !

– Respirer ?

– Heu…c'est une expression qui signifie ne plus être tourmenté, ne plus subir l'oppression.

– Oui, on respire ! Et toi, tu as besoin de dormir !

– Bien, vu. Je vous souhaite une bonne nuit !

– Bonne nuit, Jérôme ! »

Pour la première fois à Khéo, je pris une bonne douche d'eau chaude tandis que les néons inondaient de lumière toute la blancheur de l'infirmerie. Une fois couché, je m'endormis sans lecture et sans berceuse !

16 – Destination Mahé

Samedi 22 mars 1997

C'est vers cinq heures trente du matin que je fus réveillé par des chants chorals. Par la fenêtre, j'aperçus une vingtaine de personnes de tous âges debout sur l'estrade. Ils chantaient sous la direction de Nicodème, face au soleil levant. Ce chant que je connaissais, interprété ainsi à quatre voix et sans musique, me semblait plus prenant et solennel.

Je rangeai mes affaires dans mon sac à dos. J'avais hâte de revoir les filles et toute la famille avant de partir. J'enroulai mon sac de couchage et sortis de ma chambre blanche.

Dehors, la foule assise sur le sol terminait son petit-déjeuner. Je m'arrêtai face au groupe de choristes, à côté de Nicodème. À la place du pupitre, l'instituteur avait installé un synthétiseur tout neuf. Il avait écrit au feutre fin le nom des notes sur chaque touche du clavier ! Il m'expliqua par la suite que grâce à cet instrument, on pouvait enfin interpréter les chants tels qu'ils sont écrits dans leur ton d'origine. À ses pieds, une mallette ouverte regorgeait de partitions, de méthodes d'apprentissage du solfège et… d'une dizaine de paires de lunettes ! Athal avait vraiment tout prévu selon les besoins de chacun ! Emu par la beauté de ces voix, j'écoutai immobile la totalité du cantique :

Torrents d'amour et de grâce ! Amour du sauveur en croix !
À ce grand fleuve qui passe, je m'abandonne et je crois.

Je crois à ton sacrifice, O Jésus, Agneau de Dieu.
Et, couvert par ta justice, j'entrerai dans le saint lieu.

Ah ! Que partout se répande ce fleuve à la grande voix !
Et que tout l'univers entende l'appel qui vient de la croix !

Que toute âme condamnée pour qui tu versas ton sang,
Soit au Père ramenée par ton amour tout-puissant !

« On est prêt pour le culte de demain, déclara Nicodème à ses choristes, bonne journée !

– Vous avez tous déjà pris votre petit-déjeuner ? demandai-je à l'instituteur.

– Eux oui, mais pas moi. On t'attend pour manger avec toi

– Merci. j'en profiterai pour me faire photographier avec vous.

– Tu pars à quelle heure ?

– Franck, le pilote qui a accepté de me mener ici, m'a donné rendez-vous à neuf heures.

– À quel endroit ? Sur la plage du nord ?

– Nous n'avons pas convenu d'un endroit précis, mais j'ai repéré un plateau rocheux au sommet de la carrière. C'est un endroit visible et bien dégagé, sans végétation. Franck aura vite fait de me trouver !

– Viens, passons à table, les filles t'ont vu. Elles ont prévenu les autres. »

Tous avaient attendu mon lever pour partager ce dernier petit-déjeuner avec moi. Athal avait des lunettes de soleil qui cachaient son pansement. Après avoir prié, ils me posèrent des questions sur ma vie professionnelle, sur mes projets. Ils voulaient savoir qui verrait mes photos en France. Les filles mangèrent peu et écoutaient attentivement mes réponses.

Nicodème donna une grande enveloppe à Athal et une à moi. Elles contenaient une centaine de dessins d'enfants que nous fîmes circuler de mains en mains. Ceux qui étaient destinés à Athal représentaient des jouets et des scènes de déballages au milieu d'objets sortant des containers. Certaines illustrations comportaient des petits messages :

« Merci Athal pour mon beau vélo… Merci pour tous tes cadeaux… Merci, j'aime ces jouets…Merci pour les crayons de plein de couleurs… Merci Athal pour les containers, soit le bienvenu parmi nous…Athal, nous t'aimons, nous prions pour que Dieu guérisse ton œil… Merci Athal pour les belles affaires d'école… »

Les dessins, qui m'étaient destinés, me représentaient en train de pousser la charrette transportant Nellie ! Le visage de la fillette était plus rouge que sa combinaison, le mien était blanc comme neige ! Je me voyais assis à ma table, je reconnus Etienne à la main coupée, Athal aussi blanc que moi avec son pansement à l'œil, Linda et les autres, ainsi que toute la foule assise sur le sol de taille plus petite. Sur d'autres dessins, je fus un peu choqué de me voir debout avec mon sac à dos entre deux bâtiments en flammes ! Ailleurs, la plate-forme en feu apparaissait à l'arrière-plan tandis que j'étais seul toujours avec mon sac et mes jumelles ! Je me demandai comment certains jeunes enfants pouvaient interpréter le fait que j'entre dans leur histoire juste après l'explosion. Je lus quelques messages :

« Bon voyage Jérôme le touriste...Bienvenu à Khéo Jérôme le touriste ! Reviens quand tu veux...Reviens nous voir avec l'hélicoptère Jérôme le touriste...Bon retour sur le continent Jérôme le touriste...Bon retour Jérôme le touriste dans ton beau pays France...Jérôme le touriste bon voyage dans ton pays de la démocratie...Au revoir Jérôme le touriste... »

♦ ♦ ♦

Après le repas, je demandai à Athal de me prendre en photo avec eux jusqu'à la fin de ma dernière pellicule. Les filles s'arrangeaient toujours pour se glisser dans le champ de vision de l'appareil !

Puis, vint le moment terrible des adieux ! Tous formèrent un cercle autour de moi, Etienne pria à haute voix et entonna un chant.

Embrassades, sourires chargés d'émotions, paroles d'adieux... au moment d'embrasser Kélia, j'eus beaucoup de peine à contenir mes pleurs. Nellie ne voulait plus me lâcher :

« Ne pars pas, me dit-elle, reste avec nous !

– J'aimerais bien, Nellie, mais c'est impossible, je reviendrai l'année prochaine, je t'apporterai un cadeau de France ! »

J'essuyai avec mon pouce une larme qui roulait sur sa joue. Linda me murmura à l'oreille :

« Depuis qu'elle a perdu ses parents, elle ne supporte plus les séparations !

– Moi non plus ! »

Chaussures de marche, sac à dos, jumelles... je repartis en direction du porche par lequel j'étais arrivé quatre jours plus tôt. La foule reprenant ses occupations me salua. Certains poussaient des cris, d'autres m'applaudissaient...chacun voulait, à sa manière dire adieu à Jérôme le touriste ! Des enfants déambulaient à bicyclette autour de moi.

Les filles m'accompagnèrent jusqu'à la carrière sans rien dire. J'eus l'impression qu'elles se muraient dans leur triste silence comme auparavant. Elles m'observèrent pendant que j'escaladais l'escarpement pour atteindre le haut de la falaise.

Il était huit heures trente quand je me trouvai sur le sommet de la carrière où j'avais décidé d'attendre l'hélicoptère. « Une demi-heure d'avance, pensai-je, Franck est très ponctuel. Il vaut mieux se préparer pour l'heure militaire !»

Après avoir posé mon sac à dos à côté d'un rocher, je fis le tour du plateau pour admirer le paysage avec mes jumelles. Je scrutai l'horizon. Au-delà des plantations, je reconnus les silhouettes des filles. Elles retournaient lentement sous le porche.

La personne qui allait le plus me manquer était incontestablement Kélia. En réalisant cela, je constatai que j'étais tombé amoureux d'elle. Je devais la quitter pour ne plus la revoir avant un an !

Je décidai d'aller m'asseoir sur le rocher près de mon sac. J'avais besoin de faire le point, de prendre des décisions et de lutter contre l'angoisse. J'étais très déterminé à revenir à Khéo plus tard. Je n'étais plus fâché contre Dieu qui avait repris mes parents, mais voulais le connaître vraiment, lui confier mon existence. Je devais me rapprocher des chrétiens amis de mes parents. J'avais l'assurance d'être bien accueilli dans leur église ! Je pensai aussi à mon retour sur mon lieu de travail, mes collègues, mes amis à qui je montrerais mes photos. J'essayai d'imaginer mon futur logement.

Neuf heures trente. Pas d'hélicoptère. Franck avait sans doute un peu de retard. J'étais à l'affût du moindre ronronnement de moteur. J'entendis celui du motoculteur en bas de la falaise. La vie continuait sans moi à Khéo et je luttais contre l'angoisse qui tentait de m'envahir. Je retrouvais ma pesante solitude d'orphelin célibataire.

Dix heures trente. Toujours pas d'hélicoptère. Je commençai à m'inquiéter. Je regrettai de ne pas avoir compris les dernières paroles de Franck au moment de l'atterrissage sur la plage du nord le jour de mon arrivée sur l'île. Pourquoi était-il si énervé ? Quel était le véritable motif de sa crainte ? Connaissait-il la mafia d'Achab ?

Onze heures trente. Toujours rien ! Cela ne ressemblait pas à Franck qui tient toujours ses engagements. Le soleil chauffait de toute sa force les cailloux de la falaise.

Cette insupportable attente me fit perdre le contrôle de mes pensées. Les images de mon passé, le jour de mon accident de voiture, surgirent violemment : après le choc, j'avais repris conscience pendant un instant, pour voir des tuyaux et des appareils disposés autour de moi qui écartaient les tôles pour me dégager. Mes oreilles bourdonnaient. Entre les pompiers qui s'affairaient contre moi, je vis une civière un peu plus loin sur laquelle mon père était couché. Il n'y avait aucune trace de sang sur lui et son visage était paisible comme s'il dormait. Je ne savais pas encore qu'il était mort. J'entendis vaguement un des hommes dire *« …dénuqué »*. J'appris par la suite que ce mot signifiait :

« avoir la nuque brisée » dans le jargon des pompiers. Ma mère n'était plus là. Une ambulance l'avait déjà emportée vers un hôpital où elle mourut le soir même. Je ne revis jamais son visage !

J'étais fatigué de ressasser ces mauvaises pensées. Aussi, j'eus le vif désir de parler à Dieu et de « vider mon sac » comme jamais je n'avais osé le faire auparavant. Je lui exprimai ma détresse, ma lassitude, ma médiocrité, ma faiblesse face aux événements. J'avais l'impression d'avoir Dieu pour moi tout seul, qu'il m'entendait, qu'il me consolait. Ce fut un moment merveilleux et nouveau pour moi ! L'amour de Jésus n'était plus simplement un mot religieux mais une réalité ! Je ne sais combien de temps cela dura. J'étais euphorique, des vagues de joie me traversèrent.

Midi passé d'une vingtaine de minutes ! J'entendis derrière moi l'herbe sèche piétinée : les filles venaient pour le déjeuner. J'étais ravi. Elles s'assirent de chaque coté de moi sur le rocher comme si nous étions à table. Nellie parla la première tandis que Kélia sortait des provisions d'un grand panier :

« *Nellie* – On n'a vu aucun hélicoptère venir te chercher.

Kélia – C'est pourquoi on a pensé qu'on pourrait manger avec toi.

Moi – Vous avez bien pensé, merci ! C'est avec joie que j'accepte l'invitation ! »

Kélia coupa du pain frais en tranche pour en faire des tartines de miel. J'observai ses mains et remarquai qu'un morceau de ficelle ornait son poignet. J'étais ému. Je voulais tellement rester avec elle ! Elle me proposa une première tartine que je donnai à sa sœur. Nous mangeâmes en silence. Thermos de café, eau, jus de mangue…il ne manquait rien.

Le pique-nique terminé, Nellie demanda mes jumelles pour mieux admirer le panorama. Kélia ne semblait pas pressée de redescendre.

« Athal et son équipe ont monté le matériel Internet dans la chambre de la villa, me dit-elle, ils déballent tout et font les branchements.

– Qu'est-ce qu'ils ont fait du vieux lit en baldaquin ?

– Ils l'ont jeté par la fenêtre ! *(Silence)*

– Kélia…

– Oui ?

– Je vais te confier une mission.

– ça veut dire quoi ?

– Ce papier, tu le donneras à Athal.

– C'est quoi ?

– Mon numéro de compte en France. Athal comprendra.

– J'y vais. Je te laisse la boisson, si l'hélicoptère tarde, tu en auras besoin !

– Merci. »

Elle m'embrassa et rappela sa sœur qui me rendit mes jumelles.

Je soupirai en voyant mes amies s'éloigner.

Les heures défilèrent lentement. J'observai les allers et venues du peuple qui déballait, rangeait, distribuait…inlassablement. Le troisième container avait été ouvert. De temps à autre, je jetai un œil sur l'horizon : toujours rien.

Comment Franck avait-il pu oublier ? Non, c'était impossible ! Certainement qu'un empêchement de dernière minute, une panne, un contre temps était la cause de son retard ! Je le croyais digne de confiance. Finalement, je le connaissais peu. Qui était-il vraiment ? Pourquoi savait-il où se trouve Khéo ? Il était si fier de me parler de cette île inconnue du public !

Sur la place, je vis des caisses entières de vêtements. On avait tiré les rideaux des fenêtres des deux salles de classe. L'école était transformée en vestiaires d'essayage. Les combinaisons rouges disparurent progressivement laissant place aux multiples couleurs : Pantalons, jupes, robes, ceintures, cravates (dont personne ne savait faire les nœuds) casquettes, chapeaux… Malgré mes jumelles, la trop grande distance ne me permettait pas de reconnaître l'identité des personnes. Je vis une femme courir après quelqu'un pour lui arracher son chapeau à fleur de la tête et y mettre une casquette à la place ! Ce quelqu'un devait être un homme à qui on avait donné par erreur un chapeau de femme !

Bientôt dix-sept heures ! « Il fait nuit dans une heure, pensai-je, Franck ne pilote jamais pendant la nuit ! »

Il devait venir me chercher au moment où son porte-container, en route vers l'île Maurice, longerait la limite de la zone interdite…

Pendant que je me lamentais, j'entendis soudain quelqu'un s'approcher derrière moi. Je me retournai et vis une femme portant une longue robe sans manche de couleur orangée. Son chapeau tressé était garni de fleur. Je reconnus Kélia avec son grand panier qu'elle posa près de moi ! Elle était radieuse et ravie, elle dansa devant moi, sautillant et virevoltant… Elle resplendissait !

« Regarde, me dit-elle, on a ouvert le dernier container, j'ai reçu une robe ! C'est la première fois que je mets une robe ! Qu'est-ce que t'en penses ?

– Je… ça te va bien !

– Et aussi des bijoux ! »

Elle s'approcha en inclinant la tête pour mieux me monter ses boucles d'oreilles en forme de gros anneaux dorés. Bagues, montre, bracelets... Le morceau de ficelle avait disparu de son poignet.

« Prends-moi en photo !

– Je… n'ai plus de pellicule !

– Dommage. Regarde ces drôles de chaussures, s'exclama-t-elle en posant son grand panier sur mes genoux, je n'arrive pas à les supporter ! »

Au fond du panier, je vis une paire d'escarpins neufs à talons aiguille ! Elle continua :

« Je me demande comment les femmes du continent font pour marcher avec ça !

– Ces chaussures ne sont pas adaptées pour se déplacer sur les cailloux de Khéo ! Les femmes du continent marchent sur des pavés ou des trottoirs.

– C'est quoi, des trottoirs ?

– Des surfaces lisses et dures de couleur noire ou bleutée.

– Dures comme le béton des bunkers ?

– Exactement. Mais au fait, ta sœur n'est pas avec toi ?

– Non, elle est restée avec ses amies. Toutes les filles veulent voir les robes qu'elles vont porter. »

Elle prit place à coté de moi sur le rocher. Elle sortit sa revue publicitaire qu'elle scruta lentement. Puis, elle la rangea dans le panier et se blottit contre moi en étendant ses jambes Elle regarda ses pieds nus dépassant de sa robe et me questionna :

« Jérôme !

– Oui…

– Si je ne mets pas ces drôles de chaussures, ma tenue ne sera pas complète. Tu crois que c'est correct ?

– En voilà une question ! Tu fais comme tu l'entends. L'essentiel est que tu sois à l'aise ! » *(Silence)*

Elle enleva son chapeau et se colla contre moi. Sa tête sur mon épaule droite était si près que ses tresses touchaient ma joue. C'était troublant, ma gorge se serra et mon cœur battait de plus en plus fort !

Doucement, mon bras droit se glissa derrière elle pour l'entourer. Ma main se referma sur son bras nu. Elle frissonna car la brise de l'automne tropical nous enveloppait. Je bouillonnai intérieurement. J'hésitai encore : j'ose… je n'ose pas… j'ose… je n'ose pas… j'ose ! Je me tournai vers elle. Jamais je n'avais vu son visage d'aussi près, ses yeux en amande, sa peau mate. Ses cheveux sentaient bon le foin et ses lèvres avaient le goût du miel ! Pendant notre étreinte, nous entendîmes dans le lointain le moteur de l'hélicoptère. Horrifiée, elle s'écarta de moi brutalement en criant :

« Tu vas partir ! Je veux partir avec toi ! Je veux vivre avec toi dans ton beau pays. Tu m'enseigneras le langage populaire !

– Mais Kélia, ce n'est pas si simple. Tu n'as pas de passeport.

– Un passeport ?

– Kélia, pourquoi m'avoir caché tes sentiments envers moi ?

– Je n'osais pas. Je savais que tu allais partir, et nous sommes tellement différents !

– Tu divagues. On s'en fout de nos différences, moi aussi je t'aime ! J'ai trop souffert avec la mort de mes parents, je ne veux plus être séparé de ceux que j'aime !

– Alors laisse-moi partir avec toi !

– Kélia, écoute-moi, voilà mon plan : Franck ne repartira pas ce soir, la nuit est trop proche. Il dormira ici et nous repartirons ensemble avec Nellie demain matin. Nous trouverons une solution, Franck connaît plein de monde ! »

J'eus à peine le temps de finir ma phrase qu'elle s'élança jusqu'au bord de la falaise en faisant des grands signes avec ses bras pour attirer l'attention de mon pilote. Mais l'engin tardait en survolant longuement les restes de la plate-forme. Je l'épiai avec mes jumelles.

« Te fatigue pas, Kélia, il est encore trop loin pour nous voir. Je me demande pourquoi il reste aussi longtemps là-bas. Il ne croit tout de même pas que je vais l'attendre perché sur les bouts de ferraille de la plate-forme ! »

Quelques longues minutes plus tard, nous le vîmes enfin se diriger vers l'île.

« Il nous a vus, s'écria Kélia, il vient vers nous !

– Je ne crois pas qu'il nous voit mais il se dirige effectivement vers nous ! »

Au travers de mes jumelles, l'appareil paraissait anormalement gros. Il ne ressemblait pas à l'hélicoptère habituel de Franck. Je finis par comprendre que mon pilote avait changé d'aéronef. Celui-ci était d'un blanc éblouissant. La lumière du soleil couchant s'y reflétait.

« Surprise! Dis-je à Kélia, Franck a changé d'hélico! Sacré Franck, je le crois capable de racheter un engin militaire et de le repeindre en blanc pour son usage personnel! Cette fois, il nous a vus! »

Pendant que je rangeai mes jumelles dans mon sac, j'entendis Kélia crier en courant vers moi :

« Jérôme ! Jérôme ! Regarde ! Ce n'est pas ton ami Franck ! »

L'appareil était comme suspendu à une centaine de mètres de nous. Il pivota sur lui-même laissant apparaître la blancheur de son flan au milieu duquel une porte coulissante rouge vif s'ouvrit. Je reconnus le sigle de…la roue dentée noire ! Deux militaires en tenue de combat pointèrent leur arme sur nous. J'étais pétrifié. Instinctivement, je fis volte-face pour protéger Kélia. Derrière moi, l'ennemi en approche n'était plus qu'à une trentaine de mètres. Le déplacement d'air produit par le rotor souleva autour de nous un nuage de poussières cinglantes. La revue publicitaire et le chapeau à fleurs s'envolèrent très loin vers la cime des arbres. Le sifflement assourdissant de la turbine m'obligea à crier à mon amie :

« N'aie pas peur, quoi qu'il arrive, nous resterons ensemble ! »

Je posai la paume de ma main sur ses yeux mouillés de larmes. Les bras plaqués le long du corps pour maintenir sa robe, elle attendait, confiante et immobile, appuyée contre moi, comme si elle abandonnait sa vie dans la mienne. Mes dernières pensées se tournèrent vers Dieu. Je fermai les yeux et retins mon souffle, appréhendant la première rafale des fusils mitrailleurs…

Partie 2

Ile de Khéo, Océan Indien

1 – Le retour de l'ennemi

Après d'interminables secondes, un haut-parleur se mit à hurler sur nous : « Hé, vous deux là-bas, retournez immédiatement sur la place du rapport, je veux voir tout le monde en bas…exécution ! »

Sans même me retourner, j'attrapai la main de Kélia pour l'entraîner vers l'ombre des arbres. Affolés, nous dévalâmes l'escarpement, courant et glissant à une vitesse vertigineuse, jusqu'en bas de la carrière où nous rencontrâmes Athal, Hémerik, Frédo et Etienne qui revenaient de la villa. Essoufflés, nous échangeâmes tous des regards stupéfaits. Athal s'écria : « Suivez-moi…vite ! » Nous courûmes nous abriter entre deux bunkers. Athal nous poussa contre un mur et s'empressa de nous parler :

« Ecoutez, on n'a pas beaucoup de temps. Ne m'interrompez pas ! Je connais cet individu, je crois que c'est Eglon, le complice de mon père. Il ne doit en aucun cas connaître la vérité concernant les événements de ce début de semaine, sinon, il nous tuera tous et on sera remplacés par de la main-d'œuvre africaine. Il va falloir bluffer.

Etienne – Bluffer ?

Athal – Oui, ça veut dire mentir. Je dois faire croire à Eglon que je maîtrise toujours la situation et que je gouverne Khéo à la place de mon père. Vous devez entrer dans mon jeu en m'étant soumis et en obéissant aux ordres. Désolé si je me comporte durement avec vous mais je dois paraître aussi sévère que mon père.

Hémerik – Tu vas nous traiter comme ton père pour faire plaisir à ces tortionnaires ?

Etienne – Laisse-le parler, il sait comment faire avec ces gens !

Athal – Personne ne sera maltraité. Faites-moi confiance. Je suis né sur la plate-forme, j'ai grandi au milieu d'eux, je connais leur mentalité, leurs méthodes. Si vous faites bien ce que je vous dis, je vous promets qu'Eglon et ses hommes quitteront l'île dans un an sans avoir blessé quiconque.

Frédo – Qu'est-ce qu'on devra faire ?

Athal – Plein de petites choses pour leur pourrir la vie en employant leur méthode de mensonges. Il vous suffira de suivre à la lettre mes recommandations. »

À mesure que l'aéronef s'approchait, son vrombissement résonnait de plus en plus entre les murs des bunkers. Kélia, effrayée, agrippa mon bras.

« *Athal* – Pasteur Etienne, on n'a plus de temps, j'ai besoin de votre approbation maintenant !

Etienne – Oui…à partir d'aujourd'hui, on fera tout ce que tu diras jusqu'au départ de ces malfaiteurs. Mais comment on peut être sûr qu'ils vont… ? »

Le haut-parleur interrompit Etienne en ces mots : « Vous, là-bas, les négros, vous attendez quoi ? Tous sur la place du rapport ! Bougez-vous où je tire dans le tas ! »

« *Athal* – Ne craignez rien et suivez-moi jusqu'à la place ! »

Pendant notre course, nous continuâmes notre conversation. Athal s'adressa à moi :

« Officiellement, tu es une nouvelle recrue nommée Maximilien, choisie par mon père. Je vais te présenter comme un agent chargé de surveiller tous les habitants avec lesquels tu continueras à habiter. Tu dormiras à l'infirmerie et tu mangeras avec la famille du pasteur comme d'habitude. Tu viendras au bunker chaque jour pour faire ton rapport et transmettre mes ordres au pasteur.

– Et si Eglon me pose des questions sur mon passé et mes prétendues relations avec ton père que je n'ai jamais connu… ?

– Je répondrai à ta place. Tu seras respectueux envers lui en l'appelant « mon colonel ». Sois discret avec Kélia. Si Eglon apprend que tu as une liaison avec elle, il va se méfier et…

– C'est évident, je ne ferai rien qui puisse nous mettre en danger !

– Il y aura plusieurs chantiers à gérer dans les prochains jours et je m'arrangerai pour que tu puisses te retrouver seul avec elle plusieurs fois par semaine.

– Merci, mais tout ça me fait peur. Je n'ai pas l'habitude de parler à ce genre d'individus.

– Tu es mon agent choisi par mon père, tu es directement sous mon autorité et je suis gouverneur de Khéo, n'oublie jamais ça. À ce titre, je suis supérieur au colonel Eglon ainsi qu'à toute sa troupe d'abrutis. Je t'interdis de leur parler sans mon autorisation.

– Bien, je n'oublierai pas ! »

En traversant les plantations, nous vîmes deux autres hélicoptères atterrir près des fondations de la future salle de culte.

À bout de souffle, nous arrivâmes péniblement à l'entrée du porche à l'abri des regards des soldats. Kélia, toujours accrochée à mon bras, me ralentissait à cause du contact des cailloux du chemin sous ses pieds nus. Athal profita de cet instant de répit pour nous donner ses dernières instructions :

« Hémerik et Frédo, vous allez rejoindre les autres et vous couvrirez de bâches la cargaison qui reste encore sur la place. Kélia, tu vas voir ta sœur. Jérôme et Etienne, vous restez avec moi et vous me laissez parler à Eglon. Prenez un air désolé et consterné.

– Ça ne sera pas difficile ! »

Kélia m'embrassa une dernière fois avant de sortir du porche. Je l'observai, le cœur serré, pendant qu'elle disparut dans la foule.

Dix-huit hommes en treillis et armés jusqu'aux dents, pénétrèrent sur la place en passant sur l'aire de l'ancienne chapelle. Ils avaient tous un brassard rouge représentant le sigle d'Achab. L'un d'eux, à la tête du groupe, portait un képi. Je devinai qu'il s'agissait du colonel Eglon. Tout le peuple attendait debout et en silence, après avoir reformé ses rangs. Le groupe ennemi s'arrêta pendant qu'Athal, Etienne et moi-même marchions vers lui d'un pas décidé. Athal retira ses lunettes pour laisser apparaître son visage meurtri. Il chuchota : « Surtout, ne dites rien, laissez-moi leur parler ! »

2 – Reprise du pouvoir

L'homme au képi était un quinquagénaire un peu enveloppé. Son visage était flasque et pâle. Des bajoues tiraient l'extrémité de ses lèvres vers le bas lui donnant un air hautain. Il se tenait droit comme un i, la tête légèrement en arrière. Ses yeux, rapetissés par d'épais verres de lunettes rectangulaires, semblaient tout épier avec mépris.

« *Athal* – Ah ! Mon colonel, vous voilà enfin ! Quelle galère ! Nous avons été victimes d'un attentat !

Eglon – Athal ? C'est toi ? Mais qu'est-ce qui c'est passé ici nom de Dieu ? Comment ça un attentat ? Où est ton père ? Qu'est-ce qui t'est arrivé ?

Athal(prenant un air désolé*)* – Hélas, mon père n'a pas survécu, lui et le reste du personnel ont péri sur la plate-forme. Des missiles, au moins quatre, tout a explosé ! Nous n'avons rien pu faire !

Eglon – Des missiles? Lancés par qui? Tu as vu quelque chose? C'étaient des missiles de croisière ?

Athal – Non, des missiles à courte portée provenant d'un sous-marin tout près de la côte.

Eglon – Mais comment a-t-il pu s'approcher d'ici sans avoir été détecté par le radar de la plate-forme ?

Athal – Je n'en sais rien. Je sais seulement que mon père avait entrepris des travaux électriques ce jour-là. Peut-être que les instruments de bord étaient débranchés au mauvais moment. Je venais de déposer Maximilien sur l'embarcadère. Pendant que je me dirigeais vers la plate-forme en navette, j'ai vu deux missiles se diriger vers l'île faisant exploser deux bâtiments. Tout s'est passé très vite. Deux autres missiles ont atteint la plate-forme, faisant tout sauter ! Le souffle de l'explosion a fait chavirer la navette et m'a envoyé des débris en pleine face… mon œil est foutu ! J'ai été éjecté et Max est venu me chercher avec le *zodiac*. La navette a coulé.

Eglon – Bordel, c'est pas possible ! C'est qui ces enfants de salaud qui ont osé faire ça ? Et ton père qui n'a rien vu venir ! Je n'arrive pas à y croire ! Tu as vu le sous-marin ?

Athal – Oui, j'ai juste eu le temps d'en apercevoir la silhouette, mais je n'ai pas pu lire d'inscription, j'étais blessé… *(Silence)*

Eglon (posant sa main sur l'épaule d'Athal) – Je comprends mon gars…ton père…mon meilleur ami…on se connaissait depuis notre enfance. Il serait fier de toi…Un sous-marin !…Mais qui ?

Athal – Venez, asseyons-nous à cette table là-bas. »

Etienne et moi restâmes debout, prêts à recevoir des ordres. Les soldats formaient un cercle autour de nous. L'un d'eux tenait en laisse un gros chien de race berger allemand. Le peuple, bien rangé, attendait toujours en silence.

Eglon – Je vois que tu n'as pas perdu ton temps, j'ai vu trois containers au bout de la jetée.

Athal – Ils sont vides. Mon père m'avait suggéré de moderniser l'île, il y a plusieurs mois et j'ai commandé du matériel que nous terminons de ranger. » *(Silence)*

« *Eglon (le regard fixe)* Des missiles… tout est foutu… mais qui, bon Dieu, qui a bien pu faire ça ?… Rien d'autre depuis mardi ? Aucun signe de l'ennemi ?

Athal – Non, tout est redevenu comme avant.

Eglon – Plus rien ne sera comme avant ! Achab qui n'est plus là, et ces enfants de salaud qui peuvent revenir à tout moment. On n'a plus aucune protection !

Athal – Au fait, j'ai fait aménager des bunkers pour vous et vos hommes à côté du mien. C'est moins confortable que sur la plate-forme, mais on sera plus en sécurité.

Eglon – Les bunkers ? Et les déchets nucléaires ?

Athal – On a tout balancé à la mer côté nord.

Eglon – Vous avez fait tout ça en quatre jours ?

Athal – Heu…oui, et ce n'est pas tout, on a même commencé à installer Internet dans l'ancienne villa !

Eglon – Bordel, avec toi les négros n'ont pas le temps de chômer !

Athal (s'adressant à Etienne) – Tu peux disposer, le rapport est terminé, que chacun reprenne ses occupations !

Etienne – Bien, Monsieur.

Eglon (s'adressant à l'un de ses hommes) – Gontran, dis à tes pilotes de séparer les hélicos, l'ennemi n'étant pas identifié, on reste en état d'alerte !

Gontran – À vos ordres, mon colonel, mais…où voulez-vous qu'on les mette ?

Eglon (d'un ton agacé) – Je m'en fous ! Je veux juste les séparer. Tu vois bien qu'ils sont trop près, si l'un d'eux se prend un missile, ils vont sauter tous les trois !

Gontran – Oui, mon colonel, mais à quelle distance ?

Eglon (se mettant à hurler) – Un à trois cent mètres au nord, un à trois cent mètres au sud, un à trois cent mètres à l'est ! Est-ce que c'est clair nom de Dieu ?

Gontran – Très clair mon colonel, à vos ordres mon colonel !

Eglon – Filet de camouflage sur chaque appareil ! Maniez-vous le cul, il va faire nuit ! »

Les activités du peuple reprirent sur la place dans le brouhaha habituel. On plaçait des bâches sur les caisses restées dehors, on préparait le repas du soir, on envahissait les locaux des douches. Derrière nous, les soldats déchargèrent des malles des hélicoptères que les pilotes démarraient pour la dernière manœuvre. Eglon restait assis, prostré et perdu dans ses pensées. Un de ses hommes apporta une mallette, une bouteille de rhum entamée et deux timbales qu'il posa sur la table. Comme j'étais toujours debout à côté d'Athal, celui-ci me fit comprendre d'un petit coup de coude que je devais verser la boisson dans les timbales.

« *Athal* – Mon colonel !*(Silence)*

Athal – Mon colonel !

Eglon – Oui.

Athal – J'aimerai voir les derniers dossiers de mon père pour connaître ses projets.

Eglon – Pff ! À quoi bon ? Plus de plate-forme ! Tiens, c'est dans ma mallette. »

Athal ouvrit la mallette qui contenait des cahiers à grosses spirales et des disquettes d'ordinateur. Il sortit un carnet de sa poche sur lequel il se mit à écrire en tournant les pages des cahiers. Eglon reprit des couleurs après avoir bu la moitié de sa timbale. Au même moment, comme la nuit commençait à tomber, tout l'éclairage extérieur s'alluma. Les lasers de la croix métallique dressée à la place du drapeau, illumina la cour, ce qui ne manqua pas de sortir l'officier de sa torpeur :

« Hé, mais c'est quoi ça ? Vous avez remplacé le drapeau par cette croix ridicule ? Et tu laisses les négros faire ça ? »

Athal continua à consulter les documents étalés sur la table sans répondre.

« *Eglon* – Et où sont passées les combinaisons rouges ? Depuis quand les négresses portent des bijoux ? C'est n'importe quoi !

Athal – Mon colonel, vous l'avez constaté, je n'utilise pas les mêmes méthodes que celles de mon père. Mais comme vous l'avez dit vous-même tout à l'heure, je ne laisse pas chômer ce peuple, la fin justifie les moyens ! *(Silence)*

Eglon – Tout de même, donner des bijoux à des négros c'est comme donner de la confiture à des cochons !

Athal (d'un ton agacé) – Et vos hommes, ils sont bénévoles peut-être ? Vous leur donnez du tabac, de l'alcool, ils sont nourris, logés, grassement payés…

Eglon (élevant la voix) – Encore heureux qu'on leur donne tout ça! Eux ne sont pas des négros ! Ton père, il approuvait tes méthodes ?

Athal – Mon père me faisait confiance, et j'entends continuer la mission qu'il m'a confiée selon mes méthodes et jusqu'à la fin de mes jours ! J'ose espérer que vous serez à la hauteur pour reprendre les affaires du gouverneur Achab avec la même efficacité !

Eglon – Facile à dire, tout est foutu ! Plus d'outil de travail ! Personnel qualifié, ingénieurs, chimistes, laboratoires, ateliers, tout est parti en fumée ! J'ai injecté trois millions de dollars dans cette putain de plate-forme ! Et aujourd'hui, plus rien ! Avec quoi je vais reprendre les affaires d'Achab ? Je vais dire quoi à mes clients ?

Athal – Du calme, cette île est à votre disposition. On va en adapter les infrastructures.

Eglon – Comment ça ?

Athal – Mon colonel, j'ai vécu une semaine très difficile, aussi, je vous ferai part de mes propositions lundi matin. Il est temps de nous diriger vers les bunkers.

Eglon (s'adressant à moi) – Et toi, Max, quel poste tu occupais sur la plate-forme ?

Athal – Mon père l'a recruté pour me seconder dans l'organisation logistique de Khéo.

Eglon – Ah oui ? Et qu'est-ce qu'il foutait sur la falaise avec une négresse ? » *(Silence)*

Athal cessa d'écrire et arracha une page de son carnet qu'il déposa dans sa poche.

« *Athal* – Cette négresse était postée en hauteur comme sentinelle. Elle était chargée de surveiller l'horizon et d'alerter Maximilien dès qu'elle apercevrait un bateau ou un aéronef en approche, ce qu'elle a d'ailleurs fait quand elle a vu vos hélicos !

Eglon – Tu as même des sentinelles nègres ici ?

Athal – Oui, et alors ? Pas besoin d'être un homme pour être sentinelle et servir de cible à l'ennemi !

Eglon – En tout cas, ton second et sa négresse avaient une drôle de façon de surveiller l'horizon ! Je les ai vus collés l'un à l'autre. Sans doute une de tes nouvelles méthodes que…

Athal (irrité) – Eglon, vous commencez à être pénible avec vos remarques, occupez-vous de vos mercenaires comme bon vous semble et laissez moi diriger mon personnel. La situation est suffisamment compliquée alors épargnez-moi vos réflexions ! Ou bien vous acceptez de travailler avec moi, ou bien vous foutez le camp en emportant vos gorilles ! Message reçu ?

Eglon (terminant de vider sa timbale) – Ouais…ça va !…On va pas s'engueuler à cause des négros ! Bois un coup !

Athal – Je dois vous prévenir également qu'un virus traîne sur l'île. Si l'un de vous a le moindre problème de santé, il faut nous le signaler. Les bunkers sont équipés d'un réservoir de six cents litres d'eau javellisée, de toilettes chimiques et d'une centrale d'eau potable. L'éclairage est branché sur batteries. »

Athal commença à boire son rhum. J'en profitai pour lui parler discrètement :

« Mon sac à dos est resté sur la falaise.

– Demande à Frédo d'aller le chercher, il a une lampe de poche. Que l'on prépare dix-huit plateaux-repas pour le colonel et son personnel. Le service aura lieu devant les bunkers… Et aussi un peu de viande pour le chien.

– Bien, Monsieur. »

Au moment où j'allai partir, Athal me glissa dans la main un morceau de papier qu'il venait de sortir de sa poche, sans doute la page arrachée de son carnet. En m'éloignant, j'entendis les deux hommes se lever de table. Athal voulut accompagner la troupe ennemie jusqu'aux bunkers. J'avais hâte de lire le papier à l'abri des regards indiscrets.

3 – Cohabitation

Je me retrouvai seul au milieu de la foule à la recherche de la famille du pasteur Etienne. Je m'approchai d'un endroit éclairé et dépliai le morceau de papier qu'Athal m'avait glissé dans la main. Voici son contenu :

« Jérôme, (n'oublie pas que tu t'appelles Max) quand les 18 plateaux-repas seront prêts, demande à Linda de t'accompagner avec ses fils dans le camion pour servir les hommes du colonel devant les bunkers. Dis-lui de verser un laxatif dans trois bols de soupe sur trois plateaux choisis au hasard (en évitant le mien !)

Attention à ton comportement devant ces étrangers ! Quand tu es avec moi, sers-moi comme un domestique. Quand tu es seul avec le peuple, fais-toi servir. N'accomplis aucune corvée toi-même. Sois discret avec les mercenaires d'Eglon. Ils doivent en savoir le moins possible sur nous. Si tu dois leur répondre, sois vague et utilise leur langage vulgaire. N'oublie pas que tu es officiellement engagé par mon père.

Demain matin, après le petit-déjeuner servi à sept heures devant les bunkers, je viendrai voir le pasteur pour vous indiquer la suite des opérations.

Bon courage et n'aie pas peur. Nous avons vaincu ensemble mon père, nous vaincrons Eglon car j'ai un plan pour le faire fuir d'ici ! Eglon n'est qu'une petite frappe sans envergure et ses hommes sont stupides !

Montre ce papier au pasteur avant de le détruire ! »

Je vis venir vers moi Etienne, Kélia et sa sœur Nellie. Je venais tout juste de finir ma lecture. Sans mot dire, je donnai le papier au pasteur qui le lut à son tour.

« *Etienne* – J'ai compris ! Nellie, va chercher Linda à l'infirmerie. Kélia, va chercher Frédo à l'atelier. Rendez-vous aux cuisines ! »

Frédo arrêta le camion devant le préau où les femmes préparaient les repas. Comme chaque soir, la foule s'assit sur le sol, chanta et remercia Dieu avant de manger. Des hommes passaient entre les groupes en portant des marmites pleines de soupe de poisson, tandis que Frédo et Hémerik en chargeaient deux dans le camion dont on avait déplié arceaux et bâche spécialement pour l'occasion.

« *Linda* – Tout est prêt ? Toute la vaisselle est là ?

Frédo – Tout est là. Montez, je démarre !

Etienne – Partez avant que la soupe soit froide ! Les filles et moi, on vous attendra à table. »

Pendant les quelques minutes de trajet, Hémerik, Linda et moi étions assis sur le bord des ridelles, en nous agrippant aux arceaux. Hémerik avait remis sa combinaison rouge sans manche. Sa mère avait enfilé un tablier à rayures noires et grises par-dessus sa robe bleu foncé. C'était la première fois que je la voyais habillée ainsi. Elle me fit un clin d'œil pour calmer mon anxiété. Frédo fit une manœuvre pour disposer l'arrière du camion face à l'ouverture principale du bunker.

Les militaires bavardaient et attendaient dehors, sacs et armes posés à terre. Le chien, attaché à un arbre à une trentaine de mètres, ne cessait d'aboyer. Frédo vint nous rejoindre dans la benne.

« *Frédo* – Athal est encore à l'intérieur, il fait sans doute visiter les lieux à Eglon !

Hémerik – Pas question de les attendre, la soupe refroidit ! »

Linda commença à disposer bols, couverts biscuits, fruits et gobelets sur les plateaux et les présenta un par un à Hémerik qui remplit de soupe les bols. Frédo, à genoux à l'arrière, servait les hommes affamés qui s'étaient immédiatement approchés de nous. Je tenais une lanterne électrique, j'éclairais les plateaux en suivant leur mouvement.

Les mercenaires m'ayant aperçu se mirent à me narguer en ricanant. Je n'avais pas envie de répondre.

« Hé Max, ça fait longtemps que tu es à Khéo ? *(Silence)*

– Max, réponds, fais pas la gueule. T'es toujours en civil ? Tu n'as pas d'armes ?

Moi – Pas besoin d'arme pour me faire obéir !

– Oh ! Max la menace n'a pas besoin d'arme ! Quelle autorité !

– Hé Max ! Tu nous présenteras ta copine, on t'a vu avec elle sur la falaise ! Elle est bonne ? *(Silence)*

– Maxou, déconne pas, réponds. Paraît que tu habites chez les négros. Tu n'as pas peur la nuit ?

– Max, viens boire un coup après ton service, on va discuter !

Moi – Merci. Désolé mais je n'ai pas le temps.

– Pas le temps ? Hé les mecs, Max la menace n'a pas le temps !

– Normal, il est trop occupé à se taper toutes les petites bronzées de l'île ! »

Pendant qu'ils parlaient encore, Eglon et Athal sortirent du bunker. Linda venait de verser le contenu du troisième sachet de laxatif dans le dix-septième bol de soupe. Hémerik murmura à sa mère: « Miam-miam, la bonne sou-soupe pour les abrutis, comme dirait Athal ! »

Le colonel qui venait d'entendre les dernières moqueries de ses hommes se mit à hurler :

« Gontran, rassemblement !

– Oui mon colonel ! »

Les hommes posèrent précipitamment leur plateau par-terre et s'alignèrent.

« *Gontran* – Peloton…à vos rangs…fixe !

Eglon – Ecoutez-moi bien, bande de cons, les affaires vont mal, ce n'est pas le moment de me gonfler ! Le premier qui me fait chier, je l'envoie à fond de cale au prochain cargo pour Dar Es Salam ! Est-ce que c'est clair ? (*Silence*). Je vous donne deux heures pour déballer vos paquetages et vous installer. Couvre-feu de vingt-deux heures à cinq heures du mat. Gontran, je veux deux gardes en faction autour des bâtiments avec le chien et un garde sur le toit du bunker ! Fusils, visée nocturne, radio, jumelles infrarouge ! Poste de garde à l'entrée du bunker ! Exécution !

Gontran – À vos ordres mon colonel !

Eglon – Des questions ? (*Silence*). Demain matin, lever à six heures !… Rompez ! »

Les hommes ramassèrent leur plateau et entrèrent dans le bunker en silence. Eglon et Athal vinrent chercher le leur à l'arrière du camion au volant duquel Frédo avait déjà repris place. J'en profitai pour questionner une dernière fois Athal :

« Monsieur Athal, qu'est-ce que vous avez décidé pour gérer la vaisselle ?

– Chacun garde son plateau, on vous rendra la vaisselle sale demain.

– Entendu. Vous avez besoin d'autre chose ?

– Non, on enverra quelqu'un si on a besoin de quelque chose. Vous pouvez disposer. Personne dehors pendant le couvre feu !

– Bien, à demain, Messieurs ! »

Eglon m'avait déjà tourné le dos pour s'éloigner avec son plateau-repas. Athal, qui semblait satisfait de mes répliques me fit un clin d'œil et s'en retourna également. Frédo actionna le démarreur. Hémerik saisit ma lampe de poche que je tenais encore.

« Donne, me dit-il, je vais chercher ton sac. Il est où ?

– Sur la falaise en haut de la carrière.

– Là où tu attendais l'hélicoptère avec Kélia ?

– Oui, peut-être que tu trouveras aussi son panier. Tu ne veux pas qu'on t'attende ici pour profiter du camion ?

– Non, partez, je rentre à pied ! »

Il sauta hors du camion en marche et disparut dans la nuit. Je restai seul avec Linda assise en face de moi. Elle m'assura que j'avais bien parlé et que tout s'était passé comme le voulait Athal. Visiblement, elle avait une entière confiance en lui et se disait déterminée à appliquer à la lettre ses directives.

Le camion s'immobilisa sur la place à quelques mètres du porche pour ne pas déranger le peuple qui mangeait. Après toutes les émotions fortes de l'après-midi, je retrouvai avec joie ma tablée habituelle. Les habitants de Khéo ignoraient l'ennemi qui veillait à quelques centaines de mètres. Ils étaient confiants et sûrs de la défaite future de leurs envahisseurs !

J'entrai dans une nouvelle vie mêlée de crainte et de joie : crainte de ces criminels armés, crainte de me voir prisonnier et pris en otage sur cette île…et heureux de rester avec Kélia dont j'étais amoureux. Je l'observai discrètement pendant qu'elle versait la soupe dans les bols. Elle resplendissait, sa robe orangée égayait la clarté blafarde des néons. Nellie aidait sa grande sœur en imitant ses gestes. Elle portait une même robe de couleur rose, un chapeau rouge et des ballerines rouges. En enjambant le banc pour venir s'asseoir à côté de moi, Kélia laissa apparaître ses habituels brodequins foncés !

« Le voilà, dit Linda à son mari en voyant arriver son fils Hémerik, tu peux faire la prière ! »

Etienne pria tandis qu'Hémerik posait mon sac et le panier de Kélia derrière nous. Il me donna une feuille de papier qu'Athal lui avait remise pendant son retour alors qu'il passait devant les bunkers. Je la lus à haute voix :

« Demain matin, après le service du petit-déjeuner à sept heures, que Frédo gare le camion en disposant l'arrière face à la porte de la chambre froide du milieu. Qu'Hémerik désigne six hommes pour creuser un trou carré d'un mètre cinquante de côté et deux mètres de profondeur. Evacuation des gravats par seaux à vider dans le camion. Les travaux débuteront pendant le culte. Vers dix heures, Eglon et quelques hommes vont se rendre près de la plate-forme en zodiac. Deux militaires vont rester en faction sur la place. Quand Frédo me verra avec les deux gardes à côté du générateur, le pasteur en profitera pour expliquer à tous la situation, le bruit du moteur du générateur empêchera les gardes d'entendre, je leur expliquerai les consignes concernant la production d'électricité. J'ai prévenu Eglon que des travaux urgents seraient réalisés devant les chambres froides. Je vous dirai plus tard à quoi ce trou va nous servir. Ayez confiance et que Dieu vous bénisse ! À demain. »

« Un trou ? Pour quoi faire ? demanda Frédo.

– Tu verras bien, répondit son frère, Athal sait quoi faire.

– Sûr qu'il sait ce qu'il fait ! J'en connais trois qui vont se souvenir de leur première nuit !

– Ils vont avoir mal au ventre, renchérit Linda, peut-être qu'ils auront besoin d'un médicament ! »

Tous se mirent à rire.

Ainsi s'acheva la première journée en mauvaise compagnie des serviteurs d'Achab que je pensais ne jamais connaître ! Je regagnai l'infirmerie, dépliai mon sac de couchage. J'étais pleinement impliqué dans une nouvelle histoire qui commençait…

4 – La résistance s'organise

Dimanche 23 mars 1997

C'est vers six heures que je me réveillai. Comme d'habitude, je fus le dernier arrivé à la table du petit-déjeuner où tous mes amis m'attendaient ! Kélia, assise à côté de moi, me fit un rapide baiser sur la joue pendant que le pasteur commençait à rendre grâce.

Surpris de constater que chacun avait enfilé sa combinaison rouge j'interrogeai Kélia. Elle me répondit que tous les habitants porteraient leurs plus beaux habits du dimanche pour le culte de neuf heures trente ! Sur la table, pain encore chaud, œufs durs, miel, fruits, cruches de lait et café. (On importait sur l'île du lait en poudre et du café). De toute évidence, les repas du dimanche étaient plus copieux que ceux des autres jours !

Comme la veille et selon les directives d'Athal, j'accompagnai Linda et ses deux fils en camion pour le service de nos ennemis devant les bunkers. Les militaires, moins bavards et fanfarons qu'auparavant, vinrent avec leur plateau chercher leur bol que Linda remplissait à la louche de lait ou de café suivant le choix de chacun. Certains n'avaient pas encore terminé de s'habiller et se déplaçaient lentement avec leur ceinturon posé sur l'épaule… Eglon et Athal toujours en grande discussion, vinrent les derniers sans nous adresser la parole.

♦ ♦ ♦

Vers huit heures, alors que j'étais dans ma chambre, occupé à chercher des vêtements convenables pour aller au culte, j'entendis Athal, Etienne et ses deux fils entrer dans la salle principale de l'infirmerie. Athal ferma la porte derrière lui en vérifiant que les deux gardes qui l'accompagnaient se tenaient suffisamment loin sur la place.
« Bonjour, dit-il, voilà ce qui nous attend : Eglon veut utiliser toute la surface cultivable pour produire du pavot !

Hémerik – Mais, c'est impossible ! Plus d'ananas ni de légumes ? Qu'est-ce qu'on va manger ?

Etienne : Tais-toi et laisse-le parler !

Athal – Pas de panique, nous importerons des fruits et du riz malgache. Tout ça est provisoire, il faut absolument coopérer. J'ai réussi à convaincre Eglon de ne pas déboiser, le déboisement mettrait en danger nos réserves d'eau douce. On va donc libérer toutes les parcelles et organiser un remembrement en supprimant les allées du milieu et en redécoupant les surfaces. Pour évaluer leurs dimensions, on tiendra compte du nombre de membres en âge de travailler dans chaque famille.

Frédo – Et les graines de pavot, tu vas les chercher où ?

Athal – Elles arriveront par un nouveau cargo dans une quinzaine de jours quand on aura terminé nos commandes.

Hémerik – Quelles commandes? On attend encore du matériel?

Athal – Bien, sûr, vous irez mesurer toutes les ouvertures et la toiture de la villa qui va être entièrement rénovée, pour en faire le quartier général d'Eglon avant de devenir le nôtre quand Eglon et ses mercenaires auront quitté l'île. En attendant ce jour, il vous faudra travailler pour eux pendant que moi je travaillerai leur conscience !

Hémerik – Et le trou devant la chambre froide ?

Athal – Officiellement, cette excavation formera une chambre technique qui n'a d'ailleurs aucune raison d'être sous le niveau du sol, mais qui permettra l'accès à une pièce secrète creusée sous la dalle de la chambre froide.

Frédo – Une pièce qui va servir à quoi ?

Etienne – Mais laissez-le parler, il allait certainement continuer à nous expliquer !

Athal – Cette pièce contiendra un ordinateur branché sur Internet et relié sur l'ordinateur d'Eglon dans la villa. Je financerai les travaux. Le fait qu'on fasse nous-mêmes la rénovation va nous permettre d'installer discrètement des caméras et des micros pour pouvoir espionner Eglon et mieux le piéger !

Frédo – Les travaux de cette pièce secrète, comment les réaliser sans se faire voir ?

Athal – Tu verras bien. Je t'avais demandé de choisir six hommes, c'est fait ?

Frédo – Oui, ils installent le marteau piqueur en ce moment même !

Athal – Parfait ! Qu'ils commencent tout de suite. Dans un peu plus d'une heure, ils auront fini de faire du bruit et le culte pourra débuter en silence. »

♦ ♦ ♦

À neuf heures dix, les six hommes en combinaison rouge arrêtèrent le marteau piqueur. Ils s'adossèrent contre l'arrière du camion pour respirer l'air frais en regardant la poussière tomber sur le seuil de la porte du local contenant les cinq chambres froides.

À l'extérieur de l'enceinte des bâtiments, nous vîmes Eglon et trois de ses hommes se diriger vers l'embarcadère pour se rendre à la plate-forme en *zodiac*. Les autres militaires qui avaient monté la garde pendant la nuit se reposaient ou jouaient aux cartes dans les bunkers.

♦ ♦ ♦

Neuf heures trente : début du culte. J'essayai vainement de reconnaître le visage de Kélia parmi les femmes. Elle me manquait déjà, j'aurais voulu qu'elle soit tout contre moi !

Le chant d'ouverture interprété par la chorale (dirigée par Nicodème) me plongea immédiatement dans une profonde allégresse, j'étais saisi d'une émotion intense, je me sentais aimé et protégé par Dieu dont la présence était palpable au milieu de son peuple. Mon échelle de valeurs bascula, les circonstances inquiétantes à Khéo, la menace permanente d'Eglon et ses hommes m'apparurent soudain insignifiants…

Peuples, venez et qu'on entende partout votre hymne solennel !
Qu'en cris de joie on se répande, et que l'on dise à l'Eternel :
Combien tu te montres terrible, Seigneur, en tout ce que tu fais !
L'ennemi, longtemps invincible, s'abaisse pour avoir la paix.

Peuples, que toujours on bénisse du Seigneur le nom glorieux,
Et que le monde retentisse de ses louanges en tous lieux ;
C'est lui qui garde notre vie, et conduit sûrement nos pas ;
C'est lui dont la grâce infinie nous a garantis du trépas...

La prédication du pasteur reposait sur la capacité du chrétien à supporter l'adversité par la grâce de Dieu. Etienne ne se contenta pas de nous inviter à aimer et servir nos ennemis comme le suggère la Parole de Dieu, mais il mit en valeur la notion de laisser Dieu lui-même régler nos situations pendant que nous lui obéissons. Il cita plusieurs versets :

« Mes amis, ne vous vengez pas vous-mêmes, mais laissez agir la colère de Dieu, car il est écrit : C'est à moi qu'il appartient de faire justice ; c'est moi qui rendrai à chacun son dû, mais voici votre part : Si ton ennemi a faim, donne-lui à

manger, s'il a soif, donne-lui à boire. Ce sera comme si tu lui mettais des charbons ardents sur sa tête et l'Eternel te le rendra »... « Quand la conduite d'un homme est agréable à l'Eternel, il lui concilie même ses ennemis »...

Puis, vint le moment, entre deux chants, où l'orateur interrompit ses récits pour expliquer la nouvelle situation de Khéo pendant qu'Athal occupait ses deux gardes à coté du générateur : « Ne vous inquiétez pas pour la présence du colonel Eglon et ses hommes, Athal a un plan pour les faire partir dans moins d'un an sans violence ni maltraitance. On devra pendant cette période d'occupation consacrer nos travaux à la culture du pavot. On importera tout ce qui sera nécessaire en vivres. Il faut obéir à Athal et Jérôme qui simulent une totale complicité avec Eglon... »

Le message fut bref. La foule avait confiance en son pasteur et ne manifesta aucun signe d'inquiétude. Le culte reprit son cours normal. Etienne poussa le bouchon encore plus loin en invitant le peuple à prier Dieu de bénir nos envahisseurs !

L'office se termina par un chant entonné par la chorale et repris par toute la foule avec une puissance qui me fit frissonner de la tête aux pieds. Le peuple exultait pendant qu'Eglon se lamentait au pied de la carcasse de la plate-forme calcinée !

♦ ♦ ♦

Vers midi, la foule se dispersa, les familles se recomposèrent pour organiser le repas. Toute la place se couvrit d'une multitude de rectangles multicolores : tapis de bains, serviettes, draps... La plupart des habitants voulurent déjeuner assis sur le sol dans leurs beaux habits du dimanche !

♦ ♦ ♦

Vers treize heures, Linda, ses fils et moi-même allions servir nos ennemis. Athal était déjà avec eux depuis une heure. Eglon et ses hommes restèrent toute l'après-midi à proximité des bunkers. L'un des mercenaires, le plus grand de tous, jouait avec le chien en jetant un morceau de bois que l'animal attrapait au vol. Les autres flânaient, se promenaient par petits groupes en bavardant et en fumant. Eglon et Athal avaient pris place sur des chaises pliantes installées sur le toit d'un bunker. Assis face à la mer, ils échangeaient leurs idées de projet en calculant et en prenant des notes.

Quant à moi, je n'avais qu'une hâte, c'était de quitter ma table habituelle pour m'enfuir dans les bois avec Kélia ! Après manger, celle-ci s'empressa de débarrasser la table pour aller enfiler sa combinaison rouge de travail. Sa petite sœur Nellie préféra garder sa belle robe pour aller jouer avec les autres filles de son âge devant l'école plutôt que de nous accompagner avec la charrette de bidons.

Cet après-midi là, Kélia et moi passâmes beaucoup de temps à donner à manger et à boire aux lapins car nous avons plusieurs fois glissé dans l'herbe pour nous enlacer !…

Comme le lis entre les chardons,
Telle ma bien-aimée entre les jeunes femmes...

(Cantique des cantiques, chapitre 2, verset 2)

5 – Nouveaux chantiers

Lundi 24 mars 1997

Hémerik et Frédo formèrent les équipes pour effectuer toutes les tâches selon les directives d'Athal et d'Eglon. Officiellement, mon rôle de médiateur consistait à surveiller les différents chantiers, faire des rapports à Athal et communiquer ses ordres aux fils du pasteur. Ma fonction me permettait de me faufiler partout, aussi bien dans les bunkers parmi les soldats que dans les bâtiments du peuple. En allant voir trois hommes désignés par Hémerik pour prendre des mesures de toutes les ouvertures de la villa, j'en profitai pour m'arrêter dans la clairière des lapins pour passer un peu de bon temps avec Kélia entre deux enclos !

Partout, le travail allait bon train. Une tranchée fut creusée perpendiculairement à la porte de la chambre froide du milieu pour déboucher sur un puits perdu. Ce dernier était censé recevoir les eaux de lavage et de dégivrage de l'ensemble des chambres froides. Ce dispositif était parfaitement inutile et injustifié ! Athal avait imaginé cela afin de faire durer les travaux devant ce bâtiment et permettre aux six terrassiers de se débarrasser des déblais qu'ils sortaient de dessous la dalle pour les jeter dans la tranchée fraîchement creusée. Les adolescents qui s'étaient rasé la tête et qui accompagnaient toujours Athal, montaient la garde à tour de rôle pour prévenir les terrassiers d'une éventuelle approche de soldats. À chaque fois que la tranchée était pleine, Hémerik venait la vider dans le camion à l'aide de la pelle mécanique. Personne ne trouva rien d'étrange dans cette manœuvre ! Les hommes d'Eglon n'auraient jamais osé critiquer ces travaux indispensables pour la bonne conservation de leur nourriture.

Les pêcheurs repartaient en mer et les enfants reprenaient leur scolarité avec de nouveaux livres et de vrais cours dignes d'une démocratie ! Mado et Rose-Marie (les collaboratrices de l'instituteur Nicodème) avaient déballé et installé un magnifique globe terrestre sur un support métallique construit sur mesure par Frédo. Pendant toute cette journée de rentrée, la plupart des élèves eurent l'autorisation d'observer le globe par groupe de cinq et en temps limité pour permettre à un maximum d'élèves de découvrir la Terre ! Chacun d'eux s'émerveillait en découvrant la petitesse de Khéo par rapport à l'immensité du reste du monde ! Nicodème avait collé une gommette à l'emplacement présumé de leur île natale.

Mardi 25 mars

Athal m'avait donné un classeur dans lequel je devais ranger chaque fiche « Ordre de service » signée quotidiennement par Athal et Eglon. Les équipes étaient formées et le travail était décidé au jour le jour. Les six terrassiers du dimanche reprirent du service sous la dalle de la chambre froide. Athal, qui avait le souci du détail, avait fait apporter au bord de la tranchée un nombre trop important de parpaings pour construire les parements du puits perdu. La moitié d'entre eux était destinée à l'édification de piliers pour soutenir la dalle qui aurait fini par s'écrouler à force de creuser en dessous ! Les adolescents surveillaient les allées et venues des soldats.

Toute l'agriculture fut réorganisée. Sur 1000 hectares de terre cultivable de l'île, 800 furent consacrés à la culture du pavot, les 200 restants laissés aux éleveurs. Sur 265 chefs de famille, 250 furent désignés responsables d'une parcelle de pavot dont la superficie mesurait deux à quatre hectares selon le nombre et l'âge des membres de chaque famille.

Depuis la carrière jusqu'à la villa, une équipe commença à couper les arbres fruitiers de chaque côté du sentier afin d'obtenir l'espace nécessaire à la construction d'une véritable voie d'accès suffisamment large pour le passage du camion.

Dans la villa, une autre équipe devait démonter les restes de l'ancienne toiture, sortir les gravats, nettoyer le marbre et préparer les ouvertures pour les futures portes et fenêtres. Au premier étage, Eglon et Athal avaient commandé du matériel par Internet pour la rénovation de la villa et l'équipement du futur laboratoire.

Mercredi 26 mars, jeudi 27 mars, vendredi 28 mars 1997

La plupart des travaux furent interrompus par d'incessantes pluies, un véritable déluge qui dura trois jours. Les agriculteurs s'arrêtèrent mais pas les terrassiers sous la dalle qui maçonnèrent les piliers avant de poursuivre le déblaiement. Seuls les éleveurs et les pêcheurs, engoncés dans des combinaisons de pluie, continuèrent à travailler. Athal profita de ce temps exécrable pour faire verser du laxatif dans quinze plateaux-repas des soldats pour les démoraliser. Eglon décida d'occuper ses hommes en les obligeant d'effectuer des tâches d'intérêt collectif comme la lessive et le ménage. Selon lui, il n'était plus question de laisser entrer un négro pour entretenir quoique ce soit à l'intérieur d'un bunker !

Samedi 29 mars 1997

Retour du soleil. La terre gorgée d'eau ressemblait par endroit à un marécage. Sur ma cinquième fiche de travail, les agriculteurs qui ne pouvaient plus rien faire dans les champs reçurent l'ordre de rassembler tous les tonneaux vides disponibles et de découper au burin leur couvercle. Ces fûts métalliques, portant l'inscription *« Pétroka »*, avaient servi à l'importation de fuel. Frédo m'annonça qu'Athal m'attendait dans son bunker pour me parler.

Arrivé sur les lieux, je remarquai qu'un seul soldat assis sur une chaise pliante montait la garde sur le toit du bunker d'Eglon. La porte était ouverte et le chien dormait à l'entrée. Le garde, qui semblait s'ennuyer à mourir ne fit même pas attention à moi et regardait le sol en remuant ses pieds.

J'entrai dans le bunker d'Athal dont la porte était ouverte. Privé de lumière électrique, l'endroit était sombre et lugubre. Il y régnait une odeur de chiffons humides et de vieux cartons. Assis derrière une table encombrée de matériel radio, Athal murmura :

« Assieds-toi. Je vais te donner un talkie-walkie qui te permettra de m'appeler ou de recevoir nos appels mais attention, Eglon entend toutes les conversations ! Il peut lui aussi t'appeler.

– Bien.

– J'ai besoin de savoir si quelqu'un que tu connais en France pourrait s'inquiéter de ton absence, car comme tu peux t'en douter, tu risques de ne pas rentrer dans ton pays avant longtemps.

– Heu… mes parents sont morts, je suis fils unique. La seule personne qui va trouver anormal que je ne rentre pas de vacances, c'est mon patron.

– C'est la raison pour laquelle il faudrait que tu donnes ta démission. À-t-il une adresse Internet ?

– Oui.

– Tu vas lui écrire une lettre d'excuses lui signalant que des raisons personnelles t'obligent à rester à l'étranger et que tu ne pourras plus travailler pour lui. J'enverrai ce message par Internet dès que possible à l'insu d'Eglon.

– Mais… Et mes meubles ? Ils sont dans le garage d'un collègue !

– Aucune importance, ton patron annoncera à ton collègue que tu ne rentres plus. Nous n'avons pas le choix, je veux être sûr que personne ne signale ta disparition aux autorités françaises, c'est très important. Quand Eglon et ses hommes auront quitté l'île, tu pourras te déplacer librement dans le monde entier avec ton passeport que tu vas me confier.

– Te confier mon passeport ? Mais pourquoi ?

– J'ai besoin de tous les renseignements qu'il contient pour le futur passeport de Kélia.

– Mais… sur quelles bases ? Khéo n'est pas un pays ! Kélia n'a pas de patronyme.

– Tu ne veux pas te marier avec elle ?

– Si !

– Dans ce cas, elle portera ton nom de famille, elle habitera à la même adresse que toi…

– Je n'habite plus à l'adresse indiquée sur mon passeport puisque j'ai quitté mon appartement !

– Aucune importance, ta future épouse habitera à cette même adresse, elle sera française comme toi et personne n'ira vérifier. Seules, les dates de validité du passeport et celles du visa sont contrôlées.

– Tu vas donc fabriquer un faux passeport ?

– Non, ce passeport sera vrai puisqu'on y inscrira la véritable identité de Kélia. On n'empruntera pas l'identité d'une autre personne.

– Soit. Je ne comprends pas grand chose mais…

– Ne t'inquiète pas, je connais quelqu'un qui fabrique d'excellents documents plus vrais que nature. Il s'appelle José et son atelier se trouve à bord du ravitailleur *Géométrix* qui vient le plus souvent ici. Il a travaillé pour mon père, il a même fabriqué des faux billets de banque !

– Et si Eglon apprend ça ?

– Eglon n'en saura rien. Voici un appareil photo compact chargé d'une pellicule de douze poses. Prends des portraits de Kélia pour sa photo d'identité. Faites cela discrètement à l'extérieur, à l'ombre et devant un mur blanc. Ce ne sont pas les murs blancs qui manquent ici ! Dis à Frédo qu'il emporte ces trois cartons de matériel médical à Linda après le souper.

6 – Désinfection

Dimanche 30 mars 1997, jour de Pâques

Pâques était la fête la plus longue et la plus importante de l'année. Ce n'était certainement pas l'occupation ennemie qui changerait quelque chose ! Le dimanche 30 et le lundi 31 mars, on célébra la mort et la résurrection de Jésus selon les textes bibliques, en prenant la sainte cène pendant le culte. L'équivalent d'un demi-verre de vin était distribué à chaque adulte baptisé.

Eglon était furieux de constater que le peuple ne travaillait pas le lundi ! Athal lui répliqua que de toute façon, la terre n'était pas encore assez sèche pour s'aventurer dans les champs !

Ces deux jours de repos me permirent de rester plus longtemps près de Kélia. Partout, les gens bien habillés flânaient sous les préaux et sur la place. Nicodème et tous ses choristes essayaient d'interpréter de nouveaux chants tandis que d'autres s'initiaient à la guitare et au synthétiseur autour de l'estrade. Hémerik jouait de la batterie dans l'atelier de mécanique. Il s'entraînait, en écoutant au travers d'un casque, des musiques enregistrées sur une radio-cassette. Le soir, après ses répétitions, il recouvrait son précieux instrument d'un drap pour le protéger de la poussière.

À la fin des deux premières semaines du mois, tout fut terminé. La route était devenue carrossable depuis le porche jusqu'à la villa. En plus des fossés creusés de chaque côté, une étroite tranchée attendait différents câbles pour la liaison électrique et téléphonique entre le village et la villa. La terre cultivable fut entièrement désherbée. Les agriculteurs avaient déversé tous les tas de fumier sur leur parcelle. Les fûts vides *Petroka* furent lavés et repeints en noir. Il n'y avait plus qu'à attendre la livraison du cargo prévue le 15 ou 16 avril.

Mais le temps se gâta, un vent violent et une pluie incessante s'abattirent sur l'île à partir du 10 avril jusqu'à la fin du mois ! Pendant la dernière semaine, comme le cargo n'était toujours pas là, Athal profita de ce moment d'attente et d'inactivité pour démoraliser davantage Eglon et ses hommes par une série de repas infectés de laxatifs et de vomitifs. Athal se fit lui-même vomir devant la porte de son bunker après avoir ingéré un bol de café dans lequel il avait versé le contenu d'un cendrier !

Plus tard, il organisa une mise en scène digne d'un film d'horreur avec la complicité de Linda et de son fils Frédo. Trois membres d'une même famille acceptèrent de jouer les malades en laissant Linda les endormir par une piqûre. Frédo, aidé par trois jeunes hommes, dressèrent une grande tente dans laquelle on plaça cinq lits. Les trois volontaires, deux hommes et un enfant de huit ans, s'installèrent dans cette tente d'isolement placée à l'écart des bâtiments à cent mètres du porche pour éviter la contagion. Pendant que les trois « malades » entraient dans un coma artificiel, Athal donna ses dernières instructions avant de prévenir Eglon par talkie-walkie :

« Frédo, il faudrait déposer deux bassines contenant deux centimètres d'eau javellisée à l'entrée de la tente.

– Deux bassines ?

– Ouais, et prenez l'habitude de poser chaque pied dans une bassine en sortant de la tente pour éviter de transporter le virus dans les bâtiments par l'intermédiaire de vos semelles.

– Bien, vu ! Les jeunes vont venir avec moi chercher ça aux cuisines.

– Il me faudrait également un bol de blancs d'œuf dans une casserole, ce sera plus facile à transporter.

– Bien,... c'est tout ?

– Oui. Linda va me donner une grosse seringue sans aiguille.

– Pour quoi faire ?

– Vous allez bientôt le savoir !

– Je n'aime pas ça, répondit la femme en prenant la tension de ses patients, je n'ai pas l'habitude de doser ce genre de sédatif !

– Faites-moi confiance, tout va bien se passer. »

Athal vouvoyait Linda et Etienne. Il avait beaucoup de respect pour eux. En présence de l'ennemi, il entrait aussitôt dans la peau d'un dirigeant sévère et pédagogue. Il me confia son talkie-walkie juste après l'avoir utilisé pour inviter Eglon et Gontran à venir nous rejoindre. Les bassines furent déposées à l'entrée. Athal et Linda qui tenaient la casserole contenant les blancs d'œuf, entrèrent dans la tente. Intrigués, nous observâmes la scène devant l'entrée. Athal aspira les blancs d'œuf à l'aide de la seringue pour les injecter ensuite entre les lèvres des patients. J'étais à la fois écœuré et anxieux. Pendant cette surprenante opération, Linda nous regardait de temps à autre en grimaçant de dégoût.

Une dizaine de piquets délimitait un périmètre de sécurité. Une foule de curieux se massa sous le porche.

♦ ♦ ♦

Eglon et Gontran arrivèrent enfin vingt minutes plus tard. L'officier, avec son air méprisant habituel, fronçait les sourcils et ses pupilles s'agitaient nerveusement derrière ses verres de lunettes rectangulaires. Ses lèvres entre-ouvertes et toujours grimaçantes, laissaient apparaître des dents serrées entre ses bas-joues. Il interrogea immédiatement Athal :

« C'est quoi ce bordel ? C'est si grave que ça ? Qu'est-ce qu'ils ont ?

– On cherche à le savoir, on les garde isolés ici et je vais faire désinfecter leur chambre.

– C'est quoi ces bassines ?

– De l'eau chlorée, passage obligé quand on sort d'ici pour ne pas transporter le virus. »

Gontran se tenait voûté et à distance, crispé et en proie à des douleurs abdominales. Son supérieur ne le ménageait pas :

« Gontran !

– Oui mon colonel.

– Entre là dedans et réveille-moi ces négros ! Je veux les interroger pour savoir ce qu'ils ont mangé ces dernières heures ! Commence par le gosse !

– Mais, mon colonel, ils sont contagieux, et je ne voudrais pas…

– Et alors ! Tu ne risques rien puisque tu es déjà malade !

– Heu… à vos ordres mon colonel. »

Gontran s'avança gauchement entre Athal et Linda et pataugea dans les bassines. Eglon s'écria :

« Mais non imbécile, c'est en sortant qu'on passe dans les bassines, pas en entrant !

– Ou… oui mon colonel. »

Il agrippa les barreaux métalliques de la tête du lit où dormait le garçonnet pour le secouer de toutes ses forces.

« Il ne se réveille pas, mon colonel !

– Continue ! »

Les pieds du lit finirent par percer la bâche bleue qui recouvrait le sol, mais le jeune malade demeurait figé dans son sommeil. Gontran changea de méthode et souleva le garçonnet en tirant sur son tee-shirt pour l'asseoir de force. La tête de l'enfant bascula vers l'avant. Sous l'effet de la drogue, ses paupières mi-closes laissaient apparaître le blanc de ses yeux sans pupille. Un gros filet de blanc d'œuf s'écoula de ses lèvres et mouilla la main de Gontran qui se mit à hurler en lâchant prise:

« Ah, mon colonel, il m'a bavé dessus ! C'est dégueulasse ! »

Il se précipita vers les bassines et se lava la main. Eglon s'adressa à Athal et à moi :

« C'est foutu ! Il faut les achever d'une balle dans la tête et balancer les corps à la mer ! Peut-être que comme ça, nous stopperons l'épidémie.

Athal – Pas si vite, ces malades vont nous servir de cobayes pour tester des remèdes que va préparer Linda, c'est dans l'intérêt de toute la collectivité, n'est-ce pas Linda ?

Linda – Oui, Monsieur Athal.

Athal – Si ce remède est efficace pour eux, il le sera pour nous.

Eglon – Combien de temps ça va prendre ?

Athal – Demain matin, on sera fixé. Max et moi allons assister Linda à la salle de soin pour bien surveiller que les doses et les produits utilisés soient identiques à ceux qu'on prendra quand ces malades seront guéris. On commence maintenant quitte à y passer la nuit, il faut absolument trouver un moyen de stopper ce virus.

Eglon – Ouais ! En attendant, je ne suis pas rassuré.

Athal – Mon colonel, il faut redoubler de prudence et désinfecter tout endroit suspect à commencer par nos bunkers et tout ce qu'ils contiennent : linge, literie, vaisselle, ustensiles…

Eglon – Quoi ? Mais il va faire nuit dans moins d'une heure. Qui va faire ça ?

Athal – Nous désignerons demain des équipes pour tout laver du sol au plafond à l'eau de javel. Dans l'immédiat, mon personnel va nous donner des sous-vêtements propres et des combinaisons rouges ainsi que des couvertures. On passera la nuit dans les trois containers vides près de l'embarcadère, ils ont été lavés. On emportera le minimum d'objets préalablement désinfectés.

Eglon – Mais, c'est de la folie, on ne va quand même pas dormir dans ces boîtes de conserve !

Athal (d'un ton ironique) – Vous préférez dormir sous les préaux ou dans les bâtiments en compagnie des négros ?

Eglon – Bon, ça va ! J'exige un rapport sur l'état de santé des trois négros malades demain matin à sept heures ! Gontran, va chercher toute la compagnie. Vous ne prendrez que vos armes. Rassemblement devant les containers.

Gontran – À vos ordres mon colonel ! »

Gontran, toujours courbé sous l'effet de la douleur, s'éloigna en grommelant : « Saleté de virus, on va tous crever ! »

♦ ♦ ♦

Vers vingt deux heures, le vent cessa laissant place à un profond silence. La nuit enveloppa toute la communauté d'un épais sommeil. Eglon et ses hommes veillaient autour d'un feu devant leurs nouvelles habitations métalliques. Ils étaient affaiblis et songeurs, certains essayaient de dormir enroulés dans une couverture sur le sol d'un container. Chaque fois que quelqu'un entrait ou sortait, il réveillait tous les autres à cause du grincement des gonds des lourdes portes en acier quand elles ne claquaient pas l'une contre l'autre ! Ces vaillants guerriers se sentaient soudain ridicules dans des combinaisons rouges appartenant aux esclaves. Même des sous-vêtements leur avaient été prêtés ! Pour finir cette paisible soirée, une averse d'orage s'abattit sur Khéo, une pluie cinglante eut raison du feu de camps et produisit un crépitement assourdissant sur la tôle des toits. Ces soldats étaient relégués là, dehors, parqués comme des bêtes pendant que les négros dormaient paisiblement dans leur lit.

Dans la salle de soin, Linda venait de ranger des solutions dans le réfrigérateur tandis qu'Athal terminait de remplir des gélules de chocolat en poudre. Tous deux avaient inventé un remède efficace contre le mystérieux virus imaginaire : chaque malade devrait recevoir une piqûre d'un sédatif à base de morphine pour calmer les douleurs abdominales ainsi que deux gélules cacao… !

7 – La bleusaille noire

Mardi 29 avril 1997

Au petit matin, le soleil réapparut et chassa les derniers nuages. Les portes grinçantes des containers s'ouvrirent et on servit le petit-déjeuner aux soldats qui s'étiraient en grimaçant. Ils avaient mal partout et peu dormi. Les repas furent infectés une dernière fois avant qu'Eglon et ses hommes viennent se faire soigner à l'infirmerie. Beaucoup d'entre eux avaient la migraine et jeûnèrent. Athal avait passé la nuit dans la salle de soin bien à l'abri de la grosse averse. Il m'accompagna jusqu'au nouveau camp près de l'embarcadère après le petit-déjeuner. Nous croisâmes le camion piloté par Frédo de retour vers les cuisines. Eglon qui attendait des nouvelles avec impatience s'avança vers nous pour nous questionner :

« *Eglon* – Alors ! Dans quel état sont les trois négros ? Vous avez trouvé un remède ?

Athal – Affirmatif ! Je l'ai même essayé et je vais beaucoup mieux, vous pouvez tous venir à l'infirmerie.

Eglon – Et c'est quoi ce remède ?

Athal – Une piqûre dans la veine du bras et deux gélules, c'est tout !

Eglon – Hé ! Elle s'y connaît en médecine la négresse !

Athal – Je vous rappelle que Linda est infirmière et qu'elle a été formée par les médecins de la plate-forme !

Eglon (en soupirant) – C'est vrai, ton père prévoyait tout. Tout sauf ce foutu sous-marin qui a tout détruit ! Mais on ne peut pas retourner dans le passé. *(Silence)*

Gontran, rassemblement, je veux vous voir tous devant l'infirmerie et au garde à vous ! Exécution et en petite foulée ! Qu'on en finisse avec cette saleté de virus !

Gontran – À vos ordres mon colonel ! »

Pendant que les hommes attendaient alignés sur la place, Eglon, Athal et moi marchâmes en direction du porche. Eglon fit un crochet jusqu'à la tente des trois malades pour mieux s'assurer de leur guérison. L'enfant et les deux hommes restaient encore couchés mais gardaient les yeux bien ouverts car ils sortaient de leur coma artificiel.

Les soldats entrèrent deux par deux dans l'infirmerie pour recevoir les soins. Eglon fut le dernier arrivé. Pendant que Linda lui piquait le bras, pour la première fois, il lui parla avec respect. Celle-ci joua parfaitement son rôle en répondant avec assurance.

« *Eglon* – Efficace ce remède ! Je suis passé à la tente d'isolement, tes trois malades se réveillent !

Linda – Oui colonel, nous avons passé une bonne partie de la nuit à y travailler, mais je dois vous prévenir que quelques effets secondaires risquent d'apparaître pendant la journée.

Eglon – Quel genre ?

Linda – Somnolence. Aussi, je crois qu'il serait bon de vous reposer aujourd'hui. Demain, toutes les personnes ayant reçu ce traitement pourrons reprendre leurs activités habituelles.

Eglon – Est-ce que tes trois patients sous la tente sont encore contagieux ?

Linda – Non, mais il faut quand même désinfecter leur literie et vos bunkers car le virus peut évoluer et finir par devenir résistant à toute forme de vaccin.

Eglon – Vraiment ? Ce traitement sert aussi de vaccin ?

Linda – Oui, mais je veillerai personnellement à ce que tous les endroits suspects soient correctement désinfectés. »

Eglon replia son bras et après avoir avalé ses gélules s'adressa à moi :

« *Eglon* – Max !

Moi – Mon colonel ?

Eglon – Veille à ce que cette infirmière ne manque ni de main-d'œuvre ni de moyen pour désinfecter. Accorde-lui tout ce qu'elle a besoin. Priorité absolue !

Moi – Oui mon colonel.

Eglon – Et je veux quand même un rapport sur l'état de santé des trois négros pour midi.

Moi – Bien, mon colonel. »

La matinée s'écoula paisiblement. L'astre du jour fit monter du sol une petite brume. La morphine contenue dans le sédatif soulagea immédiatement les militaires qui allèrent s'allonger à l'ombre des containers. Des chants joyeux résonnaient dans les bunkers où une vingtaine d'hommes et de femmes désinfectaient. On lavait tout, même les matelas en mousse que l'on faisait ensuite sécher sur les buissons et les branches basses des arbres alentour. J'étais censé surveiller tous les travaux de désinfection mais je profitai de l'absence de mes supérieurs pour rejoindre Kélia et Nellie qui s'occupaient de leur élevage de lapins.

Eglon et Athal étaient partis en camion à la villa pour consulter Internet. Nellie ne comprenait pas pourquoi je refusais toujours de pousser la charrette dans laquelle elle aimait être promenée. Nous étions plus distants qu'auparavant à cause de la présence de l'ennemi, mais Athal essayait constamment de me réserver des moments avec mon amie.

Ce matin là, alors que j'entrais dans la clairière des lapins, Kélia posa sa fourche et demanda à sa sœur d'interrompre son travail pour surveiller la route de la villa. Puis, elle me tira par la main, m'invitant à me blottir contre elle dans le foin sous une tôle. Comme ces moments m'étaient précieux ! Elle était tellement affectueuse, souriante, débordante de vie et… que dire ? Rien de ce qui nous entourait ne la décourageait. Jamais je n'aurais imaginé produire autant d'effet sur quelqu'un... et c'était réciproque ! Ses yeux se fermèrent, ses tresses effleurèrent ma joue, ses lèvres venaient à peine de toucher les miennes que la voix perçante de Nellie déchira le silence : « Hé-ho, les amoureux, on a de la visite ! »

Eglon et Athal, en grande discussion s'approchèrent de nous. Ils semblaient soucieux et Eglon surpris de me voir là. Kélia, debout à mes côtés, terminait de retirer discrètement les derniers brins de pailles accrochés à mes vêtements. Officiellement, je devais me trouver à proximité des bunkers. J'improvisai :

« Je… une chambre froide est vide, j'ai pensé qu'il serait utile de la désinfecter. On la remplirait ensuite avec le contenu de la deuxième. On pourrait alors désinfecter la deuxième et la remplir ensuite avec le contenu de la troisième pour pouvoir désinfecter la deuxième et ainsi de suite.

Athal – Excellente idée ! On prend note pour organiser les équipes de demain, n'est-ce pas mon colonel ?

Eglon – Oui, l'infirmière doit disposer de tous les moyens nécessaires. Mais on a un autre souci.

Athal – On a reçu des menaces de mort par Internet de la part de clients mécontents à qui mon père devait de l'argent ou qui attendaient une commande stockée sur la plate-forme…

Eglon – Ils veulent nous envoyer un commando ici pour faire pression sur nous et nous espionner…

Athal – Mon colonel, il faut renforcer la garde en formant des nouvelles recrues parmi mon personnel.

Eglon – Quel genre de formation ?

Athal – Il faut en faire des soldats à notre service pour défendre Khéo, leur apprendre à tirer…

Eglon – Quoi ? Confier des armes à des négros ?...Pour qu'ils nous tirent dessus ? C'est n'importe quoi !

Athal – Faites-moi confiance, laissez-moi vous proposer six jeunes, cette menace concerne tout le monde, il est donc normal qu'on recrute des gens d'ici pour nous défendre.

Eglon – Ouais ! Encore une de tes nouvelles méthodes ! Tout de même, confier nos armes à des négros, ça m'inquiète un peu.

Athal – Ne vous trompez pas d'ennemis, mon colonel, vos vrais ennemis ne sont pas à Khéo, mais ils risquent de venir bientôt ici pour nous faire du tort à tous. Le peuple de Khéo qui est sous ma responsabilité est à votre service. Cessez donc de le sous-estimer. Ces derniers temps, vous avez vu quelque chose qui cloche chez mes serviteurs ? (*Silence*) Max, tu as remarqué un signe de rébellion ou de négligence chez les négros ?

Moi – Non, Monsieur Athal.

Athal – Vous voyez ? Vous voulez réussir vos projets ici en comptant sur nous et en tirant tous les bénéfices, pas vrai ? Dans ce cas, formez mes jeunes que vous placerez en première ligne si une menace se précise. Vous limiterez ainsi des risques inutiles pour vos troupes !

Eglon – Mmh... Les armes... Dans un premier temps, ils porteront les armes uniquement pendant les séances de tir sous la surveillance étroite de mes hommes armés.

Athal – Comme vous voudrez, c'est vous qui décidez des étapes et du contenu de la formation. Indiquez-moi seulement les outils nécessaires.

Eglon – Il faut mettre en place un parcours du combattant et un champ de tir.

Athal – Je verrais bien le parcours du combattant sur la plage et le champ de tir dans la carrière... »

Les deux hommes, absorbés par leurs projets, m'oublièrent en traversant la clairière des lapins pour descendre vers la carrière. Les filles avaient repris leur fourche pendant la conversation. Lorsque mes supérieurs furent hors de vue, Kélia m'invita à reprendre place auprès d'elle dans le foin.

Mercredi 30 avril

Athal désigna six jeunes hommes parmi les « disciples » de Hémerik. Ils étaient grands, déterminés, volontaires. Leurs cheveux étaient très courts et leur combinaison sans manche laissait apparaître leurs épaules musclées. Plutôt que de les appeler par leur nom, Eglon leur donna à chacun un matricule : B1, B2, B3, B4, B5 et B6. « B » comme « Black » ou « Bleu » ! Des tables furent installées entre les bunkers où les *Bleus* reçurent leurs premiers cours sous les regards amusés des soldats : connaissance des grades, des rudiments de la vie militaire et le maniement des armes à feu. Démontage et remontage des fusils mitrailleurs et réglages, tout cela sans munition ! Les enseignements donnés tantôt par Eglon, tantôt par Gontran, durèrent toute la matinée ce qui permit aux équipes de terminer l'installation du parcours du combattant selon les directives écrites du colonel. On y voyait une palissade à franchir, une tranchée et des pneus à enjamber, une poutre métallique (récupérée sur le site de la plate-forme) sur laquelle on devait marcher, un portique avec une corde à grimper, des fils à linges (en guise de barbelés) tendus à raz du sol sous lesquels il fallait ramper.

J'étais chargé d'accompagner les nouvelles recrues pendant toute cette journée de formation et de faire ensuite mon rapport à Athal qui passait tout son temps sur Internet. Plus question d'aller flirter avec Kélia !

♦ ♦ ♦

Après le repas de midi pris sur la place, les six jeunes durent se rendre sur le site d'entraînement. Eglon ordonna à ses troupes d'essayer le nouveau dispositif :

« *Eglon* – Gontran, rassemblement. Je veux voir tout le monde passer, à commencer par vous. Il est tant de reprendre les manœuvres. Les *Bleus* passeront en dernier. Exécution !

Gontran – À vos ordres, mon colonel.

Après les exercices physiques, séance de tir ! Mise en pratique des cours du matin. Au fond de la carrière, six palettes posées sur la tranche, se dressaient contre la paroi rocheuse. Sur chacune d'elle, était agrafée une cible confectionnée à partir d'un morceau de carton d'emballage peint en blanc. La silhouette noire d'un homme un genou à terre pointant son arme vers nous avait été dessiné dessus. Les six *Bleus* attendaient au garde à vous, face aux cibles. Un fusil et un chargeur gisaient devant chacun d'eux. Deux mètres derrière eux, six soldats alignés, l'arme en bandoulière, surveillaient tout. Eglon, Gontran et moi restâmes sur le côté, les hommes d'Eglon se tenaient derrière nous.

Comme le soir approchait, une centaine de curieux de tous âges s'étaient placés en demi-cercle à l'entrée de la carrière pour observer la scène. Gontran prit la parole :

« Repos ! Avant de commencer le tir, vous avez des questions? »

Le cinquième *Bleu* leva la main.

« *Gontran* – Je t'écoute B5.

B5 – Sergent, combien de temps on a pour vider notre chargeur?

Gontran – Vous n'êtes pas en temps limité. Appliquez-vous. »

Le deuxième *Bleu* leva la main.

« *Gontran* – Je t'écoute B2

B2 – Sergent, il faut viser quel endroit de la silhouette ? »

Les militaires éclatèrent de rire. Eglon les fit taire et Gontran répondit à la question :

« Visez la tête, mais si vous atteignez la cible, ça sera déjà pas mal ! D'autres questions ? *(Silence)*. Section B, pour un tir de onze cartou-ches à cent mètres, approvisionnez, chargez !... Position du tireur couché... Commencez le tir ! »

Trois longues minutes de silence s'écoulèrent. On n'entendait que les murmures de la foule de curieux, puis les soldats se mirent à rire et à se moquer bruyamment :

« Hé les mecs, si des ennemis nous attaquent, on a le temps de crever !

On est mal barré avec des soldats négros, bonjour la réactivité !

Gontran – Fermez vos grandes gueules et laissez-les se concentrer !

Eglon – Ils sont là pour apprendre ! »

Encore deux minutes de silence et la première détonation fit sursauter tout le monde. Dans la fumée blanche, d'autres suivirent, de plus en plus rapprochées.

Une fois la séance de tir terminée, Gontran renvoya tout le monde sur la place. Nous nous approchâmes des cibles. Gontran compta onze trous au centre de la tête de chaque silhouette. Stupéfaction ! L'un des guerriers d'Eglon s'exclama :

« Ces cons de négros...ils tirent mieux que nous ! »

8 – Achab industrie

Jeudi premier mai 1997

Après avoir passé une dernière affreuse nuit dans les containers, Eglon et ses hommes prirent leur petit-déjeuner avant de regagner les bunkers désinfectés. Athal prenait de plus en plus la liberté de nous rejoindre seul pour parler avec nous. Ce matin là, il nous trouva au fond d'un préau derrière les éviers. Etienne était assis sur un tabouret, son épouse Linda lui coupait les cheveux avec une tondeuse électrique. Hémerik, Frédo et moi attendions notre tour.

« *Athal* – Bonjour à tous !

Hémerik(d'un air triomphant) – Salut ! Tu as appris la nouvelle ? Mes jeunes sont des tireurs d'élite !

Athal – Ouais, Jérôme m'a tout raconté.

Frédo – Quand est-ce qu'ils vont porter des armes ?

Athal – Pas tout de suite, malheureusement, Eglon est trop méfiant.

Hémerik – Mais pourquoi ? À quoi bon cette formation dans ce cas ?

Athal – Sois patient ! Je dois d'abord gagner sa confiance. Il faut du temps. J'ai bien réussi à gagner la vôtre le jour où je suis venu vous rejoindre sur cette île, ça m'a juste coûté un œil !

Hémerik – Désolé !

Athal – J'ai également gagné la confiance de mon père, il m'a progressivement laissé le contrôle de Khéo. Je compte opérer de la même manière avec Eglon pour pouvoir conspirer contre lui au moment favorable.

Etienne – Dois-je comprendre que vous avez l'intention d'utiliser des armes à feu contre nos occupants ? Je peux savoir ce que vous préparez ?

Hémerik – C'est vrai Athal, on te fait confiance, mais on ignore ce que tu comptes faire. C'est quoi ton plan ?

Athal – Je cherche un moyen de me retrouver seul avec Eglon pour lui injecter un anesthésique, une sorte de tranquillisant qui le paralysera sans qu'il perde conscience. Je lui ferai alors croire qu'il va mourir empoisonné et lui proposerai un antidote qu'il obtiendra s'il accepte d'ordonner à ses hommes de se rendre. Tes jeunes interviendront à ce moment là avec les armes.

Etienne – Et si ça ne marche pas, si par exemple les hommes d'Eglon en profitent pour échapper à l'autorité de leur colonel, vous ferez quoi ?

Athal – C'est justement ce que je redoute. Eglon est le seul à se faire craindre par ses troupes. S'il perd son autorité, ses mercenaires seront livrés à eux-mêmes et on sera en danger. J'aimerais que les jeunes d' Hémerik continuent de se former à l'école d'Eglon le temps qu'il faudra pour qu'ils obtiennent le port d'armes.

Etienne (s'adressant à Hémerik) – Prends garde à tes jeunes, ils sont influençables et certains sont immatures. À force d'être formés par nos ennemis, ils risquent d'être «déformés» pour nous !

Hémerik – Je veille sur eux, je leur parle tous les soirs avant le coucher et ils m'obéissent. »

Linda qui venait de terminer la coupe de cheveux de son mari secoua la serviette pendant que Hémerik prit la place de son père.

« *Linda(s'adressant à Athal)* – Un anesthésique ? Pas simple ton plan ! Pas facile à doser. Mes trois faux malades ont mis deux jours à se remettre du coma artificiel dans lequel je les avais plongés. On ne peut pas prévoir précisément la réaction d'Eglon qui peut s'endormir trop vite ou au contraire rester éveillé sans faiblir sur ses jambes après l'injection. Sans compter que cette piqûre ne pourra pas être intraveineuse car trop précise, mais plutôt sous-cutanée.

Athal – J'ai pensé à tout ça. Je me suis procuré des stylos injecteurs provenant de paquetages militaires et servant aux soldats en cas d'absorption de gaz mortel. Nous en adapterons quelques-uns et je servirai moi-même de cobaye pour le dosage.

Linda – Vraiment ? Tu comptes expliquer ça comment à tes supérieurs ?

Athal – Personne ne s'étonnera de me voir souffrant à l'infirmerie avec tous les virus imaginaires qui traînent par ici.

Hémerik – Si cette ruse ne marche pas, on emploiera la force !

Etienne – Pas n'importe comment, il faut absolument éviter un conflit mortel !

Frédo – Vous attendez une livraison par containers, comment tu expliques ce retard ?

Athal – Plusieurs raisons à cela. Tout d'abord, il n'est pas facile de se procurer une si grande quantité de graines de pavot pour ensemencer huit cent hectares, ensuite, l'acheminement de cette semence à travers l'Afrique est rendue difficile à cause des guerres civiles notamment au Zaïre.

Frédo – Le Zaïre est en guerre ?

Athal – Oui, il n'y a pas qu'ici qu'on lutte contre la dictature, une vague de démocratisation a gagné aussi l'Afrique et des Zaïrois soutenus par des États voisins organisent une révolte contre leur gouverneur. Un convoi de six camions tout-terrain appartenant à mon père, traverse régulièrement le pays jusqu'à Dar Es Salam. C'est là que sont formés les containers qui arrivent habituellement à Khéo. Outre du matériel et des ingrédients chimiques, ces containers transportaient jadis plusieurs centaines de kilos de pains de latex en provenance de Colombie qui servaient à la fabrication de l'héroïne dans les laboratoires de la plate-forme. Eglon a été désigné pour assurer la liaison entre la Colombie et Khéo via l'Afrique, avec le consentement des autorités Zaïroises et Tanzaniennes. Il dispose de l'espace aérien de ces deux pays pour y circuler en hélicoptère...

Etienne – Mais ces deux pays vous laissent véhiculer librement du latex sur leur territoire gratuitement et sans vous poser de questions?

Athal – En fait, ils ignorent la présence du latex caché dans le chargement de médicaments des camions. On peut voir le sigle de la roue dentée noire avec l'inscription *« Achab industrie »* sur les flans et les portières des véhicules. Officiellement, le groupe Achab désigne une entreprise pharmaceutique indépendante à caractère humanitaire financée secrètement par l'argent de la drogue. Le personnel du groupe distribue à chaque passage des médicaments aux orphelinats, à des dispensaires et à des hôpitaux publics pour des sommes dérisoires aussi bien au Zaïre qu'en Tanzanie.

Etienne – D'où proviennent ces médicaments ?

Athal – Une partie était achetée directement à Dar Es Salam, une autre était fabriquée dans les laboratoires de la plate-forme à partir de produits de base également achetés à Dar Es Salam.

Etienne-Ces gens se font passer pour une brave association humanitaire ?

Athal – Affirmatif, et ils donnent des armes et des munitions aux forces armées zaïroises. Eglon offre ses services à ce gouvernement, son quartier général se situe là-bas. D'ailleurs, les militaires zaïrois attendent toujours des armes promises par mon père et qui sont restées sur la plate-forme quand celle-ci a explosé. Eglon et mon père se connaissaient depuis longtemps. Ils ont imaginé tout ça pour pouvoir passer partout en donnant une bonne image d'eux. Un jour, *Achab industrie* est intervenu dans un accident de mini bus en pleine brousse près de Budjala. Tous les blessés ont été transportés par les hélicoptères d'Eglon vers l'hôpital le plus proche.

Etienne – Personne n'a jamais rien soupçonné de mauvais dans cette organisation ?

Athal – Si. Il y a quelques années, une vraie ONG s'est inquiétée en constatant les allers et venues des camions *Achab industrie.* Elle a sollicité des journalistes étrangers dans l'espoir d'ouvrir une enquête. Ces journalistes ont alerté les autorités locales près de la frontière du Zaïre coté Tanzanie. Mais Eglon était connu dans tous les postes de police et payait des indicateurs parmi les policiers des deux pays. Aussitôt informé, il a acheté six cadavres prêts à être enterrés dans plusieurs endroits de la province et les a fait placer un à l'arrière de chaque camion. Quand les douaniers Tanzaniens ont reçu l'ordre de fouiller les camions, Eglon leur a expliqué qu'il devait évacuer des malades au plus vite pour éviter une grave contamination du pays. Les douaniers ont ouvert les portes arrière des véhicules *Achab industrie*, ils ont vu les malades en question transformés en cadavres dont je vous laisse deviner l'odeur, aucun d'eux n'a osé monter à bord pour effectuer la fouille ! L'enquête n'a jamais abouti et les morts n'ont jamais été retrouvés. Les journalistes n'ont rien pu prouver. Leurs gesticulations n'ont fait qu'exacerber les autorités locales qui ne voyaient dans le groupe Achab que de braves gens dévoués, généreux et bien intégrés dans le tissu social !

Etienne – Mais ces six morts dont Eglon s'est servis, aucune famille ne les a réclamés ?

Athal – Non, car ceux qui en avaient la garde ont été payés pour remplacer les corps dans les cercueils par des cailloux calés avec des chiffons ! Quant aux cadavres, je présume qu'ils ont disparus dans l'océan !

Linda secoua une deuxième fois la serviette et tapa des pieds pour évacuer les cheveux noirs et bouclés accrochés à ses brodequins. Hémerik céda la place à son frère.

Frédo – Et l'héroïne, elle était vendue à qui ?

Athal – L'héroïne partait par voie maritime vers l'Europe. L'écoulement et la vente concernent une autre branche de l'organisation. D'ailleurs, c'est avec elle qu'Eglon a des problèmes. La dernière commande d'héroïne qui leur était destinée a brûlé dans l'attentat.

Hémerik – Pourquoi est-ce qu'on doit occuper notre bonne terre avec une plantation de pavot ? Pourquoi ne pas faire venir du latex colombien comme avant ?

Athal – Pour plusieurs raisons. Avec la destruction de la plate-forme et la mort de mon père, toute l'organisation va s'écrouler. Toutes les marchandises invendues détruites dans l'incendie n'ont pas rapporté un centime à la banque de mon père au Mexique. Ceux qui détiennent l'argent de la banque ne vont plus payer les paysans qui récoltent le latex. La guerre au Zaïre n'arrange rien et la liaison du continent africain risque d'être coupée. La banque n'achètera plus de médicaments à Dar Es Salam, elle ne donnera plus de salaire au personnel et aux chauffeurs des camions qui se trouvaient sous la responsabilité d'Eglon au Zaïre et en Tanzanie. En conséquence, Eglon anticipe et va chercher à obtenir son indépendance en produisant lui-même son latex à Khéo. Il sait qu'il ne retournera plus dans ses quartiers en Afrique. Dans une mafia comme celle-là, tous les membres sont solidaires tant que l'argent rentre, le jour où la chaîne se casse, chaque maillon va fuir en emportant avec lui le maximum. Eglon va tenter de garder pour lui le marché le plus juteux : la production d'héroïne. Ses acheteurs potentiels en Europe ne connaissent que Khéo. Ils ne savent rien d'autre concernant *Achab industrie.* De plus, Eglon est endetté, il n'a plus le choix. Ou bien il éponge ses dettes en vendant la drogue produite à Khéo et peut espérer refaire sa vie, ou bien il perd tout et garde uniquement la menace permanente de se faire assassiner par ses créanciers !

Hémerik – Pourquoi pas ?

Fredo – Pourquoi pas quoi ?

Hémerik – Pourquoi ne pas laisser Eglon se faire assassiner par ses créanciers ? C'est tout ce qu'il mérite, nous n'allons tout de même pas fabriquer du latex uniquement pour lui sauver la vie !

Etienne – J'avoue que j'ai du mal de comprendre. Pourquoi fabriquer de l'héroïne pour sauver la vie d'Eglon et par la même occasion nuire à la santé de milliers de malheureux toxicomanes ? Est-ce bien notre rôle ?

Athal – Attendez, il n'est pas question de vendre de la drogue à qui que ce soit !

Hémerik – Dans ce cas, pourquoi la fabriquer ?

Athal – Nous la fabriquons pour feindre de collaborer avec nos ennemis afin qu'ils ne nous massacrent pas ! Ils ont besoin de main-d'œuvre pour la récolte. Je compte sur ça pour les manipuler au dernier moment. Dès qu'Eglon sera neutralisé, cette récolte tant convoitée servira de monnaie d'échange pour envoyer ses mercenaires à la recherche des femmes déportées par mon père. Une fois cette mission achevée, ils pourront quitter Khéo avec la drogue et tout rentrera dans l'ordre. J'avertirai tous les gardes-côtes des pays où elle sera livrée. L'héroïne sera saisie et Eglon arrêté. »

Il y eut un silence. Chacun réfléchissait, dubitatif. Linda secoua une troisième fois la serviette et Frédo me laissa sa place. On n'entendait plus que les voix des enfants devant l'école et la tondeuse électrique qui entamait mon épaisse chevelure.

Athal reprit son discours :

« Vous pouvez même agir sans moi en espionnant Eglon grâce à l'équipement audio visuel et à l'ordinateur qu'on va recevoir pour la pièce secrète sous la chambre froide. Des micros et des caméras seront installés dans la villa. Il sera possible de consulter le disque dur de l'ordinateur d'Eglon à distance et de connaître le contenu de sa messagerie. Eglon n'y connaît rien en informatique, je composerai moi-même les codes d'accès. Comme ça on connaîtra la destination de l'héroïne.

Hémerik – Pourquoi on devrait agir sans toi ?

Athal – C'est dans le cas où il m'arriverait quelque chose, si par exemple Eglon découvre que je lui ai menti depuis le début.

Frédo – Tu sous-entends que ton plan peut ne pas marcher ?

Athal – En principe, si, mais il ne faut jamais sous-estimer l'ennemi et je tiens à vous laisser tous les outils nécessaires.

Frédo – Comment installer des caméras dans la villa sans se faire voir ?

Athal – La plupart des caméras seront visibles et destinées à surveiller l'entourage de la villa. On les placera également devant les entrées principales et à l'intérieur de chaque pièce pour garantir la sécurité. On captera leurs signaux depuis notre pièce secrète. Seules, trois caméras seront cachées derrière des miroirs sans tain obliques en haut des murs de la salle de contrôle où se trouvera l'ordinateur. Elles seront invisibles et devront être fixées dans la plus grande discrétion. Elles ne transmettront des images qu'à nous sur des écrans de la pièce secrète même si le courant de la villa est coupé. Nous placerons les micros derrière de fausses grilles d'aération assez loin des vraies où circulera l'air conditionné. »

Nouveau silence. Linda secoua une dernière fois la serviette, et tapa des pieds pour évacuer mes cheveux châtain clair accrochés à ses brodequins. Kélia, qui venait d'accompagner sa sœur à l'école, entra nous rejoindre sous le préau. Elle fit de gros yeux en découvrant mon crâne rasé puis s'adressa à Athal :

« Eglon hurle comme un fou, il est furieux, il nous insulte !

– Vraiment ? S'il a besoin de quelque chose, pourquoi il ne m'appelle pas sur le talkie-walkie ?

– Il n'a besoin de rien mais il se plaint que les treillis qu'on leur a rendus propres et repassés sont devenus tout clairs.

– Très clairs ?

– Oui, ils sont devenus vert pomme rayé de blanc.

– C'est à cause de l'eau de javel pour la désinfection, il fallait en mettre moins.

– Qu'est ce qu'on peut faire ?

– Rien du tout. Laissons-le gueuler et continuons à lui pourrir la vie !

9 – Déconnexion

Jeudi 22 mai 1997

Toujours pas de cargo. Ce matin là, devant les bunkers, je recevais de la main du sergent Gontran la cinquantième fiche de travail pour l'organisation des équipes. Jamais cette fiche ne m'avait parue aussi vide, la tête de Gontran aussi triste et le ciel aussi sombre. Le moral de nos occupants était au plus bas. Le retard du cargo nous imposa toutes sortes d'économies. La pêche fut désormais interdite car le bateau utilisé par nos pêcheurs était un ancien remorqueur modifié avec des moteurs trop gourmands en fuel. Le générateur devait être programmé pour s'arrêter durant trois périodes d'une heure pendant la nuit. Selon Athal, ces coupures de courant nocturnes n'affectaient pas la conservation des aliments dans les chambres froides.

La formation des *Bleus* était terminée toujours sans port d'armes. Comme il pleuvait souvent, plus personne n'allait aux champs et les éleveurs puisaient dans les réserves des greniers et sous-sols des locaux techniques la nourriture pour les bêtes.

Vers onze heures, comme le vent soufflait de plus en plus violemment, Etienne suggéra de ne plus s'aventurer dehors. Le même message me fut envoyé par talkie-walkie de la part d'Athal : « personne dehors, chacun dans ses quartiers jusqu'à nouvel ordre ! ». On récupéra les lits restés sous la tente d'isolement, on démonta la bâche du camion et on rentra à l'abri tout ce qui pouvait l'être. La vie s'organisa à l'intérieur des bâtiments. Les chefs de famille s'approvisionnèrent dans les cuisines, on pique-niquait partout, on chantait, on priait en attendant la fin du cyclone.

Vendredi 23 mai 1997

Le vent se calma aux alentours de dix heures. Eglon ordonna un rapport d'évaluation des dégâts. Vers midi, Athal, qui revenait d'inspecter la villa, nous rejoignit pour la première fois à notre table. Il venait d'obtenir l'autorisation du port d'armes pour les nouvelles recrues. Je lui remis la liste des ravages de la tempête établie par Hémerik et Frédo. En la lisant, Athal nous apprit que la station

Internet était hors d'usage, les paraboles ayant été arrachées. Partout, des brindilles et des branches jonchaient le sol. Quelques arbres étaient tombés, la toiture du préau sud complètement détachée, les tentes d'isolement et celles de désinfection à l'entrée des bunkers envolées. Le soleil réapparut. Aucune fiche de travail ne fut écrite ce jour là, le peuple organisa lui-même le nettoyage et les réparations après le déjeuner.

Lundi 26 mai 1997

Il ne pleuvait plus depuis la fin du cyclone et la température automnale était encore douce. Le peuple s'assit sur la place sèche pour déjeuner comme auparavant. Athal avait pris l'habitude de manger à notre table à midi, et dînait le soir dans son bunker. Mais ce jour-là, il était resté à l'infirmerie pour tester un anesthésique, et selon Linda qui avait préparé la solution injectable, il semblait nécessaire de recommencer l'expérience ultérieurement. Je fis remarquer à Etienne qu'Athal prenait beaucoup de risques et que sa proximité avec nous pouvait susciter une certaine méfiance de nos ennemis à notre égard. Etienne hésita avant de me répondre :

« Nous sommes dans une situation qui nous échappe. Athal s'est engagé entièrement pour lutter contre nos occupants en nous proposant une ligne de conduite qu'on s'efforce de suivre. Mais nos ennemis sont imprévisibles même s'ils semblent nous faire confiance. Qu'elle va être leur réaction quand ils apprendront la vérité sur nos véritables intentions. Ils finiront bien par comprendre. Athal compte sur le temps qui passe pour les décourager, mais le temps passe aussi pour nous. On commence à manquer de tout, nos champs sont déserts et la radio en panne ne peut rien nous apprendre sur le cargo qui n'arrive toujours pas, alors si Eglon se méfie de nous, quelle importance ? La situation ne sera pas plus explosive ! Que Dieu nous prépare à agir selon sa volonté ! »

Un silence épais accompagnait ce repas de midi. Pas de tension, pas d'inquiétude chez ce peuple chrétien, mais une attente longue et étrange faisant taire les adultes, surtout les agriculteurs qui n'avaient jamais laissé une aussi grande surface cultivable en jachère ! Seuls, les enfants bavardaient.

Nellie assise à ma gauche, avait apporté son livre de géographie. Kélia, à ma droite, s'empressa de l'ouvrir à la page *France* (ce pays la faisait rêver !), pour commenter les photos en couleurs. La Tour Eiffel, l'Arc de Triomphe, les Champs Elysées... Le texte évoquait les différents climats dans le monde et Kélia me posait souvent les mêmes questions dès qu'elle découvrait quelque chose concernant mon pays: *« Tu connais cet endroit ? Tu as déjà vu ceci ou pratiqué cela ? »*

L'attention de Nellie était attirée par un autre sujet. Elle s'impatienta en suppliant sa grande sœur de tourner les pages jusqu'au chapitre *Pôle nord et pôle sud.* La fillette dévorait des yeux les photos de paysages neigeux. On y voyait des igloos, des enfants européens construisant un bonhomme de neige et une station de sport d'hiver. À chaque question posée par Nellie, Kélia tentait de répondre avant moi.

« *Nellie* – Si on peut glisser sur la neige, comment peut-on la faire tenir et construire des murs pour les igloos et les statues ?

Kélia – On ne dit pas « statue » mais « bonhomme de neige ».

Moi – Heu... la neige devient collante quand on la serre entre nos mains et on peut ainsi l'accumuler pour en faire des murs ou des bonhommes de neige. Si on roule une motte sur le sol, ça devient une boule de plus en plus grosse qu'on utilise pour construire, mais si on marche dessus ou qu'on roule dessus avec des véhicules, elle se tasse et devient glissante. Elle peut aussi durcir et se transformer en glace sous l'effet du gel. »*(Silence)*

Les filles me regardèrent l'air songeur. Visiblement, mes explications n'étaient pas convaincantes !

« *Nellie* – On peut en manger ? C'est bon ?

Kélia – *Ça* n'a aucun goût, ça ressemble au givre des chambres froides.

Moi – Oui, ça a le goût de l'eau puisque c'est de l'eau solidifiée.

Kélia – C'est comme de la glace sauf que c'est blanc, poudreux, collant et glissant, alors que la glace c'est juste glissant.

Nellie – Le givre des chambres froides, ce n'est pas de la neige.

Moi – Non, ça ressemble parce que c'est blanc, mais c'est plutôt une sorte de glace, plus dure et plus collante que la neige. Ceci dit, plus la neige est fondante, plus elle colle.

Nellie – Si on mélange de la glace, du givre et de la neige dans une casserole ça fait quoi ? Tout va se coller ensemble ?

Kélia – Oui, et si on fait chauffer ce mélange, ça se transforme en eau ! »

♦ ♦ ♦

L'après-midi s'écoula doucement, sous un soleil pâle et timide annonçant l'hiver tout proche. Le temps semblait s'arrêter. La toiture du préau sud avait été à moitié réparée avec les tôles retrouvées entières.

Frédo et son équipe tentaient de remettre en état la station Internet après avoir retrouvé les paraboles arrachées. Derrière les bâtiments côté plage, tous les fils à linge étaient recouverts de vêtements et de draps qui séchaient.

La vie se figeait à Khéo, on économisait tout, même le mouvement ! On arrêtait souvent le générateur en surveillant la jauge. Une seule chambre froide fonctionnait encore, les autres étaient vides. Les agriculteurs avaient terminé de nettoyer toutes les tranchées en attente. Il n'y avait plus de liaison radio avec l'extérieur, plus de fuel dans le réservoir du bateau de pêche, plus de kérosène dans les hélicoptères, plus de rhum dans les bouteilles d'Eglon et plus aucune motivation chez ses mercenaires !

10 – Livraison périlleuse

Jeudi 29 mai 1997

En cette fin d'après-midi, je me trouvais derrière les bâtiments et je bavardais avec Linda et Kélia occupées à pendre le linge de la dernière lessive. J'approchais la charrette chargée de vêtements au fur et à mesure qu'elles avançaient. Un peu plus loin sur la plage, des enfants qui sortaient de l'école, couraient vers le parcours du combattant devenu leur terrain de jeux favori. Soudain, deux d'entre eux revinrent vers nous en s'écriant : « Un bateau !...Regardez, un bateau arrive ! » À côté du squelette métallique de la plate-forme, un énorme bâtiment immobile attendait.

« *Linda* – Mais, depuis combien de temps il est là ? Personne ne l'a vu ? »

Aussitôt, j'en avertis Athal par le talkie-walkie que je tenais toujours en bandoulière.

« *Athal* – Un bateau ?...Oui, je le vois, c'est un porte-container, je préviens Eglon ! C'est incroyable, la sentinelle postée sur le toit du bunker n'a rien dit ! Ils dorment tous là-dedans ! Préviens les autres, rendez-vous à l'embarcadère ! »

♦ ♦ ♦

Eglon grimpa le premier sur le zodiac, suivi d'Athal et moi-même. Athal donna mon talkie-walkie à Frédo avec quelques instructions :

« Mets les derniers litres de fuel dans le réservoir du bateau de pêche, prends un filin et des manilles et rejoins-nous près de la plate forme. On reste en contact radio.

– Entendu.

– Tu attendras Gontran et son équipe qui embarqueront avec toi ! ajouta Eglon.

– Oui colonel. »

Nous nous dirigeâmes vers le navire et j'entendais Eglon vociférer, tandis qu'Athal essayait de le convaincre que le porte-container était trop grand pour s'approcher davantage de la jetée. Notre *zodiac* s'immobilisa au pied de l'échelle de coupée, dépliée spécialement pour nous. D'après Athal, ce bâtiment mesurait 240 mètres de long. Sur son flan rouillé, on pouvait lire l'inscription : *« SS Westward Venture »*. Une ouverture latérale au milieu de sa coque, servait pour le chargement des containers moyennant une rampe.

Sur le pont, une douzaine d'hommes d'équipage de race blanche observaient avec stupéfaction les vestiges de la plate-forme. Certains avaient des jumelles. Eglon passa derrière eux en criant : « Où est le pacha ? » Au même instant, le capitaine, un quinquagénaire (de race blanche aussi) apparut et répondit aussi sèchement : « Je suis là Eglon, ça fait deux heures qu'on attend ! Vous croyez que j'ai du temps à perdre à relâcher dans ce coin merdique ? Vous ne répondez jamais à la radio ?

– Elle est en panne. Et ne commencez pas à me faire chier, Michal, parce que moi aussi j'en ai marre d'attendre mes containers ! Vous faisiez quoi à Dar es Salam ? Vous peigniez la girafe ? Il suffit que je ne sois plus là-bas pour que ça traîne !

– Ouais, et moi je vous retourne la question, qu'est-ce qui s'est passé ici ? C'est Beyrouth ? Tout est foutu et on ne peut même pas vous contacter sur Internet !

– Un cyclone a détruit notre station et un sous-marin a attaqué notre plate-forme ! Achab est mort et les trois-quarts de son personnel aussi ! » *(Silence)*

Les deux hommes se calmèrent en observant l'amas de ferrailles avec les autres marins. Michal continua :

« Je sais que vous avez été victime d'un attentat, je l'ai appris de la bouche d'un membre d'équipage du *Géométrix*.

– Je les ai payés pour qu'ils la bouclent, et il y en a quand-même un qui a vendu la mèche !

– Je ne voulais même pas y croire !

– Moi non plus je ne voulais pas y croire, c'est le silence radio qui m'a poussé à venir jusqu'ici.

– C'est chaud au Zaïre, Laurent-Désiré Kabila a pris le pouvoir, Mobutu est hors course, c'est mauvais pour vos affaires. Vous comptez rentrer là-bas quand-même ?

– Ce ne sont pas vos oignons, ni les miens d'ailleurs ! Je ne m'impliquerai pas dans une quelconque gesticulation insurrectionnelle. Je ne veux plus entendre parler de l'Afrique et je vous prie de rester discret sur les événements qui s'y passent, mes hommes ne doivent rien savoir !

– Ah oui ? Et vos collègues qui vous attendent à Dar Es Salam, je vais leur dire quoi ? Et où sont les médicaments et les armes ?

– Les Zaïrois n'ont plus besoin de rien maintenant qu'ils sont en démocratie !

– Je vois. Par contre, ce que je ne vois pas, c'est comment on va transborder vos quatre containers sans quai d'accostage et sans grue.

– Notre bateau de pêche arrive d'une minute à l'autre. On attache un filin sur les deux pièces de coins du bas de chaque container, pour les traîner jusqu'à la plage.

– Vous voulez balancer vos containers au bouillon ? Vous êtes complètement malade !

(Les deux hommes élevèrent la voix)

– Je n'ai pas d'autre alternative puisque vous refusez d'approcher le bout de la jetée !

– Certainement pas, avec huit mètres de tirant d'eau, je ne vais pas prendre ce risque !

– Je suis sûr que ça passe, le *Géométrix* vient toujours accoster là!

– Oui, mais c'est un ravitailleur bien plus petit que mon porte-container ! Je ne bougerai pas d'ici !

– Soit. Mes hommes arrivent, on commence la manœuvre !

– Vous n'avez pas peur que vos containers coulent ?

– Ils ne couleront pas, ils sont étanches. Adieu ! Je vous laisse avec mes mercenaires, ils savent quoi faire. »

Eglon commença à descendre l'échelle de coupée en nous faisant signe de le suivre. Sans même se retourner, il adressa une dernière recommandation au capitaine :

« Je n'aurai plus besoin de vos services, soyez discret sur l'Afrique.

– Vous allez faire quoi à présent, vous abandonnez *Achab industrie ?*

– C'est la guerre, Michal, et comme dans toutes les guerres, il y a des gagnants et des perdants ! Moi, j'essaie de limiter les dégâts en récupérant mes billes. Oubliez-moi et oubliez ce que vous voyez ici ! »

Notre *zodiac* croisa le bateau de pêche à bord duquel se trouvaient Fredo, Gontran et six soldats. Dès notre arrivée sur la côte, Athal, Etienne et Hémerik organisèrent la réception des containers. Athal me prêta ses jumelles pour me montrer les containers tombant à l'eau sous l'ouverture latérale du cargo. C'était surprenant de voir ces énormes caisses métalliques plonger, disparaître un instant puis revenir à la surface en laissant dépasser un quart de leur hauteur au-dessus de l'écume des vagues ! Le container fut hissé sur les cailloux de la jetée, puis traîné sur la plage par le tracto-pelle où il s'enfonça dans le sable. À la nuit tombée, la livraison fut terminée et le *SS Westward Venture* leva l'ancre.

Vendredi 30 mai

Exceptionnellement, cette nuit là, les *Bleus* montèrent la garde à proximité de la plage pour surveiller la précieuse cargaison. Au petit matin, ils rendirent leurs fusils d'assaut à l'entrée du bunker et allèrent se coucher. Le ciel était voilé mais il ne pleuvait pas.

La présence de ce ravitaillement donna de l'énergie à tous et une lueur de joie éclaira le regard cynique du colonel.

On forma les équipes. Pour la première fois, mon nom fut inscrit sur la fiche de travail ! On m'invita à chercher mon ordre de service auprès d'Eglon en personne qui m'attendait avec des documents.

« Max !

– Bonjour mon colonel.

– Voici la liste de tout le matériel que tu vas ramener dans le bunker d'Athal.

– Du matériel spécifique ?

– Absolument, ça concerne le futur laboratoire. Prends deux négros pour t'aider.

– Ce matériel se trouve dans quel container ?

– Tu trouveras ça dans ceux qui contiennent carburant et vivres. Des sacs de graines de pavot se trouvent avec les sacs de riz. Le reste des produits est stocké dans des cartons mélangés avec d'autres remplis de boîtes de conserves, de fruits et légumes déshydratés.

– Bien. Qu'y a-t-il dans les autres containers ?

– L'un contient des équipements électroniques, des fenêtres et tout ce qui concerne la villa et l'autre du matériel agricole dont un tracteur en partie démonté. Tu ne t'occupes pas de ça. D'autres questions ?

– Heu… non mon colonel, tout est clair.

– Alors au boulot. Informe-moi dès que tout sera stocké et vérifie bien ta liste !

– Oui, colonel.

Je n'étais pas impressionné par Eglon et j'évitais soigneusement de lui répondre à la manière de Gontran : *« à vos ordres, mon colonel »* Je ne me sentais pas l'âme d'un militaire ! Comme tous mes amis étaient affectés au déchargement des autres marchandises selon leur spécialité, je désignai deux agriculteurs au hasard pour m'aider.

On ouvrit les containers. Environ dix centimètres d'eau s'en échappèrent sans avoir fait de dégât car tout ce qu'il y avait à l'intérieur reposait sur des palettes. Athal prévoyait tout !

Les deux agriculteurs déposèrent tous les produits de ma liste sur une portion de plage pas trop près de la foule :

Alcool, éther, acide chlorhydrique, acide sulfurique, anhydride acétique, carbonate de sodium, chlorure d'ammonium, chloroforme, chaux aérienne, charbon actif, graines de pavot, douze réchauds à gaz, marmites, ustensiles destinés à l'équipement du futur laboratoire. Tout était là conformément à ma liste et nous étions prêts en début d'après-midi. Deux heures d'attente furent nécessaire pour pouvoir enfin disposer du camion avec chauffeur !

Juste avant la nuit, nos produits furent stockés dans le bunker d'Athal et je rendis la liste à Eglon : mission accomplie ! Nous étions exténués.

En traversant la carrière, nous entendîmes le vrombissement d'une moto résonner sous le porche. Un motard s'approcha de nous dans un nuage de poussière. C'était Athal. Il stoppa tout contre moi pour m'effrayer et me dit : « Regarde, Jérôme, cette moto est pour toi ! C'est une *Yamaha Virago* de 125 centimètres cube. »

« Une moto ? Mais pourquoi ?

– Elle te servira pour tes déplacements sur les différents chantiers de l'île.

– Mais, c'était réellement nécessaire ?

– Parfaitement, il y a de la place pour deux. Tu pourras emmener Kélia, mais il est convenu que ceci est ton véhicule de service, pas question de le laisser à nos occupants ! C'est clair ?

– Très clair !

– Monte derrière moi, je te ramène chez toi !

– Non, merci, je préfère raccompagner mes deux amis qui m'ont aidé toute la journée.

– Comme tu veux. Je te la laisse devant l'infirmerie. Bonne soirée à tous et à demain !

– Bonsoir. »

Tout était déchargé. Le matériel agricole resta dehors et le tracteur à moitié démonté reposait devant l'atelier de mécanique d'Hémerik et de Frédo.

11 – Suspicion

Samedi 31 mai 1997

Dès le lever du soleil, toute la communauté se mit au travail. La suite des événements allait dépendre de la mise en service du matériel agricole. Ce fut une véritable course contre la montre avant l'hiver.

Eglon aurait voulu que la terre soit labourée et ensemencée avant les pluies. Il rôdait nerveusement sur la place autour des pièces détachées qui s'étalaient devant l'atelier de Frédo et Hémerik. Ces derniers faisaient le maximum, aidés par une dizaine d'agriculteurs reconvertis en aide-mécaniciens pour la circonstance. Athal, qui ne voulait pas voir la tension monter entre l'officier et Hémerik, tenta de les éloigner l'un de l'autre en suggérant à Eglon de venir voir les plans de réhabilitation de la villa. Le colonel accepta après une brève hésitation.

Athal se montrait rassurant envers nos ennemis, il organisa un grand barbecue devant les bunkers et ouvrit une caisse de tequilas pour réjouir les soldats qui manquaient cruellement de rhum depuis quelques jours !

Sur la place, on ne chômait pas. Le bras mécanique du tractopelle servait à soulever le tracteur qui reposait provisoirement sur des rampes en forme de ski. Les roues et la cabine furent montées vers le soir. Même si les branchements n'étaient pas terminés, l'engin commençait à ressembler à un tracteur.

Dimanche 1er juin 1997

Aussitôt après le culte, les travaux de mécanique reprirent sous l'œil attentif d'Eglon et de quelques curieux. Hémerik et Frédo terminèrent seuls les derniers préparatifs tard dans la nuit.

Lundi 2 juin 1997

À neuf heures du matin, le moteur du *New Holland M135* se mit à gronder pour la première fois. Tous nos occupants étaient présents pour assister au départ de l'engin auquel on accrocha une charrue de sept corps. Frédo était au volant et commença à labourer. Une heure plus tard, un véritable déluge s'abattit sur Khéo !

♦ ♦ ♦

Il plut quasiment tout le mois de juin ! Les quelques périodes où la pluie cessait étaient trop courtes pour permettre à la terre de sécher. Eglon était furieux. Il passa toutes ses journées dans la villa en travaux sur son ordinateur car la liaison Internet avait été rétablie. Il se désintéressa complètement du village, ce qui permit à Frédo et sa petite équipe d'agriculteurs de terminer entièrement les installations audiovisuelles dans la pièce secrète sous la chambre froide.

Hémerik et Frédo dirigeaient les travaux dans la villa et achevèrent le raccordement des réseaux téléphoniques et électriques dans la tranchée creusée entre leur chantier et le village. Vers la fin du mois, la pluie cessa. Trois cent personnes furent désignées pour participer à la réhabilitation de la bâtisse qui s'acheva également fin juin.

Début juillet, la terre sécha, la tranchée des réseaux fut rebouchée et le tracteur commença à labourer le mercredi 8 juillet. Les conducteurs pilotaient l'engin à tour de rôle et se relayaient toutes les deux heures. Le travail durait seize heures par jour. Les agriculteurs approchèrent les sacs de graines de pavot et le semoir de quatre mètres de large fut accroché au tracteur le mardi 22 juillet. La semence ressemblait à de la farine noire.

À la fin du mois, aussitôt après les semailles, les chefs de familles prirent possession de leur parcelle selon le plan de remembrement établi par Athal. Chacune des 265 portions fut délimitée par de petites allées de cinquante centimètres de large. On passait le râteau pour bien enterrer la semence, on déroulait les tuyaux d'arrosage…

Mardi 5 août 1997

Cette journée fut la plus froide de l'hiver. La température frôla les huit degrés à l'aube et les enfants portaient bonnet et écharpe. Chacun s'était chaudement habillé sous sa combinaison rouge.

Eglon ne voulait pas que le peuple accède à Internet et les ordinateurs de l'école ne servaient que pour des traitements de texte et pour l'enseignement à l'aide de logiciels pédagogiques. Aussi, Athal et Etienne proposèrent discrètement à ceux qui le désiraient la possibilité de regarder le monde en utilisant le matériel dans la pièce secrète. La nouvelle se répandit et tous les habitants de Khéo voulurent être initiés à découvrir l'inconnu au travers d'écrans d'ordinateurs ! Pour gérer cette foule de curieux, Etienne se fit aider par les assistantes de Nicodème afin d'établir des listes d'attente. Des séances d'une demi-heure par personne se déroulaient pendant toute la nuit en toute tranquillité, puisque les *Bleus* étaient les seules sentinelles habilitées à monter la garde nocturne. Parmi tous ces nouveaux passionnés, certains demandaient aux organisateurs d'imprimer quelques photos et documents qu'ils conservaient précieusement à l'abri des regards de l'ennemi. Il fallut fixer une limite par soucis d'économie. Seule, Kélia réussit à obtenir un plus grand nombre de pages en insistant auprès d'Hémerik qui céda devant son beau regard suppliant ! En effet, les deux frères se retrouvaient tous les matins à cinq heures dans la pièce secrète pour faire le point et consulter le courrier électronique d'Eglon. Kélia, qui aimait se lever tôt, avait pris l'habitude de les rejoindre. Quant à moi, je me levais vers cinq heures trente uniquement pour prendre avec eux le petit-déjeuner. Ensuite, j'allais chercher ma fiche *ordre de service* avec ma moto auprès de Gontran devant son bunker.

Kélia me montra un jour sa grosse collection de pages imprimées rangées dans un classeur. On y voyait d'affreuses photos en noir et blanc représentant tous les monuments de Paris et de nombreuses curiosités touristiques françaises ! Elle voulut également apprendre à piloter ma moto. J'acceptai en lui proposant le site de la carrière pour s'entraîner. J'eus quelques frayeurs durant l'apprentissage du passage des vitesses, car si elle savait tenir en équilibre sur deux roues, doser l'accélération et utiliser des commandes était complètement nouveau pour elle. Quand son attention se portait sur ces manœuvres, la trajectoire de la moto était déviée et celle-ci terminait parfois sa course dans des tas de sables ou des buissons ! Mais l'apprentie avait tellement envie de tout savoir, que rien ne la décourageait ! Des enfants observaient les déplacements de cet étrange vélo motorisé dès qu'ils entendaient son moteur pétarader. Quand mon amie maîtrisa la machine, certains bambins eurent le privilège de monter derrière elle pour un tour de piste sur la place, mais Nellie était toujours prioritaire.

♦ ♦ ♦

Depuis quelques temps, au moment de se mettre à table, je remarquais que Rose-Marie et Mado portaient des vêtements amples et enjambaient plus difficilement le banc. Il me semblait qu'elles étaient enceintes. Comme je n'osais pas le leur demander, je posai discrètement la question à Nellie qui se mit à répondre à haute voix :

« Oui, Mado et Rose-Marie vont avoir un bébé !

– Et elles ne sont pas les seules, ajouta Linda qui avait entendu la réponse de Nellie, neuf autres femmes sont enceintes ! »

J'appris que Rose-Marie avait 22 ans et Mado 38 ans. Auparavant, elles refusaient d'avoir des enfants par peur de se les voir enlever. Le dictateur Achab les vendait pour l'adoption. Juste après la mort du tyran, la plupart des familles voulurent s'agrandir !

Vers la fin août, les plants de pavot sortirent de terre. Tout semblait fonctionner à merveille selon les désirs de nos occupants qui avaient, semble-t-il, gagné notre confiance ! Mais derrière cette apparente quiétude, germait une suspicion. Athal me convoqua le jeudi 28 août, en fin d'après-midi, près de l'embarcadère pour m'en parler :

« Eglon m'inquiète, il refuse de me voir, il boit de plus en plus, il s'isole dans la villa qu'il fait garder par ses abrutis comme une véritable forteresse.

– Tu penses qu'il se doute de quelque chose ?

– Oui, en consultant son disque dur, j'ai découvert beaucoup de révélations inquiétantes en rapport avec les comptes de la banque de mon père au Mexique.

– Je croyais qu'Eglon avait rompu tous liens avec *Achab industrie* pour prendre son indépendance ?

– Au début, oui, mais il a ensuite tenté de reprendre contact avec la Cavalière pour lui demander une aide financière qui lui a été refusée.

– La Cavalière ? C'est qui ?

– La directrice de la banque, une femme de l'âge de mon père qui a été sa maîtresse pendant quelques années.

– Selon toi, pourquoi cette femme refuse la proposition d'Eglon ?

– Parce qu'elle n'a pas besoin de lui pour s'enrichir et qu'elle n'a pas confiance en lui.

– Le trafic de drogue ne l'intéresse plus ? Quand ton père était encore en vie, les affaires marchaient, non ?

– Certes, mais sans la plate forme, toutes les affaires en cours ont été interrompues et comme tu le sais déjà, les clients attendent toujours leurs commandes et cela pourrait bien attirer des représailles envers Eglon. La Cavalière ne veut pas être mêlée à tout ça et les efforts d'Eglon ne permettront jamais la rentabilité qu'a connue *Achab industrie.* De plus, cette femme a toujours trafiqué avec mon père, même si elle ne l'aimait plus. Une certaine loyauté persistait entre eux en souvenir des obstacles qu'ils avaient franchis ensemble pour monter leurs affaires.

– Une sorte de code d'honneur ?

– En quelque sorte, mais Eglon ne représente rien pour elle et comme je viens de te le dire, elle n'a pas besoin de lui.

– La « Cavalière », c'est son vrai nom ?

– C'est un surnom. J'ignore son vrai nom. C'est en rapport avec ses activités douteuses. Elle est la reine de la triche des marchés financiers. Elle a construit une escroquerie pyramidale basée sur le mensonge qui consiste à payer des intérêts élevés à ses clients existants grâce au capital apporté par les nouveaux, eux-mêmes séduits par la réputation de ces pseudo-placements juteux !

– Mais, personne ne voit rien ?

– Tant que personne ne réclame l'argent qu'il a placé, cette gigantesque arnaque passera inaperçue. Mais le jour où ces clients auront besoin de liquidités et qu'ils voudront les retirer tous en même temps, cette pyramide s'effondrera.

– En quoi sommes-nous concernés ?

– Eglon mène son enquête et fourre son nez partout. Il se sent de plus en plus seul et menacé. Il a découvert la transaction sur ton compte en France, il sait par exemple qu'un certain Jérôme Valentin a reçu une grosse somme d'argent de la part d'*Achab industrie* et que j'en suis l'instigateur.

– C'est pour cela que tu as voulu qu'on m'appelle Max ?

– Oui, et si Max a été embauché par Achab, pourquoi son dossier demeure introuvable ? Pourquoi un sous-marin s'en prendrait-il à notre plate-forme ? À qui profite cet attentat ? Voilà autant de questions sans réponse qui irritent Eglon. Il risque de perdre patience.

– Tu veux dire que nous courons un danger ?

– Oui, et mon idée de me retrouver seul avec lui dans la villa pour l'obliger à se soumettre à nous en lui injectant un sédatif, tombe à l'eau ! Ce n'est plus possible de l'approcher !

– Qu'est-ce que tu attends de moi et pourquoi tu n'en parles pas aux autres ?

– Je veux te confier la responsabilité de mener ce peuple à l'abri de nos ennemis, tu expliqueras toi-même la situation à Etienne et à toute sa famille.

– Mais pourquoi ? Tu abandonnes ton engagement ? Pourquoi je devrais tout assumer seul ?

– Je veux être franc avec toi : tu risques de te retrouver seul dans peu de temps. Je connais Eglon, c'est un criminel. Mon père et lui, avant ma naissance, ont tué plusieurs négros pour se faire obéir. Ils ont ensuite commencé à construire la plate-forme en 1966. Je connais le cheminement d'Eglon et sa manière de penser. Il va me neutraliser et tu devras continuer le combat sans moi.

– Tu connais tout mais tu as quand même fait une erreur de jugement puisque ton projet de sédatif tombe à l'eau !

– Non, j'avais envisagé aussi cette possibilité !

– Vraiment ? Pourquoi ne pas me l'avoir dit, dans ce cas ?

– Parce que tu n'aurais jamais accepté de te retrouver seul médiateur entre nos ennemis et le peuple, je vous ai montré ce projet de sédatif pour vous rassurer et pour ne pas vous laisser sans la moindre solution face à l'ennemi. C'est à toi et à tes amis de continuer la lutte, vous disposez de tous les outils nécessaires et vous avez tous des capacités que vous sous-estimez ! Que Dieu vous bénisse !

– Mais, Athal, tu vas où ?

– Je retourne dans mon bunker en passant par la forêt. Prends courage, l'issue de cette histoire démontrera que j'avais raison sur toute la ligne. À plus tard ! »

Athal me laissa seul et se dirigea vers la forêt au bout de la plage derrière le parcours du combattant. Il n'était plus comme d'habitude, il semblait pressentir de bien mauvais jours. J'étais choqué par toutes ces paroles et décidai d'informer la famille d'Etienne pendant le repas du soir. De retour sur la place, je rencontrai Kélia qui me demanda de lui prêter ma moto. Un peu surpris, je la questionnai :

« Tu la veux pour aller où ?

– Heu… Hémerik voudrait que je la lui prête pour qu'il apprenne à la piloter.

– Vraiment ? Pourquoi il ne s'adresse pas à moi ?

– Heu… Il souhaiterait que je lui montre moi-même la façon de s'en servir sur le site de la carrière. Il apprendra vite puisqu'il sait déjà conduire un camion !

– Bien, tu peux la prendre, mais soit prudente.

– Merci mille fois ! Après ça, je suis sûre qu'il acceptera de m'imprimer de nouvelles images de la France !

– Je vois ! À plus tard. »

Kélia enfourcha la moto et s'arrêta devant l'atelier de mécanique. Hémerik en sortit aussitôt et s'assit derrière elle. Tous deux disparurent par le porche.

♦ ♦ ♦

Peu avant le dîner, alors que j'étais déjà à table avec Etienne, la moto, pilotée par Hémerik revint à toute vitesse devant l'atelier en amorçant de spectaculaires dérapages contrôlés. Kélia, apeurée et assise derrière Hémerik, s'agrippait après lui en gloussant de rire. Il stoppa l'engin dans un nuage de poussière et pris la main de sa passagère pour l'aider à descendre et l'accompagner jusqu'à notre table. Arrivé à ma hauteur, il me donna la main de Kélia toujours pliée de rire en s'exclamant :

« Jérôme le touriste, je te rends ta fiancée en un seul morceau ! »

Moi – Merci. J'apprécie le fait que ma moto aussi semble encore entière !

Linda (terminant d'apporter les plateaux-repas) – Hémerik, tu trouves ça risible, toute cette poussière que tu nous envois alors qu'on est à table ?

Etienne – Tu devrais avoir honte ! Cette machine n'est pas un jouet, c'est dangereux de rouler comme ça !

Hémerik – Bah ! Je la maîtrise bien ! Elle freine beaucoup mieux qu'un vélo, tu devrais l'essayer !

Etienne – Certainement pas…en tout cas, pas de cette manière !

Moi – Cette moto nous a été livrée sans casque. En France, le port du casque est obligatoire, et le permis voiture est nécessaire pour piloter ce type de moto.

Nicodème – Un permis voiture pour piloter une moto ? C'est étrange !

Etienne – Bon, si tout le monde est là, je vais rendre grâce. »

Personne ne trouva l'absence d'Athal anormale puisqu'il ne mangeait avec nous qu'à midi. Cependant, j'étais persuadé qu'il ne reviendrait pas et vers le milieu du repas, je me décidai à répéter tout ce qu'il m'avait dit près de l'embarcadère. Mes amis m'écoutèrent attentivement sans se troubler.

Après le dîner, Etienne désigna ceux qu'il voulait inviter à une soirée de prière dans la pièce secrète. Les personnes choisies étaient : Etienne, Linda, Hémerik, Frédo et moi. Le pasteur désirait que ces informations restent entre nous pour ne pas affoler le peuple. Kélia resta avec nous et demanda à Etienne de l'accepter dans notre groupe. L'homme refusa mais mon amie insista en s'écriant : « Pasteur, ne me mettez pas à l'écart, je sais qu'il va falloir conspirer contre ces criminels, ils ont tué mes parents, je suis doublement concernée. Je veux participer à vos réunions, je m'impliquerai dans tout ce qui sera possible de faire contre ces gens ! (*silence*) Ils ont tué ma famille, ils polluent notre île avec leur saleté de fûts radioactifs, ils nous obligent à cultiver du poison, ils nous insultent, ils se moquent de Dieu ! »

Etienne s'arrêta net et se tourna vers Kelia. Sans mot dire, il la serra dans ses bras. Puis, elle me donna la main et nous continuâmes à avancer vers les chambres froides.

Hémerik ouvrit la trappe et nous descendîmes par la chambre technique. Il fallait se baisser car la pièce secrète ne mesurait qu'un mètre soixante de haut pour une surface de six mètres carrés. Trois gros écrans d'ordinateur et deux haut-parleurs étaient posés sur une étagère en hauteur, tout proche du plafond. En dessous, une table qui avait été construite sur place avec des planches de palettes était recouverte d'une multitude d'appareils, claviers, ordinateur, table de mixage, un écran plus petit, une imprimante... Frédo y effectuait des réglages assis à côté de son frère. Etienne, Linda, Kélia et moi, étions assis derrière eux sur un banc fixé contre le mur.

Frédo fit défiler sur les écrans toutes les images transmises par les caméras placées autour de la villa et à l'intérieur des pièces principales. Dehors, tout était calme et éclairé par des néons qui attiraient les moustiques. Les volets électriques étaient tous fermés. Frédo fit en sorte que nos trois écrans retransmettent le signal des caméras dissimulées derrière les miroirs obliques du salon. Nous vîmes Eglon qui somnolait assis sur son canapé en cuir. Une bouteille de tequilas, un verre, un talkie-walkie, et des dossiers s'étalaient sur la table basse en verre devant lui. On distinguait toute la salle sous différents angles. Cet endroit était son quartier général qu'il ne quittait que pour aller manger et dormir dans les pièces voisines. En face de l'officier se dressait un pupitre de commandes avec huit écrans en corrélation avec les caméras de surveillance extérieures. Le bureau et l'ordinateur branché en réseau avec celui de notre pièce secrète se trouvaient devant la grande baie vitrée donnant sur la terrasse.

Dès qu'Eglon s'éloignait de son ordinateur, il était possible pour nous de consulter son courrier, son disque dur et de se connecter sur Internet. C'est ce que Frédo et son frère faisaient chaque nuit.

Etienne commença à prier à voix haute et nous invita à faire de même. Ce soir-là, aucune décision ne fut prise pour agir contre nos ennemis. Mais dans les cœurs, des idées commençaient à germer !

12 – Confrontation

Vendredi 29 août 1997

Comme on pouvait s'y attendre, Athal était absent à cinq heures du matin. La peur au ventre, je pris ma moto pour aller chercher la fiche de travail des mains de Gontran comme d'habitude. Je m'attendais à me faire arrêter et subir un interrogatoire à chaque instant. Le sergent me donna la fiche qui avait été simplifiée et je repartis sans me faire violenter… et sans tarder ! En passant devant le bunker d'Athal, je vis, devant sa porte fermée un militaire assis sur une chaise pliante. En chemin, je croisai le camion piloté par Frédo transportant le petit-déjeuner des soldats.

Je montrai la feuille à Etienne. Celle-ci ressemblait plus à une note de service qu'à un planning ! Nous comprîmes que la seule chose importante pour Eglon était la culture du pavot. Tout le reste n'avait désormais aucun intérêt pour lui et nous avions carte blanche pour tout organiser. Bien, entendu, la signature d'Athal ne figurait pas sur le document !

Etienne rassembla une dernière fois notre petit groupe de prière à l'infirmerie avant de commencer la journée. Je devenais l'unique médiateur entre eux et nos ennemis et nous décidâmes de nous soumettre en continuant les travaux comme si rien n'avait changé. Hémerik termina notre petite réunion en me disant : «Fais ce que tu as à faire et si tu décides de comploter contre eux, nous sommes à ta disposition pour t'aider. »

Comploter ? De quelle manière ? Les *Bleus* n'avaient plus le droit de porter des armes ! Eglon perdait sa confiance en nous. Il me fut impossible de décider quelque chose pendant tout le mois suivant. J'étais inquiet.

♦ ♦ ♦

Les pluies hivernales inondèrent les cultures durant les deux premières semaines de septembre avant de céder la place aux premières douceurs printanières. La température minimale de 12 degrés le matin pouvait monter jusqu'à 16 l'après-midi.

En consultant le courrier électronique d'Eglon, Frédo découvrit une correspondance avec un groupe de six Colombiens. Ces derniers travaillaient autrefois pour le compte d'*Achab industrie* sur la plate-forme et dans un laboratoire clandestin. Mais ils avaient été « licenciés » par la Cavalière qui ne voulait plus entendre parler d'eux. Eglon le savait et avait attendu que ces hommes se manifestent pour les embaucher. Il leur proposa d'aller les chercher en hélicoptère à l'aéroport de Mahé début novembre.

La situation sembla s'aggraver plus rapidement fin septembre. Kélia se montrait plus distante envers moi et passait tout son temps libre avec Hémerik. Tous deux nettoyèrent le grenier au-dessus des locaux techniques destinés à engranger la nourriture des animaux d'élevage, sans m'en informer. Chaque jour, Kélia accompagnait Frédo en camion pour distribuer les repas aux soldats. Ces derniers étaient plutôt désœuvrés.

Gontran manquait d'autorité et Eglon ne quittait plus la villa. Les soldats en profitèrent et se conduisirent d'une manière odieuse envers le peuple en se permettant de faire revenir les *Bleus* (qui passaient toutes les nuits à monter la garde) dans les bunkers l'après-midi pour les astreindre à effectuer toutes sortes de corvées comme le ménage et l'entretien des toilettes chimiques.

♦ ♦ ♦

Environ un mois plus tard, il fut décidé de désherber les allées qui quadrillaient les cultures. Les pavots commencèrent à fleurir et mesuraient un mètre de haut. Je traversai lentement à moto l'exploitation quand soudain un agriculteur âgé d'une cinquantaine d'année me fit signe de stopper pour me parler. Il semblait anxieux.

« Jérôme le touriste !

– Oui, bonjour.

– Bonjour. Tu es au courant pour ma fille ?

– Non, je ne crois pas la connaître.

– Deux soldats sont venus la chercher pour l'emmener chez le sergent Gontran. Ils prétendent que c'est un ordre du colonel et que tu es au courant !

– Mais… jamais de la vie ! Ils sont partis depuis combien de temps et dans quelle direction ?

– Une dizaine de minutes, ils ont pris la direction de la carrière mais ont bifurqué dans la forêt au bout de l'allée centrale ! Ils sont armés.

– Je vois. Restez ici, je vais aller chercher votre fille ! »

J'ignorais comment j'allais intervenir, mais je roulai tête baissée en faisant hurler ma moto. La situation m'échappait réellement et je me sentais coupable de ne pas avoir tenté d'attaquer nos ennemis depuis le départ forcé d'Athal.

Tout se passa très vite. J'aperçus un soldat qui pointait un pistolet automatique vers moi en affichant un sourire moqueur. Comme je fonçais sur lui, il fit vainement un écart pour m'éviter et glissa contre le talus qui longeait le chemin. Ma moto se cabra en grimpant le talus et retomba lourdement sur mon agresseur tandis que j'étais éjecté par-dessus le guidon. Les branches d'un buisson amortirent ma chute.

Alors que le premier militaire coincé sous ma machine hurlait de douleur, je fis la connaissance du deuxième : le plus grand et le plus baraqué de tous. C'était un ancien légionnaire, tellement fort que tout le monde en avait peur. Son crâne était chauve et ses petits yeux noirs me lançaient des éclairs. Sa bouche surmontée d'une petite moustache, se tordit de haine. Il se pencha sur moi avec mépris. Je n'avais plus le temps de m'enfuir. J'aperçus le dos nu et griffé de la fille de l'agriculteur, assise à ses pieds. Elle restait là, immobile et recroquevillée, la tête contre ses genoux. Je tentai d'engager une conversation avec ce monstre pour attirer son attention en espérant que la jeune fille en profiterait pour s'enfuir :

« Hé, gros con, t'as pas honte de t'attaquer à une gamine sans défense ?

– T'aurais jamais dû dire ça, Max de mes deux !

– Quel homme ! Neutraliser une faible Négresse, quelle preuve de virilité !

– Je vais te saigner !

– Tu frimes parce que tu tiens un couteau, mais qu'est-ce que tu sais faire sans couteau ? »

Son regard fixa l'arme dans sa main, son cerveau essayait de réfléchir. Son camarade coincé sous ma machine s'écria :

« Jo, t'attends quoi ? Viens me délivrer, dépêche-toi ! J'ai mal ! Merde ! Jo, laisse tomber ces deux cons et viens me sortir de là ! »

Après quelques secondes de profondes réflexions, l'homme rangea son couteau de combat. Il agrippa mes vêtements et me lança dans l'allée comme si j'étais une plume. J'atterris face contre terre si violemment que j'en eus le souffle coupé.

Je ne sais combien de temps il me fallut pour retrouver ma respiration. Je crachai de la terre. À genoux, j'assistai malgré moi, à un spectacle que je n'oublierai pas de sitôt ! Mon agresseur souleva lentement mon bolide sous les hurlements de son collègue dont la cuisse semblait attachée au moteur ! Elle se détacha d'un seul coup en laissant apparaître l'axe du changeur de vitesse ensanglanté ! Je compris que cette pièce s'était enfilée dans sa cuisse ! Le molosse jeta ensuite ma moto tout près de moi. Il hissa le blessé sur son dos en m'avertissant : « Si tu racontes ça au colonel, je te bute, avec ou sans couteau ! T'as pigé ? » Il disparut aussitôt entre les arbres.

La jeune fille n'avait pas bougé d'un centimètre et ne répondait à aucune question. Je posai ma veste de survêtement sur son dos griffé par le couteau du monstre. Je remarquai que des gouttes de sang coulaient de mon nez et décidai d'aller chercher l'agriculteur pour qu'il s'occupe de sa fille.

En redressant la moto, je sentis une forte odeur d'essence. Je renonçai à démarrer le moteur, par crainte du feu. Je descendais le sentier en tenant le guidon de ma machine, quand j'entendis la jeune fille s'approcher derrière moi. Elle ressemblait à Kélia, mais son visage était plus rond. Elle marchait un peu courbée en avant. Ses bras repliés sur sa poitrine nue, ses mains tenaient ma veste et les lambeaux de sa combinaison rouge. Elle pressait le pas et prononça ses premières paroles d'une voix enrouée : « Ils ont déchiré mes vêtements. Je ne voulais pas me déshabiller ! » En bas, à la lisière du bois, son père courut à sa rencontre.

♦ ♦ ♦

« Le réservoir est percé ! » constata Hémerik en enlevant la terre accrochée au flan de ma *Yamaha Virago*. Il la rentra dans son atelier en me dévisageant. « Et toi, tu dois avoir la calandre faciale percée, je te conseille d'aller tout de suite voir ma mère, c'est son travail!

– Oui, j'ai mal au nez, mais cela aurait pu être pire. L'un avait un pistolet et l'autre un couteau !

– Tu aurais dû m'appeler, tu as pris trop de risques !

– Je sais, mais il fallait faire vite. J'avais peur pour la jeune fille.

– Ça ne peut plus durer, nous allons devoir agir.

– Il faut soigner le soldat qui est blessé à la cuisse.

– Ouais, mais d'abord il faut te soigner toi, ensuite, on accompagnera ma mère jusqu'au bunker, il n'est pas question que ces abrutis s'accaparent notre infirmerie ! »

♦ ♦ ♦

Linda constata que mon nez était cassé et elle me colla un pansement que je devais garder plusieurs jours. Elle nous accompagna en camion jusqu'aux bunkers pour soigner mon agresseur. Le blessé attendait sur son lit, quelqu'un lui avait fait un garrot pour stopper l'hémorragie. Points de suture, pansement, piqûre, perfusion, consignes… Linda acheva son travail en silence. Gontran avait fait évacuer le bunker et était resté seul avec nous. J'avais peur qu'il ordonne à l'infirmière de demeurer au chevet du blessé pendant plusieurs jours. Aussi, je proposai à Gontran de lui laisser mon talkie-walkie pour qu'elle soit alertée la première en cas de problème. Le sergent accepta et m'annonça que j'étais convoqué par son colonel le lundi 27 octobre à dix heures. Je trouvais ça très inquiétant et j'essayais de me rassurer en me disant que cette convocation concernerait uniquement l'organisation de la récolte.

Les soins étant terminés, Frédo démarra le camion et nous partîmes le cœur serré en passant devant la porte fermée et gardée du bunker d'Athal.

♦ ♦ ♦

Comme chaque soir, notre petit groupe habituel se rassembla dans la pièce secrète. Kélia était très affectée par les événements dramatiques qu'elle venait d'apprendre et elle sanglota contre moi. Je n'étais pas mécontent qu'elle ait choisi mon épaule plutôt que celle d'Hémerik pour y pleurer !

Le temps était venu d'agir, l'ennemi devenait trop menaçant. J'exposai mon projet à mes amis :

« Je sais que je peux compter sur vous. Je pense qu'Eglon devient dangereux, mais je ne veux pas me laisser impressionner pendant son entrevue de lundi. Hémerik et Frédo, je vous demande de distribuer un récipient d'essence et une boîte d'allumettes à chaque chef de famille. Que chacun attende dans sa parcelle. Hémerik se postera à proximité des bunkers. Si je ne sors pas vivant du bunker au bout d'un quart d'heure, Hémerik donnera le signal à Frédo qui klaxonnera cinq fois depuis le camion. Quand les chefs de famille entendront ce signal sonore, ils verseront l'essence et allumeront leur parcelle. Il faudra faire attention que personne ne reste prisonnier des flammes, qu'on allume d'abord les parcelles du haut puis les autres progressivement. » *(Silence)*

« Si Hémerik me voit sortir vivant, il fera signe à Frédo de ne klaxonner qu'une seule fois. Mettez-vous d'accord pour les signes.

– Combien de litres d'essence par chef de famille ? demanda Frédo

– Un litre au minimum, trois litres au maximum, les tiges des pavots seront suffisamment sèches pour s'enflammer. Avec un tel nombre de départs de feu, il ne sera plus possible d'arrêter l'incendie !

– L'incendie ne sera allumé que s'ils te tuent ? demanda Linda.

– Oui, mais je ne pense pas qu'ils oseront prendre le risque de perdre la récolte. La menace de la détruire doit être réelle devant eux. On doit se montrer crédibles et déterminés. Dorénavant, le pavot deviendra notre monnaie d'échange pour obtenir d'eux tout ce qu'on veut. »

Lundi 27 octobre 1997, 9h45

Ma moto était réparée. Je m'en servais pour tous mes déplacements. Je craignis que celui-ci soit mon dernier.

Tout notre dispositif était en place. Les agriculteurs étaient accroupis dans leur parcelle. Chacun avait reçu une bouteille, une casserole ou un bidon contenant de l'essence. Je m'arrêtai volontairement tout près de la porte du bunker d'Athal, pour tenter de l'approcher. Le garde, assis sur une chaise pliante, s'interposa sans même me regarder : « Personne n'entre, personne ne sort ! Ordre du colonel ! »

J'entendis la voix de Gontran derrière moi, à la porte du bunker d'en face : « Par ici, Max ! ».

J'enjambai le chien qui dormait et constatai qu'il n'y avait qu'Eglon assis derrière une table sur laquelle on avait préparé une bouteille de tequilas et une seule timbale. Je ne m'attendais pas à ce qu'on trinque avec moi !

Il me fit asseoir et demanda à Gontran de fermer la porte. Le sergent resta debout à côté de moi et Eglon commença l'interrogatoire: « Ton copain Athal et toi, vous m'avez pris pour une bille ! Il n'y a jamais eu de sous-marin ! J'aimerai comprendre ce que vous manigancez !...»

Pendant le long monologue du colonel, je pensais à tout ce qu'Athal m'avait dit : *« Si tu as peur devant ton ennemi, celui-ci ne doit pas le voir, si ton ennemi est plus fort que toi, fais lui croire le contraire, montre-lui que tu maîtrises la situation, que tu connais tout sur lui et qu'il a besoin de toi. »*

Comme je ne répondais pas aux questions, la tension monta. Mon silence confirmait les doutes d'Eglon qui décréta ne plus avoir besoin de moi, ni d'Athal. Le moment était venu de « serrer la vis » aux négros comme au bon vieux temps d'Achab et d'éliminer les parasites comme moi. Je sentis le canon du pistolet automatique de Gontran contre ma tempe. Je réalisai à cette seconde là, que ma foi en Dieu bannissait toute crainte de la mort, mais je déplorai aussi mon manque de répondant ! Avec l'énergie de celui qui n'a plus rien à perdre, je me mis à crier aussi fort qu'Eglon :

« Vous savez, Monsieur Eglon, le pavot n'est pas encore récolté. Une petite flamme, c'est vite arrivé ! Et hop ! Adieu la récolte ! Qu'est-ce que vous en pensez ?

– Ah-ah ! Une petite balle dans la tête, c'est vite arrivé aussi !

– Allez-y, Monsieur Eglon, tuez-moi, et si je ne sors pas d'ici dans trois minutes, huit cent hectares de pavot vont partir en fumée. Pendant que je vous parle, 500 litres d'essence attendent 265 allumettes, mon personnel est prêt ! » *(Silence)*

« Il bluffe, mon colonel, s'écria Gontran, je suis sûr qu'il bluffe pour sauver sa peau !

– Baisse ton arme, répondit l'officier, range ton flingue et fait le sortir.

– Oui, mon colonel. »

Une fois dehors, Eglon vit Hémerik un peu plus bas, ainsi que le camion à l'entrée des cultures. Tout en marchant vers les pavots, je continuai à convaincre mes ennemis qui bouillonnaient de rage derrière moi en dégainant leur arme :

« Calmez-vous, Eglon, s'il m'arrive quelque chose, adieu la récolte ! Voyez, là-bas, j'ai laissé mon talkie-walkie à Hémerik. Si vous me prêtez le vôtre, je peux dire à mon copain négro de tout annuler, mais si mon copain n'entend pas ma douce voix rassurante, il risque de s'énerver en déclenchant l'incendie !

– Ouais, ça va, rétorqua Eglon, arrête tout et dis-moi ce que tu veux ! »

Je stoppai ma marche, à mi-chemin entre les bunkers et les cultures. Eglon me tendit son talkie-walkie en s'adressant à Gontran :

– Où sont tes hommes ?

– Mais, mon colonel, c'est vous-même qui leur avez donné quartier libre ! »

Après avoir contacté Hémerik pour qu'il attende mon signal, j'exposai mon plan à Eglon :

« Monsieur Eglon, à partir de maintenant, il va falloir être confiant pour marcher ensemble. Vous n'avez que deux alternatives. La première consiste à nous tuer tous. Dans ce cas, adieu la récolte. Vous vous retrouverez seul, complètement ruiné au milieu d'une île ravagée par les flammes et jonchée de cadavres. Deuxième solution, vous gardez Athal en bonne santé, on s'applique à ramasser le latex. Vous faites ce que vous avez à faire et vous foutez le camp avec votre récolte après nous avoir rendu Athal. Qu'est-ce que vous choisissez ?

– La deuxième solution ! Mais je veux voir tes négros sortir des pavots tout de suite, avec cette chaleur, l'essence peut flamber d'une minute à l'autre !

– Un instant…

– Quoi encore ? Nom de Dieu !

– Donnez-moi toutes vos armes à feu !

– Pas question, si nous sommes attaqués, je ne veux pas rester sans armes ! »*(Silence)*

– Soit, les pavots sont en fleurs et la terre a suffisamment été arrosée. Pendant que mon personnel sort du champ, je vais ordonner qu'on branche la pompe d'arrosage automatique sur un tonneau d'essence à l'abri du soleil. À partir de maintenant, je vous interdis à vous et à tous vos mercenaires d'approcher les cultures. Je vais installer une chaîne et des piquets en limite de la plantation, ce sera notre ligne de démarcation. Je vais faire dresser une tente qui servira de poste de garde ainsi qu'une caméra et des projecteurs. Si quelqu'un d'entre vous nous maltraite, ou si vous traînez dans les parages… Bref, le moindre faux pas de votre part, je fais tout cramer ! Est-ce que c'est clair Monsieur Eglon ?

– Ouais, ça va ! Gamin, mets-la en veilleuse, sinon… !

– Je n'ai pas terminé ! À partir de maintenant, les *Bleus* ne monteront plus de gardes nocturnes, ils resteront sous ma responsabilité et si vous voulez des sentinelles pour garder les bunkers et la villa, vous disposez de vos grands guerriers expérimentés et armés. Je suis sûr qu'ils sauront également accomplir vos corvées et nettoyer leurs chiottes eux-mêmes ! N'est-ce pas Monsieur Eglon ? (*silence*). Des questions, Monsieur Eglon ? »

L'officier me fixa d'un regard haineux. Son front ruisselait, ses bajoues tremblaient de rage et sa bouche se tordit davantage. Il me lança son talkie-walkie en s'exclamant : « OK, t'as gagné ! Fais sortir tes négros de mon champ et dégage de là! Je t'ai assez vu pour aujourd'hui! »

Un message radio à Hémerik, un coup de klaxon, et toute la foule d'agriculteurs se déplaça en direction du camion contenant les tonneaux d'essence. Eglon les observa un instant avec ses jumelles, puis, après m'avoir arraché des mains son talkie-walkie, tourna les talons pour regagner son bunker.

13 – Prise de position

Avant d'aller rejoindre mes amis, j'eus envie de faire un petit tour à moto en forêt dans les hauteurs de l'île. Je quittai la route entre la clairière des lapins et la villa, pour me cacher dans les buissons. Je stoppai mon moteur et marchai quelques mètres. Appuyé contre un tronc, je respirai profondément, mes jambes tremblaient. Je sentais encore le canon froid du pistolet de Gontran contre ma tempe. Même si je n'avais plus peur de la mort, la frôler de près était impressionnant ! Je remerciai Dieu, j'avais trouvé les mots qu'il fallait pour éviter le pire. Mais je ne considérais pas cela comme une pleine victoire. Tant que nos occupants étaient armés, le danger persistait !

Au moment de repartir, je rencontrai trois femmes portant chacune un seau sur la tête. Elles étaient très choquées et la plus jeune pleurait ! La plus âgée m'interpella avant même de me laisser le temps de les questionner :

« Jérôme le touriste…

– Oui, bonjour, qu'est-ce qui se passe ?

– Ce que nous avons vu est insupportable !

– Vous avez vu quoi ?

– Les militaires, ils maltraitent nos jeunes, ils les menacent avec leurs armes !

Quels jeunes ?

– Les jeunes d'Hémerik, ceux qui montent la garde toutes les nuits.

– Ils sont où ? Ils vous ont vues ?

– Non, mais nous, on les a vus, ils sont un peu plus haut, cachés près de la villa.

– Ne restez pas là ! Votre élevage se trouve loin d'ici ?

– Plus bas, sous celui de Kélia, mais plus en retrait dans la forêt.

– Bien, allez-y, mais ne revenez plus ici ce matin. »

Les deux jeunes filles s'éloignèrent, mais la plus âgée semblait vouloir encore me parler. Elle rassembla son courage pour me dire :

« C'est terrible, ils obligent nos jeunes à se déplacer tout nus, à genoux, dans toutes sortes de positions. On les oblige à pousser des cris d'animaux, on leur lance de la terre…

– Ecoutez, je vous promets que ça va bientôt cesser. Je vous demande de n'en parler à personne pas même au pasteur, je m'occupe de cette affaire !

– Mais quand est-ce que ça va cesser ? Jusqu'où vont aller ces gens ?

– Ils n'iront pas plus loin, s'ils tentent de recommencer, nous brûlerons les pavots. »

La femme laissa couler une larme avant d'aller rejoindre les deux jeunes filles.

♦ ♦ ♦

Pendant le repas de midi, Hémerik me fit un rapport des actions de la matinée. Toute l'essence des récipients était retournée dans les tonneaux, la ligne de démarcation était en place. Mes amis me remercièrent pour mon intervention auprès de nos ennemis. Ils ignoraient le contenu de mes négociations, mais se sentaient rassurés. Nous avions remporté une victoire, mais la guerre n'était pas terminée. Kélia retrouva son sourire.

♦ ♦ ♦

Après le déjeuner, Hémerik aidait ma fiancée à laver la vaisselle. Nellie en profitait pour aller jouer sur la place. Linda me demanda de la conduire à moto jusqu'au bunker pour donner les soins au soldat blessé à la cuisse. Pendant qu'elle préparait le matériel à l'infirmerie, Etienne m'entraîna à l'écart pour me parler :

« Jérôme, regarde, me dit-il en me donnant un pistolet automatique, mon frère m'a donné ça !

– D'où ça vient ?

– Il l'a confisqué à un élève qui le montrait aux autres pendant la classe ! Le garçon prétend l'avoir trouvé dans la forêt.

– Il doit s'agir de l'arme de mon agresseur, celui qui a un trou dans la cuisse !

– Vraiment ? Il l'avait perdue ce jour-là ?

– Oui, elle a certainement été trouvée à l'endroit où ma moto a été accidentée. En plus, elle est chargée, heureusement que les enfants n'ont pas tiré !

– Oui, et j'aimerais que mes fils ne la voient pas pour l'instant. Si on pouvait continuer à ne pas se servir d'arme à feu, j'en serai ravi. Est-ce que tu peux la garder hors de la vue de tous ?

– Oui, merci, pasteur. J'ai moi aussi quelque chose à vous demander.

– J'écoute.

– Maintenant que la ligne de démarcation est finie, je voudrais que les femmes et les enfants ne s'aventurent plus au-delà de la place et des bâtiments tant que nos ennemis sont à Khéo et que la récolte n'est pas commencée.

– Tu as raison, seuls les hommes iront s'occuper des élevages.

– Je dois vous dire aussi que les *Bleus* ont été maltraités ce matin par des soldats. J'ai dit à Eglon : nos jeunes ne monteront plus de garde la nuit et ils resteront avec nous !

– Comme je suis heureux de l'apprendre, ces pauvres garçons étaient devenus leurs esclaves ! Je ne sais pas comment tu as négocié tout ça mais je te suis très reconnaissant. Merci à toi et merci à Dieu qui exauce nos prières !

– Merci à Dieu ! Nous sommes tous sains et saufs...pour l'instant ! »

♦ ♦ ♦

Quand les soins furent terminés dans le bunker, Linda et moi regagnâmes l'infirmerie. Gontran et les quelques militaires présents gardèrent le silence pendant toute la durée de notre intervention. Je pense qu'Eglon venait de leur faire un gentil discours ! Je gardais sur moi le pistolet automatique. Je me demandais où étaient les *Bleus* et dans quel état nous allions les retrouver !

Les émotions de la journée m'avaient épuisé et sitôt entré dans ma chambre, je m'endormis sur mon lit. Linda travaillait dans la pièce à côté transformée en laboratoire.

En fin d'après midi, je fus réveillé par Hémerik jouant de la batterie. Il n'avait pas mis son casque. La musique forte attirait les enfants qui dansaient devant la porte ouverte de l'atelier. En m'approchant, je vis Kélia se trémousser devant un fauteuil, entre les haut-parleurs et la batterie. Je ne l'avais jamais vue danser avec autant d'énergie et le plus surprenant, c'est qu'elle chaussait des bottes à haut talons. Sa combinaison rouge était grossièrement repliée au niveau de ses mollets.

Quand elle fut au bord de l'épuisement, elle se laissa tomber dans le fauteuil. Hémerik coupa la musique et vint immédiatement lui retirer ses bottes. Elle s'endormit et les enfants privés de musique retournèrent jouer un peu plus loin.

Hémerik remit les brodequins aux pieds de Kelia qui se réveillait doucement. Il lui murmura quelques mots à l'oreille. Elle se leva du fauteuil et m'aperçut à l'entrée de l'atelier. Tous deux me regardèrent surpris et gênés. Après un long moment d'hésitation, Hémerik bredouilla : « Jérôme, mon ami, entre... Je t'invite à essayer ma batterie. Tu sais jouer ? »

Je m'installai sur le tabouret rond derrière les fûts en faisant comme si je n'avais rien vu d'anormal dans le comportement de mes amis. Hémerik rembobina la cassette et remit la même musique rock, puis il prit la main de Kélia pour l'inviter à danser. La gêne entre nous disparut.

Peu après, Kélia éteignit le lecteur et Hémerik sollicita mon aide pour recouvrir de draps les instruments et le fauteuil.

♦ ♦ ♦

Les *Bleus* entrèrent dans l'infirmerie. Etienne et Linda les encouragèrent et les réconfortèrent. Hémerik et Kélia étaient consternés en apprenant l'humiliation endurée par ces jeunes. Heureusement, il n'était plus question pour eux de retourner sous le joug de l'ennemi, et ce fut un sujet de joie qui égaya toute notre soirée.

♦ ♦ ♦

Après notre petite réunion de prières habituelle dans la pièce secrète, j'avais hâte d'aller dormir. Plus besoin de sentinelle dehors, mais une caméra supplémentaire avait été placée sous un projecteur devant la ligne de démarcation. On avait enterré un fût de 200 litres d'essence tout près de là, un dispositif prêt à cracher sur les cultures au moyen d'une pompe activée par une télécommande. Des volontaires acceptèrent de surveiller à tour de rôle cette nouvelle installation pendant la nuit.

Au moment de me coucher, je repensais à Hémerik et Kélia. Il me semblait qu'Hémerik influençait ma fiancée, mais la présence de sentiments amoureux entre eux me paraissait inimaginable. Malgré les apparences, je demeurais persuadé que Kélia m'aimait. Mes deux amis se connaissaient depuis toujours. Leur enfance, leur vie étaient parsemées de moments dramatiques. N'était-il pas normal qu'une certaine complicité apparaisse entre eux ? On aurait dit un grand frère qui prend soin de sa petite sœur. Je pense que ma bien-aimée était préoccupée et qu'elle mettait entre parenthèse notre relation. Je n'étais pas jaloux mais je souffrais. J'étais convaincu qu'elle me cachait quelque chose...

14 – Le petit Chaperon Rouge

Mardi 28 octobre 1997

Tout avait été calme pendant la nuit et le courrier électronique d'Eglon nous révéla que les six Colombiens arriveraient à l'aéroport de Mahé dans la matinée du lundi 3 novembre.

Peu avant le petit-déjeuner, j'aperçus Kélia occupée à coiffer ses cheveux mouillés, elle avait enlevé toutes ses tresses. Elle ne mangea rien ce matin là et je trouvai mes amis anormalement calmes et songeurs. Une atmosphère étrange régnait…

Je pris ma moto pour inspecter les cultures. Je croisai un homme tenant un panier. Il revenait de la parcelle des éleveurs. Du côté des forces ennemies, rien n'avait changé : un garde veillait toujours devant la porte du bunker d'Athal. Gontran ne me donna aucune fiche de travail, prétextant l'indépendance de nos camps respectifs. Selon lui, chacun devait organiser son propre travail.

J'allais repartir quand je vis le camion chargé des repas arriver. Frédo assurait le service avec deux personnes remplaçant Hémerik et Kélia.

C'est à l'infirmerie que je retrouvai mes deux amis. Linda était là aussi et venait de terminer d'élaborer une solution injectable. J'eus quelques difficultés à reconnaître ma fiancée complètement relookée ! Ses cheveux étaient ramenés en chignon, placé très haut sur sa tête. Plusieurs petites mèches fines sortaient sous un large bandeau rouge. Une femme terminait les dernières touches de maquillage : du fard à paupière orangé, un léger fond de teint doré éclaircissait ses pommettes et un rouge à lèvres rose illuminait son sourire. Sa robe à manches courtes en maille lisse et côtelée était rouge assortie au bandeau. Son profond décolleté en V était souligné d'une ceinture dorée sous la poitrine dont la boucle noire et luisante ressemblait étrangement à la roue dentée d'Achab. La base de la robe de forme légèrement évasée s'arrêtait au niveau du genou, bas noirs, bottes à hauts talons, boucles d'oreilles, bracelets, montre assortis. J'en eus le souffle coupé ! Mais je fus encore plus troublé en entendant Hémerik me dire : « Tu arrives au bon moment, Jérôme, ta fiancée a besoin de ta moto pour aller voir Eglon ! *(Silence)*

– C'est une plaisanterie ?

Non, c'est le moment. Tu dois savoir ce qu'on va faire. C'est une mission que Kélia va accomplir volontairement et de son plein gré!

– Vous êtes tous d'accord pour envoyer ma fiancée dans les griffes de ce malade mental, vous n'y pensez pas ! Ne me dites pas que le pasteur est d'accord !

– Mon père ne sait rien, mais il va bientôt la voir sur les écrans de la pièce secrète où nous devons tous aller. »

Je croisai les regards embarrassés de Linda et Kélia. L'infirmière se baissa devant ma fiancée pour enfiler un stylo dans chacune de ses bottes entre ses jambes. Kélia avança ensuite vers moi pour tenter de me convaincre. Elle semblait très déterminée : «Jérôme, pardonne-moi de t'avoir caché ce projet. Je t'aime, et je ne voulais pas que tu t'inquiètes. Le jour où Athal a été séquestré, j'ai décidé de faire tout ce qui est en mon pouvoir pour arrêter ces gens qui détruisent notre vie. Hémerik a imaginé cette mission. Fais-moi confiance et viens me chercher à la villa quand Eglon sera neutralisé. »

Que pouvais-je répondre ? J'étais anéanti. Si je l'avais épousée auparavant, j'aurais osé la retenir ! Je voulus l'embrasser mais Linda, plus rapide, s'approcha pour la prendre dans ses bras. Hémerik sortit préparer la moto et accrocha à l'arrière le panier de l'homme que j'avais croisé dans les plantations revenant de la parcelle des éleveurs. Nous sortîmes tous. Hémerik voulu embrasser Kélia qui refusa en disant : « ça suffit ! Vous allez finir par me faire pleurer et c'est mauvais pour mon maquillage ! »

Elle retroussa sa robe et grimpa sur la moto. En repliant la béquille d'un rapide coup de talon, elle me fit un clin d'œil et roula lentement pour ménager sa coiffure. Elle disparut par le porche. J'entendis mes amis m'appeler pour m'inviter à rejoindre Frédo et Etienne déjà prêts dans la pièce secrète.

Frédo avait réglé l'écran de gauche sur la nouvelle caméra au-dessus de la ligne de démarcation, celui du milieu montrait deux soldats montant la garde devant le portail d'entrée de la villa et sur celui de droite, nous vîmes Eglon déposant son plateau-repas sur son bureau. Il avait terminé son petit-déjeuner. Etienne protesta : « Vous avez osé jeter en pâture cette pauvre petite dans les bras de ce monstre ! » Puis, il se tourna vers moi : « Je suis désolé Jérôme, je ne savais rien !

– Moi aussi, lui répondis-je, je viens de l'apprendre comme vous.

– Chut ! fit Frédo, taisez-vous ! »

Ecran de gauche : la moto passa la ligne de démarcation, pour s'arrêter sur l'écran du milieu. Les deux gardes s'approchèrent de Kélia et prévinrent Eglon par l'interphone. L'image du milieu passa à gauche, celle du milieu et celle de droite montrèrent l'intérieur du salon d'Eglon. Frédo augmenta le volume pour saisir toutes les conversations des soldats et de leur supérieur :

« Mon colonel, vous avez de la visite.

– J'ai dit que je ne voulais voir personne !

– C'est une magnifique négresse qui est venu à moto. Elle désire vous rencontrer.

– J'en ai rien à foutre ! Faites-la dégager !*(Silence)*

– Si c'est votre dernier mot, mon colonel, avons-nous l'autorisation de passer un agréable moment avec elle ? Vous devriez voir ça, ce n'est pas tous les jours qu'on rencontre le petit Chaperon Rouge ! Elle insiste pour vous offrir deux ananas fraîchement cueillis qu'elle apporte dans son petit panier d'osier. Dommage pour vous !

– C'est quoi ces conneries ? Vous vous foutez de moi ?

– Pas du tout mon colonel, voyez-vous même, je la positionne devant la caméra. »

Ecran de gauche : Le soldat poussa Kélia sous le portique d'entrée surplombé par une caméra de surveillance.

Ecran du milieu : L'image captée par cette même caméra montrait en vue plongeante le visage angélique de ma fiancée.

Ecran de droite : Eglon s'approchait de son tableau de commande pour découvrir l'image transmise par la caméra.

« Qu'est ce qu'elle veut ? Elle est venue toute seule ici ?

– Elle insiste pour vous donner des fruits en mains propres, mon colonel ! *(Silence)*

– Bon...Avant de la faire entrer, vérifiez le contenu de son panier.

– Deux ananas et un grand couteau, mon colonel.

– Ouais. Gardez le couteau et fouillez-là elle aussi.

– Avec plaisir mon colonel !

(Deux longues minutes de fouille minutieuse)

– C'est bon, bande d'obsédés, vous n'avez pas besoin de la fouiller plusieurs fois, faites-la entrer, qu'on en finisse !

– Oui, mon colonel, on n'est jamais trop prudent, vous savez ! »

Nos trois écrans montrèrent l'intérieur du salon : Kélia plantée au milieu, tenant son panier contre elle. Le garde qui l'a accompagnée s'apprêta à sortir en ajoutant :

« Elle est bien galbée la négresse, mon colonel, amusez-vous bien !

– Ferme ta gueule et ferme aussi la porte derrière toi, abruti !

– Oui mon colonel. Si vous avez besoin de quoi que ce soit, on est là !

– Justement, je trouve anormal qu'elle s'aventure toute seule ici. Faites venir Gontran et quatre sentinelles armées pour fouiller les environs de la villa sur deux cent mètres à la ronde. Les autres renforceront la garde des bunkers. Je me méfie des négros, je sens qu'ils me préparent un coup fumant.

– Bien, mon colonel.

– Faites-moi un rapport par l'interphone quand l'entourage de la villa sera sécurisé !

– À vos ordres, mon colonel ! »

Eglon s'installa confortablement sur son canapé en se servant un verre. Kélia immobile, déterminée et droite comme un i, semblait attendre paisiblement les réactions de son pire ennemi. Je repensais, à cet instant, au gouverneur Achab qu'elle avait si courageusement repoussé. L'officier commença à la questionner en dégustant sa tequila :

– À nous deux ! Qu'est-ce que tu es venue foutre ?...Tu veux quoi ?...Je trouve que tu es gonflée de t'aventurer ici !

– Gonflée ?

– Ah ah ! C'est vrai que vous, les négros, avez un vocabulaire plutôt limité, comme votre cervelle d'ailleurs !

– Pourquoi avoir enfermé Athal ? Pourquoi faire tout ce mal à mon peuple ? Vous ne pouvez vraiment plus faire le choix entre le bien et le mal ? Comment faites-vous pour n'avoir aucune crainte de Dieu ?

– Ah ah ah ! Tu me fais rire petite négresse, avec ton langage infantile et ta morale à l'eau de rose...

– Je présume que la mort de mes parents vous fait rire aussi ! Souvenez-vous, un fût de déchets radioactifs ouvert, un couple a tenté de le refermer à mains nues. ça ne vous rappelle rien ?

– J'ai vaguement entendu parler de cette histoire. Les déchets nucléaires, c'était une idée d'Achab. Personnellement, je trouvais que ce stockage n'était pas rentable. Mais Achab voulait être bien vu par les pays industrialisés qui payaient pour ça. Il menait ses affaires tranquillement en toute légalité sur la plate-forme. Agiter le spectre de la radioactivité, c'est très efficace pour éloigner les curieux !

– Toute cette culture de pavots, c'est du poison n'est-ce pas ?

– N'exagérons rien, ce sont des plantes médicinales qui permettent de soulager la douleur, ce n'est pas de ma faute si certains clients en abusent et en font mauvais usage !

– Cela ne vous dérange pas que des gens de race blanche comme vous en meurent ? Vous empoisonnez des personnes qui sont de la même race que vous ! Je ne comprends pas !

– Bah, je ne suis pas raciste, un client est un client, je ne suis pas regardant à la couleur de la main qui paie ! Ah ah ah ! Et puis, petite négresse, je n'empoisonne personne. Je me contente de vendre de l'héroïne pure à des importateurs. Une fois payée, ce qu'elle devient n'est plus mon problème. Je sais qu'elle est coupée plusieurs fois avant d'arriver jusqu'aux consommateurs, je ne suis pas responsable des abus des intermédiaires qui se sucrent allègrement au passage !... »

La conversation fut interrompue par un interphone inclus dans le tableau de commande :

« Mon colonel !

– Oui, répondit l'officier en se levant brusquement pour aller répondre.

– Mon colonel, c'est Gontran, ma section opère la fouille sur le périmètre de la villa selon vos ordres, nous n'avons encore rien trouvé. Tout est normal. Personne en vue entre la ligne de démarcation et la villa.

– Bien, continuez à chercher et informez-moi si vous trouvez quelque chose.

– Oui, mon colonel... mais... que sommes-nous censés trouver ?

– Des négros qui nous menacent, c'est évident, non ?

– Oui, mon colonel, c'est évident.

– Je ne veux plus être dérangé. Ne m'appelez qu'en cas d'extrême nécessité.

– Bien, mon colonel.

– Si j'ai besoin de vous, je te contacterai sur ton talkie-walkie.

– Je l'ai toujours sur moi, mon colonel.

– Terminé ! »

Eglon retourna à son canapé, face à Kélia. Il se servit un autre verre de tequila et interrogea la jeune fille.

« Bon, ma cocotte, si on passait aux choses sérieuses ! La pièce est verrouillée électriquement et insonorisée. Intéressant non ? Ne reste pas plantée là, pose ton panier ridicule et va chercher un verre au bar à ta droite, je t'offre à boire. »

Kélia prit un verre et revint à la même place. Eglon continua :

« Prends de la tequila !

– Je n'ai pas soif. »

Eglon se leva brusquement et plaça son pistolet automatique sur la tempe de ma fiancée. Je sentis mon cœur battre à cent à l'heure !

Etienne se mit à crier à côté de moi dans la pièce secrète :

« Hémerik ! On ne peut pas laisser faire ça !

– Il ne la tuera pas !

– Qu'est-ce que tu en sais ?

– Il ne la tuera pas sans l'avoir d'abord violée !

– C'est très rassurant !

– Il n'a aucune raison de la supprimer puisqu'elle ne représente aucun danger pour lui.

– Ces gens n'ont pas besoin de raisons pour agir ! »

Kélia trempa timidement ses lèvres roses sur le bord du verre. Comme Eglon la trouvait trop lente, il rengaina son arme et tira son chignon en arrière pour la forcer à boire. Elle tomba sur ses genoux et la boisson se déversa sur son corsage. Il jeta ensuite le verre et appuya le canon de son arme sur la tempe de sa victime en disant :

« Et maintenant, poupée, ton bon Dieu va venir à ton secours ? Est-ce qu'il va m'empêcher de brûler ta cervelle de moineau ? *(silence)* Tu vois, j'ai le pouvoir de te garder en vie ou de te donner la mort ! Ton bon Dieu de pacotille se fout complètement de toi...et de nous tous d'ailleurs ! Bang ! hurla-t-il pour la faire sursauter avant d'éclater de rire.

– Vos seuls pouvoirs sont ceux que mon Dieu daigne vous donner !

– Tu as du répondant, petite garce, tu n'es pas venue me voir dans cette tenue uniquement pour m'apporter des ananas ! Debout ! Tu as voulu m'allumer, maintenant il va falloir assumer et aller jusqu'au bout ! »

Eglon posa son arme sur son bureau, Kélia en profita pour sortir un stylo de sa botte gauche et le cacher entre deux coussins du canapé. Eglon se réjouit en s'exclamant : « C'est bien ma cocotte, on va bien s'amuser tous les deux ! » Il s'assit sur le divan, poussa la table en verre avec ses pieds et saisit les deux mains de Kélia pour la tirer vers lui. Cette dernière tenta de résister en grimaçant d'inquiétude. Eglon voulut la rassurer hypocritement :

« Allons, petite négresse, n'aie pas peur. C'est vrai que tu es bien galbée. Tu résistes ? J'aime quand on me résiste ! ça m'excite encore plus !

– Je ne comprends pas !

– Tu ne peux pas comprendre, puisque tu es une négresse !... Miam, en voilà une belle boucle de ceinture imbibée de tequila ! »

Après lui avoir retroussé sa robe, l'homme enlaça ma fiancée violemment. Elle se retrouva complètement plaquée contre lui. Pendant cette étreinte forcée, nous vîmes la main de la jeune femme s'enfoncer entre les deux coussins où le stylo était caché. Tout se passa très vite. L'officier se leva brusquement en hurlant. Une fois debout, il tenta de se débattre, mais elle restait accrochée comme une sangsue pour bien lui piquer le cou. Comme elle s'était complètement pendue à lui, l'homme, à bout de forces, tomba lourdement sur Kélia dont le dos traversa la table en verre. D'un bond, elle se dégagea et se réfugia derrière le bureau. Eglon se tordait de douleur au milieu des bouts de verre :

« Sale bête ! Avec quoi tu m'as piqué ?

– Du venin, Monsieur Eglon. Inutile de crier, la pièce est insonorisée !

– Ah !... Je n'ai plus de force...dans les jambes !

– C'est normal, Monsieur Eglon, c'est le venin qui fait effet ! Ne vous agitez pas. Plus vous bougerez, plus vite le venin va se répandre dans votre organisme et atteindre le cœur, mais ne vous en faites pas, j'ai l'antidote dans mon autre botte.

(Silence)

– Qu'est-ce que...tu veux ?

– Voilà la question que je voulais entendre ! C'est tout simple Monsieur Eglon, dites à tous vos hommes de s'enfermer immédiatement dans votre bunker pour échapper à un dangereux virus, c'est la raison de ma présence ici...ensuite je vous donne l'antidote.

– Gontran !, hurla Eglon dans le talkie-walkie que lui tendit Kélia, Gontran...réponds !

– Mon colonel ?

– Rendez-vous...dans le bunker...un virus dangereux... exécution !

– Un virus mon colonel ? Nous n'avons rien vu de semblable.

– Gontran...allez tous...dans le ...bunker. C'est un ordre !

– Vous voulez qu'on aille tous dans le bunker, mon colonel, vous confirmez ?

– Je... confirme... C'est un ordre !

– Bien, mon colonel... tout va bien mon colonel ?

– Oui,... foutez le camp d'ici... bande de crétins !

– Là je comprends mieux, mon colonel !

– Appelez-moi... dès que vous êtes... tous postés... là-bas... terminé !

– Bien, reçu, mon colonel...terminé !

Dans la pièce secrète, on commença à s'organiser. Comme mon talkie-walkie était réglé sur la même fréquence que ceux de nos ennemis, nous pouvions entendre leurs conversations. Hémerik voulut bloquer la porte du bunker avec le tracto-pelle, et Frédo proposa de nous emmener tous à la villa avec le camion. Sur les écrans, nous vîmes Eglon à quatre pattes essayant vainement de se redresser. Kélia, debout près de lui, le surveillait attentivement tout en prolongeant la conversation pour le maintenir éveillé.

« L'antidote...vite !

– Du calme, Monsieur Eglon, dès que vos hommes seront enfermés, je vous fais une piqûre dans l'épaule. Dans le cas où vous mourriez avant, profitez-en pour vous repentir de tous vos péchés. Vous pouvez encore être pardonné tant que vous êtes sur cette terre. La grâce est aussi pour vous !

– Arrête ton délire mystique...et donne-moi...l'antidote ! »

Kélia décrocha du mur un grand cadre doré représentant la roue dentée noire sur fond rouge. En bas, on pouvait lire : *Achab 1967.* Elle le posa délicatement par-terre sous le nez d'Eglon dont la tête se rapprochait inéluctablement du sol.

« Ah, Monsieur Eglon, 1967 ! L'année où la plate-forme est entrée en service, je n'étais pas née !

– L'antidote... j'ai de plus ... de mal... de respirer !

– Voyons, Monsieur Eglon, un peu de tenue ! Le grand méchant loup qui se traîne aux pieds du petit Chaperon Rouge, ce n'est pas très glorieux ! Vous aimez qu'on vous résiste, Monsieur Eglon, ça vous excite, n'est-ce pas ? Eh bien regardez ! Voilà qui va vous plaire !

Kélia posa son pied au centre de la roue dentée du cadre doré qu'elle venait de déposer sur le sol. Elle appuya de tout son poids et la vitre éclata entièrement sous l'impulsion du talon de sa botte. Elle continua à narguer son agresseur.

– De grâce, Monsieur Eglon, ne faites pas cette tête là ! C'est un honneur de mourir aux pieds d'une femme telle que moi, vous ne trouvez pas ?

– Pauvre conne...tu te crois...intelligente ?

– Mission accomplie mon colonel, déclara Gontran dans le talkie-walkie, on est tous dans notre bunker ! Mon colonel ? Vous m'entendez ?

– Oui, bafouilla Eglon,...terminé !

15 – Nouveau gouvernement

L'antidote que Kélia injecta dans l'épaule d'Eglon n'était, en réalité, qu'une deuxième dose du même anesthésique. Quand nous entrâmes dans le salon, l'officier était complètement endormi. Je découvris Kélia inconsciente gisant sur le canapé. Je la portai jusqu'au camion. Frédo m'aida à la hisser à l'arrière dans les bras de Linda, assise contre la ridelle. C'est en la lâchant que je vis du sang sur mon bras et ma main gauche. J'étais horrifié. Linda me rassura aussitôt. « Nous allons la soigner, Jérôme, elle s'est blessée en tombant sur la table en verre. »

Le camion traversa la clairière des lapins. Hémerik et Athal marchaient vers la villa et nous saluèrent. Notre véhicule contourna le tracto-pelle garé contre la porte du bunker dans lequel étaient enfermés tous nos ennemis.

Comme nous approchions du porche, Linda sollicita notre aide: « Jérôme et Frédo, dès que nous arriverons à l'infirmerie, vous positionnerez la table d'intervention au milieu de la salle de soin, vous y déposerez Kélia en position latérale. Etienne, tu iras chercher Esther, et un donneur de sang. Pour le désigner, je dois d'abord consulter les dossiers pour connaître les groupes sanguins de chacun.»

Esther avait habillé et maquillé Kélia. Elle aidait parfois Linda à l'infirmerie. Un quadragénaire assis près de l'entrée, attendait sa prise de sang. L'infirmière fit sortir tout le monde et ferma la porte. Dehors, toutes les activités habituelles avaient cessé et Etienne alla chercher son porte-voix pour expliquer à la foule les derniers événements.

Linda et Esther portaient un masque sur la bouche et le nez et conversaient à voix basse au chevet de Kélia : « Anesthésie locale… Sous l'omoplate de droite…au moins sept points de suture. » Puis, elle me dit à voix haute : « Parle-lui, Jérôme, rassure-la, j'aimerais qu'elle reste éveillée. » Elle continua en murmurant : « Sa tension a baissé, je veux qu'elle reste consciente ». Sous la table, un seau se remplissait de compresses et de cotons imbibés de sang !

Assis sur un tabouret près de la table, j'étais troublé ne sachant que lui dire. Le dos de sa main droite était piqué par une perfusion. Je touchai la gauche, froide et sans réaction. Ses paupières tremblaient comme si elles pesaient des tonnes. Je parvins enfin à exprimer quelques mots : « Kélia !... Kélia, ça va aller... Je t'aime...je suis là ! ».

Le côté de son visage de poupée s'enfonça un peu plus dans l'oreiller. Ses paupières se fermèrent. Au bout d'un instant qui me paru une éternité, son front se plissa sous le bandeau rouge, j'entendis un murmure : « Eglon...Eglon...nous avons...réussi...

– *Tu* as réussi. Toi seule as neutralisé Eglon !

– Je... Jérôme...

– Oui.

– Je voudrais...te dire...

– Je t'écoute... » *(Silence)*

J'aurais vivement désiré que la fin de sa phrase soit : *« ...te dire que je t'aime aussi »* ou bien : *« ...te dire que je voudrais t'épouser »*. Mais il me fallut encore patienter en surveillant attentivement les lèvres roses qui s'immobilisèrent. Pour susciter une réaction, je lâchai un : « Je t'aime Kélia ! ». Aussitôt, ses paupières orangées s'ouvrirent, et sa bouche engourdie laissa échapper des brides de phrases qui me firent tendre l'oreille : « Jérôme...est-ce que...est-ce que...tu veux bien... ?»

J'attendis désespérément le mot *« ...m'épouser »*. Mais les yeux de ma dulcinée se refermèrent à nouveau. Longtemps plus tard, dans un ultime effort, elle prononça une requête complète : « ...est-ce que...tu veux bien...retirer mes bottes ? »

♦ ♦ ♦

Vers midi, Kélia dormait dans « mon » lit médicalisé. En sortant de l'infirmerie, je me sentis mal et je m'assis au pied du mur. L'homme qui avait donné son sang sortit également. Il m'encouragea en posant sa main sur mon épaule : « Ne t'inquiète pas mon garçon, j'ai donné du bon sang à ta fiancée, et elle va vite se remettre !» Je n'eus pas le courage de répondre.

Je frottais machinalement le sang séché de Kélia sur mon bras et ma main quand soudain, je vis Athal s'asseoir à côté de moi.

« Je savais que vous réussiriez, se réjouit Athal, cette petite, elle ne craint aucun dictateur !

– Athal, je suis ravi d'entendre ta voix !

– Moi aussi je suis heureux de tous vous revoir. Et notre héroïne ?

– Linda ne veut pas qu'on la dérange, elle dort dans mon lit...enfin, le lit de l'infirmerie ! *(Silence)*

– Je suis désolé pour ta fiancée, toute cette violence... !

– Ce n'est pas de ta faute, mais celle de ces brutes. Maintenant, ces gens sont nos prisonniers. Puisque tu es de retour, occupe-toi d'eux!

– Tu as raison, Etienne aussi compte sur moi. J'ai appris que six Colombiens vont débarquer chez nous lundi.

– Tu comptes faire quoi ?

– On les laissera accomplir leur mission. Ce sont des spécialistes de l'héroïne. Ils travaillaient habituellement sur la plate-forme, ils étaient en permission dans leur famille en Colombie le jour de l'attentat. Ils ignorent que mon père est mort.

– Malgré notre victoire, on va quand-même aider nos ennemis à fabriquer de l'héroïne ?

– Cette drogue représente le salaire de nos prisonniers. Ils auront pour mission d'aller chercher les femmes déportées par mon père.

– Et les Colombiens, comment ils vont réagir quand ils apprendront ce qui vient de se passer aujourd'hui ?

– Pour l'instant, ils ne savent rien. Eux aussi travailleront pour nous. S'ils veulent leur part du butin, ils devront produire l'héroïne. Ils ont besoin de nous pour ramasser le latex. La récolte nécessite une grosse quantité de main d'œuvre bien formée et consciencieuse. C'est une opération délicate.

– Nos prisonniers sont encore armés, comment tu vas t'y prendre pour les faire obéir ?

– Ils devront rendre la totalité de leurs armes en les passant par la grille d'aération que nous allons démonter sur le toit du bunker.

– S'ils refusent ?

– Ils ne mangeront pas. Interdiction de leur apporter de la nourriture tant qu'ils sont armés ! Etienne est d'accord, il dit que le jeûne est propice à la méditation. Ce soir, quand Eglon sera réveillé, il ordonnera à ses hommes de rendre les armes ! »

Linda sortit de l'infirmerie et nous invita à la suivre pour aller manger. Je refusai l'invitation. Kélia resta seule avec Esther.

♦ ♦ ♦

Une demi-heure plus tard, Linda et Nellie revinrent avec un plateau-repas qui m'était destiné. « Debout, Jérôme, me lança Nellie, à table ! » Linda m'entraîna dans la chambre où dormait Kélia. À son chevet, Esther veillait sur les transfusions et les instruments. « Merci beaucoup Esther, lui dit Linda, tu peux aller déjeuner.»

Linda était habituée à faire face aux situations d'urgence. Elle refusait de me voir déprimer et m'obligea à rester près de ma fiancée, estimant que là était ma place ! Elle m'indiqua les paramètres à surveiller sur les instruments : rythme cardiaque, tension artérielle, température corporelle… Elle planifia l'emploi du temps de l'après-midi : « Dans une demi-heure, Nellie quittera la chambre en emportant ton plateau, ensuite, mon mari viendra prier pour ta fiancée. Ceux qui voudront venir pourront le faire à raison d'une personne à la fois pendant un quart d'heure par visite. À dix-sept heures, tu iras rejoindre les autres devant les bunkers et je viendrai te remplacer. Des questions?

– Aucune. Merci pour tout Linda. Je garde ce talkie-walkie.

– Absolument, Athal va me donner celui d'Eglon. Sois sans crainte. Je vais à la villa m'occuper du colonel. Il va commencer à se réveiller. »

Nellie resta les bras croisés appuyés sur le bord du lit à la droite de sa sœur. Elle l'observait d'un regard pensif. Kélia n'était plus maquillée et son bandeau avait disparu. Ses cheveux défaits s'étalaient sur tout l'oreiller. Ses bras nus étaient branchés sur des perfusions et des sondes.

Etienne parla à la foule au travers d'un porte-voix. J'entendis dehors des chants, des prières et le moteur de la moto s'arrêter devant l'infirmerie. Des personnes défilèrent durant l'après-midi pour rendre visite à ma fiancée : Etienne, Nicodème, Mado, Rose-Marie, Athal, Hémerik, Frédo…mais la blessée dormait toujours. Linda prit ma place peu avant dix-sept heures pour que je puisse me rendre à moto devant les bunkers.

♦ ♦ ♦

La foule s'étendait depuis la ligne de démarcation jusqu'à la zone militaire. Sur le toit du bunker, je vis Frédo démonter le dispositif d'aération d'un demi-mètre carré pour faire sortir les armes et quelques munitions. Eglon avait les mains attachées dans le dos. Hémerik et ses six jeunes récupéraient les armes.

De là où je me trouvais avec mes amis, il m'était impossible d'entendre les conversations. Quand toutes les armes furent sorties avec quelques munitions, on recula le tracto-pelle pour ouvrir la porte et on fit sortir nos prisonniers les mains sur la tête en leur ordonnant de s'aligner le dos au mur. Face à eux, les six *Bleus*, en position de tir, pointèrent leur fusil mitrailleur. Hémerik et Athal avaient désigné dix hommes du peuple pour les fouiller et dix autres pour vérifier qu'aucune arme de poing n'était restée dans le bunker. Tout l'arsenal fut rangé chez Athal. Hémerik prit le porte-voix pour se faire entendre à la fois des militaires et de la foule tout autour :

« Avant de passer la parole à Athal, je tiens à vous prévenir qu'à chaque fois qu'on vous autorisera à sortir du bunker, pour aller chercher vos plateaux-repas derrière le camion, mes six gardes vous surveilleront comme ils le font maintenant. Ces jeunes savent faire usage de leurs armes puisque c'est vous-même qui les avez formés. Je précise que mes gardes n'obéissent qu'à moi, et qu'ils ont reçu l'ordre de tirer sur vous à la moindre tentative d'évasion même pendant mon absence ! Est-ce que c'est clair ? *(Silence…Hémerik donna le porte-voix à Athal pour qu'il continue les explications) :*

« Vendredi matin, on vous remettra un ordre de mission complet vous indiquant comment retrouver neuf femmes déportées vers différents pays durant ces dix dernières années. Vous partirez lundi après-midi, sans arme et par hélicoptères, destination : l'aéroport de Mahé. On vous remettra les adresses où les femmes ont été vendues, de l'argent pour vos billets d'avion et pour vos déplacements dans les pays concernés, ainsi que vos passeports. Je vous donne deux mois pour retrouver toutes les femmes et les ramener à Khéo. Dès votre retour, vous recevrez un bon de cent mille dollars à déduire du produit de la vente de l'héroïne qui va être fabriquée ici pendant votre absence. Si vous revenez sans les femmes ou si vous ne revenez pas, il va de soit que vous ne toucherez rien. Le colonel Eglon va organiser toute la logistique de cette mission avec l'assistance du sergent Gontran. Ils répondront à toutes vos questions dès qu'ils disposeront des renseignements nécessaires. Des questions ? » *(Silence)*

Un des militaires leva la main en s'écriant :

« Moi j'ai des questions ! Si les négresses n'exercent plus dans le réseau des putes ou si elles refusent de nous suivre … ?

– C'est à vous de mener l'enquête. Vos supérieurs vont vous envoyer en binômes. Ceux qui réussiront, toucheront leur prime. Les autres qui n'auront rien trouvé n'ont même pas besoin de revenir ici ! Si les femmes refusent de vous suivre ne les violentez pas, vous verriez votre récompense diminuée. Racontez leur une belle histoire pour les inciter à vous suivre, en matière de manipulation, vous êtes des experts. Je précise qu'il s'agit d'un enlèvement et qu'il n'est pas question de négocier avec des proxénètes ou toute autre personne. Si des guerriers comme vous ne sont pas capables d'enlever de faibles femmes sans défense, allez plutôt vous faire embaucher comme gardien dans un supermarché et ne revenez plus ici ! *(Silence)* D'autres questions ?

(Un autre soldat) – Ouais ! Moi j'ai aussi une question ! Qui nous dit qu'on sera vraiment payé ? C'est quoi cette histoire de bon de cent mille dollars ? Nous, on veut du vrai pognon, pas un bout de papier !

– Il a raison, s'écria un autre, nous n'avons aucune garantie, après cette mission débile, est-ce qu'on sera réellement payés ?

– Du calme, répondit Athal, pour pouvoir vous payer avec de vrais dollars, il faudrait d'abord vendre l'héroïne, et avant de la vendre, il faudrait d'abord la fabriquer ! Si vous préférez, on vous donnera la quantité d'héroïne correspondant à la somme promise et vous irez vous-même la vendre, à vous de choisir ! Comprenez bien que cette mission peut vous rapporter cent mille dollars. Dès que vous aurez quitté Khéo lundi après-midi, vous serez libres. Vous pourrez garder l'argent du voyage et disparaître, ou bien vous reviendrez avec les femmes et toucherez cent mille dollars ! La balle est dans votre camp ! C'est à prendre ou à laisser. » *(Silence)* Hémerik reprit le porte-voix :

« Je répète que vous avez deux mois pour accomplir cette mission. On garde les armes. De toute façon, une arme à feux ne passe que dans les containers, jamais dans les avions. Dans deux mois, mission accomplie ou pas, mes gardes abattront tous ceux d'entre vous qui s'aventureront ici ! Si vous avez d'autres questions, posez-les à vos supérieurs. Terminé ! »

16 – Les Colombiens

Mardi 29 octobre 1997

Pour la première fois, je venais de passer la nuit sur mon sac de couchage installé au pied du lit de Nellie dans l'appartement du pasteur. La fillette en était ravie et me laissa peu de temps de sommeil tant elle était bavarde ! Linda avait dormi dans la salle d'accouchement à côté de la chambre de Kélia pour veiller sur elle.

Pendant la nuit, plus personne ne montait la garde, ni dehors, ni dans la pièce secrète. Fallait-il s'en inquiéter ? Hémerik et Frédo surveillaient uniquement le courrier d'Eglon.

Ceux qui désiraient consulter Internet pouvaient librement le faire en plein jour. Nicodème demanda à Frédo de brancher les ordinateurs de l'école sur le même réseau. Le câblage était déjà prêt et la connexion fut établie dans la journée. Un vent de liberté flottait dans l'air malgré la présence de nos prisonniers avec tous leurs inquiétants projets en cours !

Au moment de nous mettre à table pour déguster le premier repas de la journée, Linda m'apporta de bonnes nouvelles concernant la santé de ma bien-aimée. Elle me proposa d'aller lui porter un plateau-repas. J'acceptai avec joie !

♦ ♦ ♦

Kélia se tenait assise dans son lit. Elle n'avait plus qu'une seule perfusion et les appareils étaient débranchés. « Hello, Kélia, bien dormi?… Comme tu vois, les rôles sont inversés ! C'est moi qui t'apporte ton repas à l'infirmerie !

– Ah, Jérôme… bonjour… merci !

– Comment tu te sens ?

– Comme quelqu'un qui a trois plaies dans le dos. Linda m'a recousu la plus profonde sous l'omoplate. Je ne vais plus pouvoir lever le bras droit pendant un moment !

– J'ai eu très peur, tu sais, quand Eglon te menaçait avec son arme.

– Je connaissais les risques, je suis désolée de t'avoir caché tout ça mais je ne voulais inquiéter personne. Même le pasteur ne savait rien!

– Je ne veux pas te perdre. Je t'aime !

– Moi aussi, je t'aime ! »

Son sourire illumina la chambre blanche. J'étalai du miel sur ses tartines. Pendant qu'elle mordit le pain, je posai mes lèvres sur les doigts de sa main gauche pour les couvrir de baisers.

« C'était une idée d'Hémerik, continua-t-elle, il voulait utiliser l'anesthésique testé par Athal. J'ai repensé au gouverneur Achab sur la plate-forme. Il m'avait obligée à mettre une robe. J'ai tenté de séduire Eglon pour pouvoir l'approcher et le piéger. *(Silence).* L'autre jour, toi aussi tu as pris des risques en empêchant ces deux soldats de violer une fille. Tu vois bien que les Blancs sont tous pareils : ils nous méprisent et veulent nous violer !

– Kélia, moi aussi je suis Blanc, mais je ne suis pas comme ça !

– Je sais. Athal et toi, vous êtes différents. J'aimerais qu'on n'arrête de parler de ça. Tu veux bien ? Eglon est neutralisé, c'est le principal. Où il est maintenant ?

– Dans le bunker, avec ses hommes. On a gardé leurs armes. On est hors de danger. »

♦ ♦ ♦

Pendant les jours qui suivirent, j'aidai Nellie et Etienne à s'occuper de l'élevage de lapins. Le pasteur m'annonça qu'un service de baptême aurait lieu dimanche. J'étais bien décidé à accompagner les trois autres personnes qui avaient pris aussi cet engagement.

Dimanche 2 novembre 1997

Kélia venait de passer sa dernière nuit à l'infirmerie. Son bras droit en écharpe et les pansements dans son dos la raidissaient et certains gestes la faisaient parfois grimacer de douleur. Après avoir pris son petit-déjeuner avec nous, elle tourna le dos à sa sœur qui commença à former des tresses dans ses cheveux.

Sur la place, la foule bien habillée se préparait pour une heure et demie de marche paisible. Les baptêmes avaient toujours lieu sur la plage nord de l'autre côté de l'île, sans doute par habitude. On préférait se faire baptiser en dehors du champ de vision de la plate-forme !

Chaque matin, j'accompagnais Hémerik et Frédo en camion pour servir les plateaux-repas à nos ennemis. Nos six soldats armés attendaient déjà sur la zone militaire. Ils formèrent une « haie d'honneur » entre la porte du bunker et l'arrière du camion. Gontran servait d'abord son colonel qui ne sortait jamais, puis il envoyait ses hommes deux par deux. Contrairement aux autres jours, on donna aux prisonniers des caisses et des paniers supplémentaires pour tenir toute la journée car nous avions besoin du camion pour transporter notre propre nourriture du pique-nique de midi sur la plage.

Hémerik et Frédo vinrent chercher Kélia et l'aidèrent à grimper à bord du poids lourd. Athal me suggéra de me rendre sur la plage à moto de façon à pouvoir revenir au village le plus rapidement possible en cas d'urgence. Comme toute la population se déplaçait au nord de l'île, nos jeunes soldats reçurent l'ordre de garder toute la zone depuis les bunkers jusqu'au village. Pas question de laisser des bâtiments vides et des prisonniers seuls sans surveillance. Les jeunes acceptèrent cette contrainte avec joie. Ils étaient heureux et fiers de servir leur île natale et de contribuer ainsi au bon déroulement de cette journée particulière. Nellie, assise derrière moi sur la moto, se tenait à mon sac à dos. Nous roulions lentement au milieu de la foule qui marchait de chaque côté de nous en chantant des cantiques. La route était neuve jusqu'à la villa mais il nous fallut bifurquer à gauche au bout de la carrière pour prendre la piste défoncée menant à la plage du nord.

Je reconnus la plage sur laquelle l'hélicoptère de Franck m'avait déposé le jour de mon arrivée sur l'île. Le peuple s'assit sur la dune de sable qui longeait la mer. En contrebas, Etienne tenant son porte-voix, m'attendait avec Nicodème, sa chorale, et les trois autres futurs baptisés. Cet endroit plus bas n'était pas formé naturellement. Il résultait de toute la saisie de sable nécessaire au mortier utilisé pour la construction des bâtiments et des bunkers. La vieille piste défoncée servait pour le transport par camion. Ce sont le temps et les pluies diluviennes successives qui l'avaient abîmée. Entre la foule et la forêt, un énorme tas de bois mort préparé la veille brûlait pour former plus tard un grand lit de braises destiné à la cuisson de la viande de midi.

À la fin du culte, Etienne nous fit avancer dans l'eau. Nous avions de l'eau jusqu'aux genoux et les vagues nous mouillaient le ventre. L'homme à côté de moi semblait âgé d'une trentaine d'années. J'appris plus tard que sa fiancée faisait partie de la liste des femmes déportées. Comme moi, il était vêtu d'un short et d'un tee-shirt pour la circonstance. Plus loin, une adolescente et une fillette d'environ dix ans attendaient leur tour, habillées d'un peignoir de bain rose.

Etienne commença par baptiser la plus jeune en disant : « Sur la confession de ta foi, je te baptise, au nom du Père, du Fils et du Saint-Esprit. » Je fus le troisième à être immergé. Une nouvelle vie commençait pour moi. J'entrais véritablement dans la famille de Dieu. Je repensai brièvement à mes parents, j'aurais voulu qu'ils voient mon engagement. Le souvenir qu'il me restait d'eux n'était plus douloureux comme auparavant. J'étais certain de les revoir au Ciel ! Je me laissai porter dans l'eau par cette paix inexplicable. Elle ne me quittait plus et demeurait sous-jacente dans les moments difficiles.

Nicodème dirigeait la chorale, l'eau du rivage portait les chants entraînant toute la foule sur la dune :

Entre tes mains, j'abandonne tout ce que j'appelle mien.
Oh ! Ne permets à personne, Seigneur, d'en reprendre rien !
Oui, prends tout, Seigneur ! Oui prends tout, Seigneur !
Entre tes mains j'abandonne tout avec bonheur...

Tu connais mieux que moi-même tous les besoins de mon cœur
Et pour mon bonheur suprême, tu peux me rendre vainqueur.
Oui, prends tout Seigneur ! Oui, prends tout Seigneur !
Je ne vis plus pour moi-même, mais pour mon Sauveur...

Personne ne se souciait des fûts radioactifs gisant au large par trente mètres de fond !

♦ ♦ ♦

Hémerik avait demandé à l'équipe de cuisine de tout préparer la veille. Une tente était dressée pour servir de vestiaires aux nouveaux baptisés. Le feu allumé depuis cinq heures du matin terminait de dévorer l'immense tas de branches dont les braises s'étalaient dans un rectangle en briques de 8 mètres de long sur 4 mètres de large. Vers onze heures, ce gigantesque barbecue était prêt à recevoir le dispositif métallique conçu par Frédo pour maintenir 28 broches. La cuisson de 200 gros poulets et 80 lapins se termina en début d'après-midi.

Nous étions assis ou couchés sur le sable à l'ombre des palmiers. Je servais ma fiancée qui n'avait plus qu'une main pour manger. J'aurais tant voulu la serrer dans mes bras, mais ses douleurs dorsales me l'interdisaient.

Lundi 3 novembre 1997

Pendant le petit-déjeuner, nous entendîmes un des trois hélicoptères décoller. Au même instant, Hémerik entra à moto sur la place par le porche.

« *Hémerik* – Gontran a désigné un pilote et un copilote pour aller chercher les Colombiens. Ils seront là en milieu d'après-midi.

Etienne – Gontran ? Pourquoi pas Eglon ?

Hémerik – Eglon ne sort jamais. Je crois qu'il n'est pas en bonne santé.

Linda – Vraiment ? Tu as essayé de savoir de quoi il souffre ?

Hémerik – Il boit trop de tequila ! Et il n'est pas le seul !

Frédo – Comment tu vas gérer la situation quand les Colombiens vont apprendre que tu as pris le contrôle de l'île ? Le pilote et son collègue risquent de tout leur raconter.

Hémerik – Et alors ? S'ils ne sont pas contents, qu'ils retournent d'où ils viennent. Mais ne vous faites pas d'illusions, quand ils vont voir 800 hectares de fleurs blanches, ils n'hésiteront pas à prendre le risque de rester parmi nous ! Athal saura très bien leur expliquer. Par ailleurs, on a décidé d'enfermer Eglon dans la villa. On l'emmènera avec le camion et on pourra le surveiller avec les caméras. On doit le laisser communiquer avec ses clients potentiels.

Athal – Je dormirai dans la petite chambre de la villa. Mon bunker sera aménagé en laboratoire, et celui d'en face servira de logement pour les Colombiens à la place des militaires qui seront tous partis en mission.

♦ ♦ ♦

Après le déjeuner, Hémerik fit sortir tous nos ennemis pour permettre à Gontran d'organiser les préparatifs du départ en attendant les Colombiens. Les hommes se divisèrent en trois groupes : un par hélicoptère. Chaque groupe était surveillé par deux soldats d'Hémerik. Les militaires chargèrent leurs bagages et restèrent assis à proximité de leur aéronef respectif.

♦ ♦ ♦

Vers quinze heures, l'hélicoptère se posa au milieu de la carrière selon les directives d'Hémerik. À l'ombre des arbres, près des sacs à dos, on prépara un tonneau de kérosène et une pompe « Jappy » pour faire le plein. Les six passagers en tenue de ville descendirent de l'engin et s'approchèrent timidement du « comité d'accueil ». Ils attendirent vainement que des négros viennent porter leurs bagages. Consternés, ils se regardèrent l'un l'autre en s'écriant :

"¿Qué pasa aquí ?

–¿Esta permitido que los negros porten armas ?

–¿Quién manda aquí ?

– Du calme, amigos, répondit Athal en s'approchant du seul Colombien qui parlait français, je vais vous expliquer clairement les choses. Comme on vient certainement de vous l'apprendre, mon père est mort victime d'un attentat. Il ne reste plus rien d'*Achab industrie.* C'est donc moi qui prends le contrôle de Khéo. Gontran va partir en mission avec ses hommes, j'ai nommé Hémerik responsable de la sécurité. Vous devrez former les négros pour la récolte du latex et mettre en place le laboratoire pour la fabrication de l'héroïne. Dès que celle-ci sera conditionnée, on évaluera et on discutera de la part qui vous revient.

– Mais où vont Gontran et son équipe ? C'est quoi cette mission ?

– C'est une longue histoire locale qui ne regarde que les gens d'ici.

– Quoi ? Ecoute-moi bien, Athal, ne te fous pas de nous ! Tout ce qui se passe ici nous concerne ! On veut savoir ce que toi tu fais ! Où est Eglon ? Je veux entendre lui !

– Perez, je ne vais pas y aller par quatre chemins ! Ici, je décide tout ! Il y a plusieurs millions de dollars à la clé. Ou bien vous collaborez selon mes directives et vous toucherez votre part ou bien vous foutez le camp ! Nos hélicoptères sont opérationnels, vous pouvez repartir. Je trouverai quelqu'un d'autre pour nous aider à fabriquer la came. Elle sera écoulée sans problème à des prix négociés par Eglon en personne. Son carnet de commandes est plein ! *(Silence)*

– Je veux voir Eglon. Je veux savoir pourquoi ses mercenaires ils partent !

– Je remplace mon père et j'ai décidé que vous ne bougerez pas d'ici. Donnez-moi une réponse. Pour la dernière fois, voulez-vous travailler ici sous mes ordres ?

– Ne fais pas le malin avec moi Athal, j'ai travaillé pour ton père avant toi tu es né, ne crois pas que tous ignorent qu'est-ce qui se passe sur cette île, il y a des satellites qui surveillent le moindre mètre carré sur tout le monde et…

– Dois-je considérer que la réponse est non ?

– Ton père n'aurait jamais agit comme tu fais ! Dis à tes négros qu'ils arrêtent de viser moi avec leur arme, c'est inadmissible ! Je veux voir Eglon, c'est lui qui a fait venir nous ici !

– Très bien, Perez, inutile de décharger vos bagages, mes hommes vont faire le plein de l'hélico et vous repartez !

–*¡Me lleva la fregada !* »

Perez jeta sa casquette sur le sol et se mit dans une rage folle. Il se tourna vers ses cinq collègues qui ne comprenaient pas le français et qui n'arrêtaient pas de le questionner :

" ¿Qué pasa aquí ?

– ¿Qué estas diciendo ?

– ¿Qué quieres ?"

La tension montait et au bout de quelques minutes de discussion musclée à l'intérieur du groupe, Perez questionna de nouveau Athal :

« Qui peut nous assurer que tu ne vas pas buter nous quand la came est terminée ? Qui nous prouve que tu nous donneras notre part?

– C'est un risque à prendre, Perez, ce n'est pas la première fois que vous prenez des risques dans ce genre d'affaire. Vous prétendez travailler avec mon père depuis plus de trente ans. Dans ce cas, vous êtes bien placés pour reconnaître que mon père a toujours honoré ses contrats avec vous. Vous n'avez donc rien à craindre !

– Si, mais toi tu n'es pas ton père ! Lui n'aurait jamais confié des fusils mitrailleurs à des macaques ! Tu es complètement inconscient, comment on peut travailler comme ça ?

– Vous avez raison, je n'opère pas comme mon père. Par ailleurs, je vous interdis de manquer de respect à mes soldats ! Hémerik est chargé de vous surveiller et il est autorisé à vous descendre si vous tentez de nuire à qui que ce soit. Vous travaillerez pour nous dans mes conditions et à ma façon ! 800 hectares de pavot, vous aurez votre part, c'est à prendre ou à laisser !

Perez s'approcha tout près d'Ahal en pointant son index et en marmonnant : « On va rester, mais je te préviens, amigo, si tu essaies de baiser nous, je te retrouverai même à l'autre bout du monde, moi ou quelqu'un d'autre ! »

Il ramassa sa casquette et demanda à ses collègues de sortir les bagages.

17 – Mission accomplie

Mardi 4 novembre 1997

Athal me demanda de rester avec les Colombiens pour les assister dans leur travail. Il voulait se faire oublier et ordonna que les soldats d'Hémerik ne s'approchent plus d'eux afin de faire « baisser la tension. » Comme j'avais moi-même stocké les produits et ustensiles du futur laboratoire dans le bunker d'Athal, l'inventaire fut terminé plus facilement et ces hommes se montraient calmes et satisfaits. Ils étaient tous moustachus, deux d'entre eux portaient une barbe en plus de la moustache. La couleur foncée de leur peau m'empêchait de leur donner un âge précis. Je pense qu'ils devaient avoir entre trente et cinquante ans. Les barbus étaient les plus vieux. Ils étaient vêtus d'une blouse rouge avec le sigle de la roue dentée d'*Achab industrie* inscrite sur le dos, et une casquette rouge dont la visière était surmontée du même symbole. Ils étaient minutieux et très organisés. Ils parlaient beaucoup et leur langage que je ne comprenais pas, chantait en résonnant doucement sous la voûte du bunker. L'un des moustachus, Perez, leur chef, m'invita à les suivre jusqu'au bâtiment d'en face pour s'asseoir autour de la table. Un barbu nous servit un petit verre de tequila. Quelques gorgées plus tard, Perez m'adressa la parole en français :

« Nous pensons : ça ne va pas ici pour installer le laboratoire. On va être trop chaud avec les douze réchauds allumés et il n'y a pas d'eau courante pour la filtration, aussi, c'est préférable de mettre dehors ça sous un préau que j'ai vu ce matin sur la place, près des éviers. On fait ça ?

– Je pense qu'il n'y a pas de problème. Quand ?

– Un peu avant la récolte que nous estimons vers la fin du mois.

– C'est entendu, nous utiliserons le camion pour le déménagement et je désignerai quelques personnes pour la manutention.

– Il faut former votre personnel très nombreux pour la technique de la récolte.

– Je suggère qu'on commence demain par groupe de dix chefs de famille.

– Bien, amigo, on fait comme tu dis. »

♦ ♦ ♦

Les jours suivants, les pétales des pavots commencèrent à tomber. Etienne envoya des groupes de dix chefs de famille sur la zone militaire pour y recevoir une formation. Des tables et des cartons de matériel étaient alignés devant dix chaises pliantes. Perez expliqua aux agriculteurs la méthode d'incision des capsules de pavot à l'aide d'un cutter en simulant le geste sur une petite mandarine verte. Puis, il fit semblant d'éplucher le fruit avec un grattoir en bois en forme de minuscule serpette pour montrer comment récupérer les gouttelettes de latex à déposer ensuite dans un bol en plastique. Le récipient doit être refermé le plus rapidement possible pour ralentir l'évaporation et limiter le durcissement du produit. Bols, cutters et grattoirs furent distribués à tous les participants.

Mercredi 12 novembre 1997

Depuis une semaine, Linda avait retiré les fils de la plaie dorsale de ma fiancée. Son bras n'était plus attaché en écharpe et pouvait doucement amorcer quelques mouvements de rééducation.

Tous les pétales des pavots avaient disparus et laissaient apparaître les capsules qui se mirent à grossir les jours suivants.

En cette matinée ensoleillée, Athal me demanda d'accompagner les Colombiens à pieds jusqu'à la villa pour une réunion dans le salon. Etaient présents : Athal, Hémerik, Frédo, Etienne, Eglon et moi-même. Cette rencontre fut la première entre les Colombiens et Eglon. Ce dernier inquiéta tout le monde en se montrant taciturne et aigri par l'alcool. Il indiquait d'une main tremblante les secteurs de livraison d'héroïne sur une carte maritime représentant le bassin méditerranéen. Des lieux d'accostage et de transbordement en pleine mer étaient répertoriés. Athal parlait plus souvent pour palier le manque d'assurance d'Eglon. Etienne et ses deux fils étaient assis sur le canapé recouvert d'une parure de lit rouge, destinée sans doute à cacher la tache de sang de Kélia. Frédo avait remplacé la table en verre par un touret en bois, ayant supporté du fil téléphonique dans un container.

Athal nous expliqua que la drogue serait conditionnée dans des boîtes métalliques de lait en poudre pour bébé cachées dans les tonneaux étanches peints en noir. Perez traduisit les principales phrases à ses collègues et exposa un résumé des différentes étapes du travail en laboratoire concernant le latex : ébullition dans l'eau, filtration, concentration… Il demanda à Etienne un certain nombre de personnes dignes de confiance pour les aider et estima la quantité de latex entre trente et quarante kilos par hectare. Avant la fin de cette réunion, le chef des Colombiens exprima son désappointement envers Athal et Eglon : « J'espère que vous savez quoi faire tous les deux ! Plus de menace sur nous avec votre comité d'accueil de négros ! Compris ? »

♦ ♦ ♦

Il fut décidé de commencer l'incision des capsules encore petites et vertes dès le lendemain matin. Le surlendemain, chaque chef de famille ceignit son équipe en deux parties : un tiers du groupe devait continuer la scarification des capsules, les autres devaient récupérer le latex s'écoulant des bulbes incisés la veille.

♦ ♦ ♦

La récolte dura jusqu'à la fin de l'année, peu après Noël ! Ce fut un véritable cauchemar. Nous travaillions douze heures par jour sous un soleil estival qui brillait de toute sa force ! Je devais vider les bols en plastique dans un seau à l'aide d'une spatule et les rapporter, à moto, au laboratoire sous le préau. Des enfants m'attendaient à l'extrémité de leur parcelle familiale le long des sentiers pour me donner l'opium fraîchement récolté. Linda et ses fils distribuaient de l'eau et des boissons sucrées. L'infirmière obligeait chaque travailleur à mouiller son chapeau ou sa casquette pour se protéger de l'astre du jour.

♦ ♦ ♦

Début décembre, la croissance des bulbes s'arrêta et l'opium qui séchait nous rendait la tâche plus difficile. Eglon et Athal avaient vu trop grand et les trois quarts des plantations furent inexploitables. Les Colombiens totalisèrent à peine plus de quatre cent kilos d'héroïne pure ! Il aurait fallu dix fois plus de personnel pour espérer venir à bout d'une telle surface ! Je pensais qu'Athal le savait mais qu'il ne disait rien pour ne pas avoir à renforcer les équipes avec de la main-d'œuvre étrangère.

Linda m'invita à quitter l'infirmerie pour installer mon sac de couchage dans le dortoir des adolescents parmi lesquels se trouvaient les soldats d'Hémerik. Il fallait libérer la salle de soins et préparer la chambre d'accouchement pour accueillir les onze bébés qui naquirent pendant le seul mois de décembre ! L'infirmière et son assistante Esther avaient du pain sur la planche !

♦ ♦ ♦

La veille du nouvel an, Hémerik, Frédo et moi restâmes devant les préaux abritant les laboratoires. Perez nous montra fièrement le fruit de la récolte : « Regardez amigos, c'est la plus pure du monde ! Rien à voir avec la *black tar* des paysans mexicains. On préfère perdre un peu en quantité en faisant plus de raffinage ! Elle est meilleure que celle du Triangle d'Or et du Croissant d'Or ! »

Tandis qu'il parlait encore, trois hélicoptères *Achab-industrie* atterrirent au milieu de la carrière dans un nuage de poussière à couper au couteau ! Les six gardes saisirent leurs armes et coururent accueillir les soldats d'Eglon de retour de mission. Athal et Hémerik prirent le camion et moi ma moto pour aller les rejoindre. Les militaires, fatigués mais satisfaits, sortirent des appareils en s'étirant. Ils posèrent leurs sacs sur le sol entre deux caisses de tequilas. Hémerik questionna Gontran dès qu'il le vit :

« Où sont les femmes ?

– Elles arriveront en fin de semaine à bord du *Géometrix*.

– Il y a bien neuf femmes ?

– Ouais… neuf femmes et un gosse !

– Il y a un enfant avec elles ?

– Ouais ! Tu poses trop de questions, moi aussi je vais t'en poser ! Où est la came ? Où est Eglon ?

– La came se trouve sous les préaux, elle est en phase de conditionnement. Eglon vous attend dans la villa. »

♦ ♦ ♦

La nuit du nouvel an fut calme. Le peuple fatigué n'avait plus qu'un désir : voir disparaître pour toujours tous ces étrangers malfaisants. Pendant que les soldats d'Hémerik montaient la garde autour du village, Eglon et toute sa bande firent la fête avec les Colombiens dans la villa. La piscine intérieure était vide et les hommes improvisèrent un match de football sur le carrelage. Partout, des bouteilles de rhum et de tequila furent sorties des caisses importées par hélicoptères. Ces hommes s'enivrèrent toute la nuit et s'endormirent à même le sol jusqu'au petit matin.

Jeudi 1er janvier 1998

Après le petit-déjeuner de toute la communauté, Hémerik et Frédo, déposèrent les plateaux-repas dans les bunkers désertés par leurs occupants, puis ils terminèrent de préparer les tonneaux noirs sous l'œil attentif de Perez, le seul étranger à se tenir debout à cette heure là ! Les précieuses boîtes étaient cachées dans les fûts métalliques et calées dans du foin. Une feuille en plastique fermait le tout sous une couche de sable humide d'une dizaine de centimètres d'épaisseur. Frédo ajustait le couvercle en le bloquant par cinq ou six points de soudure. L'étanchéité était obtenue par un mastic déposé autour du couvercle.

« Perez s'adressant à Athal – Je ne comprends pas ta méfiance envers les hommes d'Eglon. Pourquoi ne pas rendre leurs armes ? Pourquoi les donner aux négros ? On n'a jamais vu ça. Ton père ne faisait pas comme ça ! Je suis étonné.

Athal – En l'absence de mon regretté père, je suis devenu gouverneur de Khéo et je sécurise mon territoire comme bon me semble et avec qui je veux ! Il se trouve que les mercenaires du colonel ne savent rien faire d'autre que boire et violer les femmes du peuple.

– Amigo, ces hommes sont là depuis des mois, loin de leur famille, dans ces bunkers malsains et ce climat difficile. La plupart ont des ventres malades. Il leur faut un peu de distraction !

– Ils vont en avoir de la distraction avec vous sur le même bateau ! Je vous souhaite bien du plaisir !

– Qu'est-ce que tu veux dire ?

– Je n'ai pas confiance en eux. Eglon est très malade, rongé par l'alcool et il ne faut plus compter sur lui. Gontran n'a aucune autorité sur ses hommes dès que son supérieur a le dos tourné.

– Mmh… C'est dans leur intérêt que la came elle soit vendue et que tout se passe bien. Pourquoi eux dangereux ?

– Très bien, Monsieur Perez, je vois que vous avez de la compassion pour eux. Aussi je vais leur rendre une partie des armes et des munitions au moment d'embarquer avec vous, mais je garde l'autre partie car je dois riposter face aux éventuels ennemis d'Eglon qui pourraient s'aventurer ici avec de mauvaises intentions !

– Je crois comprendre que tu ne viens pas avec nous ? Tu vas faire quoi ici ? Encore de l'héroïne ?

– Non, plus d'héroïne, mais j'ai quelques petites choses à régler à Dar es Salam. C'est là que vous me déposerez avant de mettre le cap sur le canal de Suez.

– Comme tu veux, ça te regarde. Quand la came sera vendue, comment tu vas toucher ta part ?

– J'ai confiance en vous Monsieur Perez ! Je vais vous donner mon numéro de compte pour y déposer la somme qui me revient, et je vais aussi donner à chaque membre de votre groupe un pistolet automatique pour vous protéger pendant votre voyage.

– Bien, amigo, J'espère qu'Eglon capable de faire aboutir nos affaires !

– Je l'espère aussi. Max et moi devons vous quitter un moment pour organiser le travail. Veuillez m'excuser.

– À plus tard, amigo. »

Athal me fit signe de le suivre pour nous éloigner des oreilles ennemies. Il m'exposa les projets des prochains jours tandis que nous marchions vers la plage :

« Comme tu viens de l'entendre, je vais repartir avec eux dans deux où trois jours à bord du cargo *L'Epiphane* qui me déposera en Afrique. De là, je repartirai vers l'Europe par avion.

– Tu veux partir pour faire quoi et pour aller où ? Quand tu comptes revenir ?

– Jérôme, je veux refaire ma vie. Si cette communauté est d'accord, je quitte Khéo pour aller vivre ailleurs. J'ai terminé ma mission en ramenant les femmes déportées par mon père. Quand j'embarquerai à bord de *L'Epiphane*, j'aurais atteint mon but : débarrasser Khéo de ses ennemis sans effusion de sang et réparer les dégâts causés par Achab… du moins en partie !

– En partie ? Tu penses aux bébés enlevés et vendus pour l'adoption internationale ?

– Oui. Hélas ! Ces enfants ont été dispersés dans le monde et portent des nouveaux noms. Impossible de les retrouver. *(Silence)*

– Mais cette drogue, tu avais pourtant dit que…

– Ne t'inquiète pas pour ça. J'ai fait la connaissance d'un correspondant sur Internet qui a accepté de prévenir les autorités du passage de nos ennemis par le canal de Suez. Ils seront tous piégés et arrêtés après la fouille de leur cargo…mais…

– Mais quoi ?

– Je doute fort qu'ils se retrouvent là-bas sans se battre. Ils risquent de s'entretuer avant d'atteindre la Mer Rouge !

– Ils vont se battre pour ne pas partager l'argent de la drogue ?

– Le capitaine de *L'Epiphane*, un certain Gerd Doldinger, n'est pas un enfant de chœur ! En ce moment, il termine un long périple pour venir jusqu'ici. Jusqu'à maintenant, il opérait toujours dans l'Océan Atlantique et son principal armateur était *Achab-industrie.* Il acheminait le latex depuis la Colombie jusqu'au Zaïre…

– Puis, Gontran et ses hommes prenaient ce latex pour l'emporter à Dar es Salam…

– Où il était chargé à bord du *Géometrix*, destination : la plate-forme de Khéo.

– Ce Doldinger connaissait bien ton père ?

– Oui, mais ils se voyaient peu. Eglon était le médiateur principal entre mon père et Doldinger qui acceptait tous les contrats. C'est cachés à bord de *L'Epiphane* que les enfants d'Afrique et de Khéo étaient emmenés sur le continent américain pour l'adoption et le trafic d'organes. Eglon a sollicité Doldinger pour emporter l'héroïne en Europe. Ce dernier ignore que mon père est mort et croit que c'est la guerre au Zaïre du mois de mai dernier qui empêche le convoi habituel de traverser l'Afrique !

– Pourquoi Eglon lui a caché la mort de ton père ?

– Je pense qu'il ne voulait pas risquer de l'inquiéter. En prétendant agir sous les ordres habituels du gouverneur Achab, Eglon s'assurait la totale confiance du dévoué Doldinger prêt à tout pour servir *Achab-industrie* !

– Il ne va pas mal agir en apprenant la vérité dès son accostage à Khéo ?

– Non. Quatre cents kilos d'héroïne, ça calme !

– Tu n'as pas peur d'embarquer sur ce cargo en si mauvaise compagnie ?

– Si, mais je prends le risque. Je veux être sûr que ces malfaiteurs s'éloignent de l'île ! »

Je fus surpris par la brusque décision de mon ami de nous quitter. Jamais je n'aurais imaginé un départ aussi rapide. Je me demandai comment les autres allaient réagir en apprenant cela.

18 – Libération

Toute ma tablée écoutait attentivement les paroles d'Athal pendant le repas de midi. Personne ne s'attendait à le voir partir et personne ne semblait prêt à assumer la suite des événements sans lui ! On sentait la tristesse gagner nos cœurs, mais le fils du tyran Achab avait décidé de refaire sa vie ! Il avait d'abord consacré toute sa jeunesse à travailler sur la plate-forme en subissant les humiliations. Puis, conscient de l'ignominie de son père et après avoir risqué sa vie en conspirant contre lui, il s'engagea à libérer Khéo. Comme d'habitu-de, il avait soigneusement préparé son voyage et un projet pour notre avenir. *L'Epiphane* ne venait pas seulement chercher nos occupants et leurs 21 tonneaux noirs contenant l'héroïne, mais il apportait du matériel provenant du Canada : éoliennes, capteurs solaires, sous-marin de poche…

« *Hémerik* – Un sous-marin ? Pour quoi faire ?

Athal – Dans un premier temps, vous l'utiliserez pour renflouer les déchets nucléaires afin de les entreposer dans les bunkers. Il est équipé de bras articulés munis de pinces pour saisir et manipuler des objets sous l'eau. Il est très facile à piloter. Par la suite, essayez la culture de perles à partir d'un élevage d'huîtres nucléonées que vous placerez dans des supports grillagés suspendus sur des radeaux. Le submersible vous servira à aménager ce site qu'il faudra protéger d'éventuels prédateurs. Toutes les explications sont dans l'ordinateur.

Nellie – À quoi vont servir ces perles ?

Athal – Vous les vendrez aux étrangers. Vous ne pourrez pas vivre éternellement en autarcie, il faudra commercer avec l'extérieur pour importer ce qu'il vous faut à mesure que vos besoins augmenteront.

Etienne – Et nous t'en remercions vivement !

Nicodème – Comment faire pour trouver des clients ? Personne ne nous connaît !

Athal – Je travaillerai en partenariat avec vous en gardant le contact Internet. Jérôme consultera chaque jour le courrier électronique. Mais avant de trouver une clientèle, il faut d'abord produire les perles !

Nicodème – Cela va de soit !

Mado – Ces perles, il va falloir leur trouver un nom.

Athal – Certainement. Vous pourrez les nommer : *Joyaux de l'Océan Indien* par exemple, ou : *Perles de Khéo.*

Moi – Ou : *Perles Kélia* , c'est encore plus joli ! »

Vendredi 2 janvier 1998

Nous avons passé la journée à préparer nos projets d'avenir et le voyage d'Athal. Des familles travaillaient dans le champ à la lisière de la forêt. J'interrogeai Frédo à mes côtés :

« Qu'est-ce qu'ils font dans le champ là-bas ?

– Ils fauchent les pavots. Tout ce qui reste a séché.

– Ils vont faucher manuellement une surface aussi importante ? Ce n'est pas possible !

– Non, ils dégagent seulement une bande d'une dizaine de mètres de large à la limite du champ. Ensuite, ils laboureront cette bande et mettront le feu à toute la surface cultivable. Une fois brûlée, la terre sera entièrement labourée et cultivée. On récoltera fruits et légumes comme auparavant. Les agriculteurs ont préparé des semis autour des élevages ! »

Athal me montra tous les dossiers dans l'ordinateur. Il voulait me former pour faire de moi son remplaçant à Khéo ! Il prépara sa valise et le repas du soir dura plus longtemps que d'habitude. Etienne pria pour lui et nous chantâmes quelques cantiques. Le dernier appel radio à la station confirma l'arrivée de *L'Epiphane* dans quelques heures. Gontran nous en informa par talkie-walkie depuis la villa.

Samedi 3 janvier 1998

Jour « J » ! Le peuple silencieux se pressa sur la plage et sur l'embarcadère. Tout le monde voulait voir partir nos envahisseurs après plus de neuf mois d'occupation ! Athal portait ses vêtements du dimanche. Avec sa valise, il avait vraiment l'allure d'un touriste européen !

Les précieux tonneaux noirs furent chargés premièrement par la grue mobile du navire dont le portique se déplaçait sur des rails disposés de chaque côté de la cale. Selon Athal, *L'Epiphane* était un petit vraquier transformé en cargo polyvalent. Son capitaine, Gerd Doldinger, était raciste. Il s'entendait bien avec les membres de la mafia Achab.

Comme nous restions à distance de l'échelle de coupée, je ne pus entendre les conversations entre l'équipage et les mercenaires d'Eglon. Ce dernier apparut allongé sur une civière portée par deux soldats. Athal m'expliqua : « Eglon va mal, il a vomi du sang hier soir. Il fallait s'y attendre, trop d'alcool ! »

Personne ne semblait s'inquiéter du sort du colonel que l'on hissa à bord sans ménagement. Le camion recula pour distribuer aux militaires et aux Colombiens les armes et les munitions en quantité réduite, car nous voulions garder une partie de cet arsenal pour assurer la défense de l'île. La grue déposa l'unique container sur les cailloux de la jetée et Frédo grimpa aussitôt dessus pour le décrocher. Une fois la cale fermée, les trois hélicoptères se posèrent en rang d'oignon sur le pont. L'équipage les sangla solidement. C'est à ce moment précis qu'Athal nous salua tous. Quelques embrassades, les femmes retinrent leurs larmes. Il me fit une tape sur l'épaule : « Nous restons en contact, me dit-il, je veux un rapport hebdomadaire de toutes vos activités et je vous donnerai aussi des informations sur ma nouvelle vie. Je reviendrai un jour vous voler quelques jolies perles ! »

L'Epiphane disparut à l'horizon et la foule se dispersa en silence. Paix et liberté à Khéo ! Pouvait-on y croire ? Fallait-il craindre l'arrivée de nouveaux ennemis ? Le peuple reprit son travail en remettant son destin à Dieu, comme il l'avait toujours fait !

Une dizaine d'hommes dont Etienne et ses fils ouvrirent le container pour en sortir le matériel. Kélia qui voulait visiter les bunkers désertés par nos ennemis, grimpa derrière moi sur la moto. L'endroit où avaient dormi les militaires ressemblait à un champ de bataille ! Les lits étaient renversés, les literies éparpillées, des bouteilles vides et des ordures jonchaient le sol, le tout dans une odeur nauséabonde ! Dehors nous entendîmes Nellie suivie d'un groupe d'enfants traverser le site en direction de la carrière.

Sans perdre une minute, nous commençâmes à sortir les tables à l'extérieur sur lesquelles nous déposâmes les matelas.

♦ ♦ ♦

Peu avant midi, les enfants revinrent entre les bunkers. Nellie m'interpella fièrement en tenant la laisse du berger allemand abandonné par les soldats :

« Regarde, s'exclama-t-elle, il était attaché à un arbre dans la forêt ! Il n'arrêtait pas d'aboyer !

– Tu n'as pas eu peur ? Tu as osé t'approcher ?

– Au début, il nous faisait peur, mais quand on lui a parlé mes amis et moi, il s'est calmé et on l'a détaché sans qu'il nous morde ! Tu crois que les chiens comprennent notre langage ?

– Un peu… certaines personnes réussissent à les dresser tellement bien qu'elles les rendent capables de réaliser beaucoup de choses incroyables.

– Le colonel Eglon l'a bien dressé : à chaque fois qu'on lance un morceau de bois, il nous le rapporte !

– Non, cet acte n'est pas le fruit d'un dressage particulier, mais c'est une habitude que tous les chiens possèdent naturellement. Tous les chiens font ça sans qu'on les enseigne. C'est dans leur instinct !

– Tu veux dire qu'ils font ça dès qu'ils savent marcher étant petit ?

– Oui, c'est une forme de jeux, les chiens aiment jouer avec leurs maîtres. *(Silence)*

– S'il n'est pas dressé pour faire cela, c'est donc Dieu qui l'a programmé de cette façon !

– On peut dire ça comme ça. »

L'animal entra brusquement dans le bunker et renifla nerveusement les literies. Puis, il sortit et se planta au milieu du chemin tandis qu'une dizaine de mains d'enfants le caressaient de tous côtés !

– Voilà le chien le plus heureux du monde !

– Il faut lui donner à manger, répondit Kélia, les enfants, vous allez veiller sur lui !

Vendredi 9 janvier 1998

Vers midi, nous vîmes l'imposante silhouette du *Géometrix* s'approcher de la jetée. Le peuple impatient se pressa pour accueillir neuf femmes et un enfant d'environ huit ans, sans bagage, au pied de l'échelle de coupée. Je ne pouvais approcher tant la foule était dense et je préférais laisser passer les personnes directement concernées par ces joyeuses retrouvailles. Pendant près d'une heure, les familles se dispersèrent lentement et le *Géometrix* leva l'ancre. Je vis soudain Hémerik partir seul sur la plage d'un pas vigoureux. Intrigué, je m'avançai sur la jetée au bout de laquelle se tenaient Frédo et ses parents ainsi qu'une femme de race noire, assise sur le sol à côté d'un garçonnet. Au fur et à mesure que je m'approchais du groupe, j'imaginais un terrible scénario : cette femme était la seule arrivante restée sur la jetée. Par déduction, elle devait être Maryse, la fiancée d'Hémerik, et le garçonnet était le fils de Maryse. Hémerik, fâché de constater qu'elle avait eu un enfant avec un autre homme, était parti s'isoler sur la plage. Je croisai le regard embarrassé de mes amis qui gardaient le silence. La femme et l'enfant étaient pieds nus et pauvrement habillés. Fatigués et les yeux dans le vague, ils semblaient attendre que l'on décide de leur sort !

Au bout d'interminables secondes, j'osai prononcer un mot en direction d'Etienne :

« Maryse ?

– Non !*(Silence)*

– Mais... »

Etienne me tira par le bras pour continuer la conversation un peu plus loin :

« Ces imbéciles n'ont pas trouvé Maryse. Ils ont enlevé cette jeune Malgache et son fils pour toucher leur prime.

– Mais, qu'est-ce qu'elle va devenir ? Comment elle va retourner chez elle ?

– Justement, elle connaît un peu notre langue et j'ai pu entendre son histoire.

– Et alors ? C'est quoi son histoire ?

– Elle vivait seule dans la brousse avec son fils, son compagnon l'a abandonnée. Elle souhaiterait donc rester et vivre à Khéo. Qu'en penses-tu ?

– Ce que j'en pense ? En voilà une question ! C'est moi qui décide du sort de ces personnes ?

– Athal t'a désigné pour le remplacer, tu as donc ton mot à dire!

– Bien,... je... franchement, ce serait un crime de les renvoyer d'où ils viennent. En tant que pasteur, je suis certain que vous pensez la même chose !

– Oui, mais c'est toi le gérant de notre île, c'est donc à toi que revient la responsabilité matérielle de réaliser ou non tel ou tel projet.

– Bien. Sur le plan matériel, au risque de paraître cynique, je déclare que rien ne nous empêche de nourrir deux bouches supplémentaires. Cette maman et son fils sont donc les bienvenus ici.

– Bravo ! C'est exactement la réponse que j'attendais de toi !

– Tiens ! Et si j'avais dit non ?

– Ces personnes auraient été renvoyées par le prochain cargo !

– Bon. J'avoue que mes sentiments ont fortement influencé ma décision.

– Qu'importe, l'essentiel est de prendre la bonne décision. Dis à cette Malgache qu'elle peut rester.

– Mais, pourquoi moi ?

– J'insiste, tu es un haut responsable de notre communauté.

– Soit. Madame, vous pouvez rester parmi nous avec votre fils. »

La femme se leva comme un ressort et agrippa mes mains : « Merci ! Merci Monsieur ! » Etienne soupira :

« Tout ça ne va pas résoudre le problème d'Hémerik. Il finira bien par accepter sa situation. Nous allons préparer une grande fête et célébrer tous les mariages simultanément, le tien aussi j'espère, bien que Kélia ne m'ait toujours rien annoncé !

– Non.

– Non ? Non quoi ?

– Nous ne pouvons pas laisser Hémerik et faire comme si tout rentrait dans l'ordre !

– Jérôme, je suis touché par ta compassion envers mon fils mais il faudrait faire quoi ?

– Je vais aller lui parler. »

Après un quart d'heure de marche, je trouvai Hémerik assis sur un rocher occupé à jeter des cailloux dans la mer.

« Ton père m'a tout expliqué, les mercenaires d'Eglon n'ont pas trouvé Maryse. À mon avis, ils ont mal cherché !

– Mal cherché ? Mal renseignés, le résultat est le même ! Vous allez tous vous marier et moi, je vais finir tout seul.

– Non tu ne finiras pas seul, il suffit de retrouver Maryse !

– Vraiment ? On n'est même pas sûr qu'elle se trouve encore à Madagascar. Quand bien même elle y habiterait, comment faire pour la retrouver ? Autant chercher un grain de sable dans l'océan.

– J'ai un passeport. J'irai moi-même la chercher. Je ne reviendrai ici qu'avec Maryse ou je ne reviendrai pas !

– Tu divagues ! Et ton mariage ? Mon père veut organiser des noces la semaine prochaine ! Tu refuserais de te marier à cause de ça ?

– Parfaitement ! Je refuse d'épouser Kélia si toi tu n'épouses pas Maryse !

– C'est de la folie ! Tu n'as pas le droit de faire cet affront à Kélia. Je t'interdis de lui faire de la peine. Je la considère comme ma petite sœur !

– Et moi je considère Maryse comme la mienne !

– Jérôme, tu ne la connais même pas. Pourquoi gâcher ta vie inutilement. Abandonne ce projet !

– Viens avec moi, nous la retrouverons !

– Non ! C'est peine perdue !*(Silence)*

– Très bien ! Continue de te lamenter. J'irai seul chercher Maryse ! »

19 – Un visiteur inattendu

Depuis le départ de *L'Epiphane*, je vivais seul retranché dans la villa. Je ne sortais qu'aux heures des repas pour retrouver mes amis.

Chaque soir, avant le dîner, je visitais les sites où les familles travaillaient. Hémerik et Frédo aidés par leurs six jeunes soldats organisaient le travail sur trois sites simultanément ! Les cultures, la construction de la nouvelle salle de culte dont les travaux avaient été interrompus pendant toute la durée de l'occupation ennemie, et la plage du nord où s'entassaient les fûts de déchets nucléaires renfloués par le sous-marin de poche. Frédo maîtrisait parfaitement bien le submersible et me proposa plusieurs fois de l'accompagner pour admirer les fonds marins, mais je n'avais pas la tête à cela car je cherchais un moyen de me rendre à Madagascar. Hémerik continuait courageusement son travail et son père annula tout projet de mariage à cause de moi.

Toute la surface cultivable de l'île jadis occupée par les pavots avait été entièrement brûlée et le tracteur labourait la terre noircie. Les agriculteurs joyeux et motivés pouvaient enfin semer fruits et légumes comme autrefois !

J'occupais mes journées en méditant, en lisant et en découvrant différents sites sur Internet. De temps à autre, Kélia et Nellie venaient me rendre visite. Sur les caméras de surveillance, j'apercevais parfois des enfants s'approcher pour jouer dans les parages avec le chien.

Chaque début de journée commençait par une réunion avec le pasteur et ses deux fils pendant laquelle nous épluchions les modes d'emploi et les données techniques du matériel à installer. Nous n'étions pas d'accord sur le choix des emplacements des deux éoliennes toujours en pièces détachées entre les bunkers. Quel que soit l'endroit choisi pour les ériger, nous manquerions de câbles pour les relier électriquement sur notre réseau existant, il fut donc décidé de suspendre ces travaux momentanément.

J'apparaissais peu enthousiaste pour diriger ces projets car trop absorbé par mon enquête menée sur la disparition de Maryse. J'avais retrouvé la copie sur disquette du dossier de cette femme. L'ordre de mission donné aux hommes d'Eglon chargés de la retrouver en contenait une partie. Athal y avait rajouté un complément d'informations.

Tout ce qu'il connaissait sur l'entreprise et les relations de son père était enregistré sur disquette. Athal avait ainsi tout sauvegardé avant qu'Eglon ne formate le disque dur de son ordinateur sur lequel je travaillais.

C'est par ce moyen que j'appris l'histoire de Maryse : après avoir été violée (comme la totalité des femmes destinées à la déportation), celle-ci fut vendue à un certain Gwladys Venceslas, posté à Madagascar. Venceslas, avec le soutien financier d'Achab, avait construit un hôtel à Manakara dans le sud de l'île avec l'intention d'y développer le tourisme. Mais cette entreprise échoua à cause de moyens de communications insuffisants et l'accès difficile pour accueillir d'éventuels clients. Les mœurs douteuses de Gwladys Venceslas et son comportement odieux envers les Malgaches de cette région finirent par exacerber les autorités locales. Celles-ci l'invitèrent poliment à quitter les lieux. L'hôtel resta vide et ce Monsieur fut contraint de s'enfuir dans la capitale où il devint gérant de quatre autres bars-hôtels. C'est dans l'un d'eux que Maryse était censée travailler comme « serveuse ». Elle se retrouva impliquée dans un réseau de tourisme sexuel bien plus lucratif que l'hôtellerie elle-même ! Athal avait indiqué le nom de l'hôtel et celui de la rue sur l'ordre de mission. Pourquoi les soldats d'Eglon n'avaient-ils pas trouvé Maryse ?

Ce matin là, alors que je m'asseyais devant l'ordinateur, j'entendis le vrombissement d'un hélicoptère ! La peur au ventre, je me précipitai dehors pour essayer de discerner l'aéronef au travers des arbres. Qui était-ce ? Des mercenaires d'*Achab-industrie* ? Des ennemis d'Eglon venus se venger ?

L'engin parcourut tranquillement le ciel de Khéo comme pour bien prendre le temps de tout examiner avant l'atterrissage. Au troisième passage, j'aperçus suffisamment sa silhouette pour constater la petitesse de sa taille et l'absence de signe distinctif sur son fuselage. Il se posa au centre de la carrière en soulevant un épais nuage de poussière. Je reconnus l'hélicoptère de Franck ! Tout joyeux, j'accourus vers la porte du cockpit qui s'ouvrit avec hésitation.

« Hé, Franck ! C'est vous ?

– Jérôme ?

– Oui ! Bienvenue à Khéo. Je suis heureux de vous revoir !

– Moi de même. Plus de danger ici ?

– Non, la voie est libre. Mais qu'est-ce qui vous a décidé à vous aventurer ici ?

– Bah, c'est une longue histoire…

– Venez avec moi à la villa pour me raconter tout ça !

– Heu… mon appareil…

– Aucun souci, personne ne vous l'abîmera, fermez juste la porte et suivez-moi ! »

J'avais hâte d'entendre le récit de Franck. J'étais persuadé au fond de moi qu'il mènerait son enquête pour essayer de comprendre les événements entourant le mystère de cette île perdue sur laquelle il m'avait déposé dix mois plus tôt. En chemin, il regardait partout autour de lui, s'étonnant de me trouver seul dans ce décor surréaliste débarrassé de toute présence militaire.

♦ ♦ ♦

Mon pilote s'assit sur la parure rouge du canapé pendant que je lui servis un petit verre de tequila. Il observa discrètement les écrans derrière moi et les recoins de la pièce en caressant de son index le pourtour de sa moustache. Je lisais dans son regard et son petit sourire qu'il connaissait quelque chose concernant ma nouvelle vie. Ses paroles confirmèrent mes soupçons :

« J'ai fait la connaissance de quelqu'un que tu connais bien à Dar es Salam !

– Vraiment ? Qui donc ?

– Athal ! Il m'a tout raconté. Je sais tout ce qui s'est passé depuis que tu habites ici !

– Ouais, depuis le jour où j'ai fait la connaissance des hélicos d'*Achab-industrie* qui ont failli me mitrailler à l'endroit où je t'attendais !

– Désolé, mais je ne faisais pas le poids face à eux. Je ne suis pas armé, et quand je les ai aperçus se dirigeant vers Khéo…

– Je sais Franck, vous ne pouviez rien faire pour moi.

– Ensuite, il y a eu la guerre au Zaïre. Foutue guerre ! Quand je pense que ton père a travaillé là-bas pendant des années sans se douter de rien ! Il achetait des médicaments à cette mafia pour sa mission humanitaire.

– Il ne savait rien sur les activités cachées d'*Achab-industrie*, heureusement que les médicaments étaient pour la plupart de bonne qualité. Mais parle-moi de mon ami Athal. Comment il va ? Comment tu as fait sa connaissance ?

– Tout s'est passé au port de Dar es Salam pendant les opérations de quai du *Sirius*, du *Géométrix* et d'un petit vraquier : *L'Epiphane*, que personne n'avait encore jamais vu. Athal s'est pointé vers nous pendant que je bavardais avec les membres d'équipage du *Géométrix* que je connais très bien. C'est par eux que j'ai appris l'existence de l'île de

Khéo d'où venaient certains médicaments destinés aux missions humanitaires dont celle de ton père stationnée au Zaïre. Tout le monde était surpris de le voir là. José, qui travaille sur le *Géométrix,* lui a remis une enveloppe en s'excusant de ne pas se rendre à Khéo dans les prochains jours. Le mot « Khéo » m'a fait réagir. J'ai interpellé ton ami en lui parlant de toi et nous avons sympathisé.

– Il t'a dit ce que contenait cette enveloppe ?

– Non, mais la voici, elle est pour toi. »

Franck me tendit le document sorti de la poche de son blouson d'aviateur. Il me fixa attentivement du regard en caressant sa moustache. Je sortis de l'enveloppe deux passeports : le mien et celui de Kélia, plus vrai que nature. Il y avait même à l'intérieur des timbres fiscaux malgaches sur un visa périmé comme si Kélia s'était déjà rendue à Madagascar ! Je reconnus la photo de ma fiancée que j'avais prise devant un mur blanc d'un bâtiment de l'île. Franck s'exclama :

« Des passeports ! Cela ne m'étonne pas. José a son labo sur le *Géométrix*. Il a même réussi un jour à fabriquer des faux dollars qu'il a vendus à des trafiquants !

– Je sais, Athal m'en a parlé. Il vous a donc demandé de venir ici m'apporter cette enveloppe, c'est ça ?

– Affirmatif. Il m'a assuré qu'il n'y avait plus aucun risque. Il m'a appris tout ce qui s'était passé depuis la conspiration contre son père jusqu'à aujourd'hui. Ce gars, quel cran ! Il est vraiment extraordinaire ! Et vous tous aussi d'ailleurs, pas facile de tenir tête et de conspirer contre ce genre de racaille armée et dangereuse !

– Ouais… »

Au fond de l'enveloppe, je découvris un papier griffonné par Athal, portant ces lignes :

« Jérôme, salut mon gars !

Comme tu le constates, j'ai survécu ! Gontran et deux de ses abrutis ont pris le contrôle de L'Epiphane en maîtrisant l'équipage – Les autres militaires, les Colombiens et moi débarqués à Dar Es Salam !

Eglon est mort pendant la traversé.

Les Colombiens et les autres ont retrouvé des membres déchus de l'organisation Achab pour faire alliance avec eux. À l'heure où j'écris, L'Epiphane a levé l'ancre. Les Colombiens avec leurs nouveaux complices terminent d'équiper à l'arme lourde un bateau de pêche avec lequel ils vont se lancer à la poursuite de Gontran.

Moi, je reste en dehors de tout cela.

Destination la Somalie puis l'Europe.

À bientôt mon gars !

Athal »

Après avoir lu la lettre à haute voix, j'invitai mon visiteur à redescendre vers le village pour le présenter à mes amis. Il accepta en lisant le passeport de Kélia :

– Ta fiancée ? Jolie !

– Oui, elle est orpheline comme moi.

– Ses parents sont morts depuis longtemps ?

– Non, ils ont été contaminés par les déchets nucléaires en stockant les fûts dans les bunkers.

– Saleté de déchets ! Athal m'a dit qu'il n'y a plus de risque aujourd'hui mais il ne m'a rien dit à propos des parents de ta fiancée.

– C'est du passé. »

Nous marchâmes en silence jusqu'à la carrière des lapins où Franck reprit la parole :

« Je ne peux pas rester trop longtemps, sinon je n'aurais plus assez de kérosène pour rejoindre le *Cirius* qui a mis le cap sur Madagascar.

– Ne vous inquiétez pas pour ça, je connais l'endroit où Athal a caché deux fûts de kérosène.

– Vos envahisseurs en ont laissé ? Dans ce cas, je vous achète de quoi remplir mon réservoir. À propos de carburant, je te dois un voyage retour, je n'ai pas oublié. Quand comptes-tu repartir ?

– Je dois aller à Madagascar pour retrouver quelqu'un, c'est très important.

– Sans problème ! Tu as de la famille là-bas ?

– Pas exactement. Il s'agit de l'une des femmes déportées que les hommes d'Eglon ont été incapables de ramener ici.

– Athal m'a parlé de ça aussi, mais je ne comprends pas. Il y avait bien neuf femmes sur le *Géométrix*, il en manquerait encore une ?

– Le binôme chargé de rapatrier Maryse ne l'a pas trouvée et l'a remplacée par une Malgache choisie au hasard !

– Incroyable ! Et toi tu t'es mis en tête de retrouver la vraie Maryse.

– Ouais.

– Bien, vu les circonstances, je finance et organise entièrement ton voyage, je te dois bien ça !

– Ah ?... Merci.

– Mais une fois sur place, je ne pourrai pas rester avec toi. Je te donne dix jours avant de revenir te chercher, ça marche ?

– Oui, ça marche !

– Décollage en début d'après-midi après avoir fait le plein ! Tu vas retrouver ta cabine sur la *Cirius* !

– À vos ordres, Monsieur Franck !

20 – À la recherche de Maryse

Tamatave, lundi 19 janvier 1998

Pendant l'escale du porte-container *Cirius* au port de Tamatave, Franck me parla dans ma cabine. Il venait de passer la matinée en ville en me demandant de l'attendre à bord. Il me donna une énorme liasse de billets contenant deux millions de francs malgaches en m'avertissant:

« Planque-les bien, fais gaffe si tu te promènes en ville la nuit. Tu as ton passeport ?

– Oui, mais pas de visa !

– Aucune importance, voici ta carte de membre d'équipage, je l'ai inventée pour l'occasion. Tu es mécanicien sur le *Cirius.* Tu as l'autorisation du pacha de sortir.

– Mais, si je me fais contrôler ?

– Pff ! Détends-toi, j'ai vais t'accompagner pour t'aider à sortir du port. Ne prends aucun bagage pour ne pas attirer l'attention.

– Tu es sûr que je ne risque rien ?

– Je suis bien placé pour te dire qu'on ne s'enrichit pas en transportant des bananes, du riz ou du charbon de bois ! Il n'y a qu'à regarder *Achab-industrie.*

– Quel rapport ?

– Juste un exemple, le président Clinton vient d'autoriser une compagnie chinoise à contrôler le port de Long Beach en Californie pour faciliter un trafic d'armes. La plupart des pays démocratiques ferment les yeux sur la gestion et la surveillance de leurs ports. Tout ça pour te dire que nous sommes dans une zone de non-droit étatique !

– N'exagérons rien, ici ce n'est pas l'Amérique ! »

Franck salua quelques marins et le personnel portuaire. Il semblait connaître tout le monde. Container-terminal, parc de stockage, réservoirs, parkings, hangars... Après une demi-heure de marche, nous sortîmes enfin du port dans l'indifférence générale.

– C'est encore loin ? demandai-je.

– Non, plus que cette avenue à traverser. Mon taxi t'attend rue Lambert.

Le chauffeur de taxi que me présenta Franck était noir, maigre, et portait une minuscule moustache, un pantalon de velours, et une chemisette de couleur claire. Il semblait paisible et souriant et répondait au nom de Jacques. Franck me fit son éloge et lui adressa quelques dernières recommandations :

« Mon pote Jacques, ça fait dix ans que je te connais, alors je te confie une mission de confiance. Tu vas bien t'occuper de mon « neveu » Jérôme. Tu l'emmènes partout où il veut, tu lui sers de guide et d'interprète et tu me le ramènes ici dans neuf jours exactement, sain et sauf et certainement accompagnée d'une femme. Compris ?

– *(Hochement de tête affirmatif de Jacques)*

– Ce jour-là, ta mission sera terminée et je te donnerai un autre million ! Et si tu retrouves la personne qu'il cherche, tu auras encore un million de plus ! Compris ?

– *(Hochement de tête affirmatif plus prononcé de Jacques)* »

Franck me salua pendant que mon chauffeur démarrait son taxi. Il tenta de me rassurer :

« Ne t'inquiète pas, tu lui donnes l'adresse et il trouvera l'endroit que tu cherches. Désolé de ne pas pouvoir t'accompagner. Bon voyage et rendez-vous ici dans neuf jours ! Planque bien ton fric !

– Merci… merci pour tout !

– C'est rien, c'est normal, ton père aurait fait la même chose !

J'ouvris la portière grinçante de la *Renault 12* qui devait avoir mon âge, pour prendre place sur la banquette arrière. Je donnai au jeune malgache une page de mon carnet sur laquelle était inscrite l'adresse complète de l'hôtel où travaillait Maryse :

Bar Hôtel « Le Clair de Lune »
Cité Batimad à Ankorondrano
Antananarivo

Sans la moindre hésitation et après un dernier hochement de tête affirmatif, mon chauffeur lança sa *Renault 12* sur la route goudronnée chauffée à blanc par le soleil estival. Je ne risquais pas de m'endormir car la voiture zigzaguait pour dépasser des minibus bondés, des charrettes de toutes sortes tractées par des zébus ou par des hommes, des vélos et des nids de poule ! Je n'avais aucune idée sur la durée du trajet à parcourir. Fallait-il le demander au conducteur ? Cela m'aurait permis d'entendre le son de sa voix. S'il devait me servir d'interprète, il valait mieux qu'il ne soit pas muet !

♦ ♦ ♦

Nous arrivâmes dans la banlieue de la capitale environ trois heures plus tard. La planche anti-affaissement sous le siège en skaï noir était devenue très dure et j'avais hâte d'en finir.

Soudain, la voiture grimpa sur un terre-plein au milieu d'un boulevard. Horreur ! Un gendarme en uniforme beige venait de nous faire signe de stopper. Allait-il me demander mon passeport sans visa ? Angoissé, je rentrai ma tête entre les épaules en attendant mon interpellation ! Mon chauffeur, très calme, arrêta le moteur et descendit à la rencontre de l'agent en approche derrière nous. Je les observai par le rétroviseur. Les deux hommes échangèrent quelques mots, puis mon conducteur sortit son portefeuille sans doute pour montrer ses papiers. J'aperçus un billet de banque plaqué contre le permis de conduire qu'il tendit au gendarme. Comme ce dernier ne réagissait pas, je vis un deuxième billet se glisser sur le premier. L'agent prit le permis, l'observa puis le rendit à mon chauffeur… sans les billets ! Jacques reprit place le plus naturellement du monde, appuya sur un interrupteur et saisit deux extrémités de fils électriques pliés sous le tableau de bord pour les mettre en contact l'un sur l'autre et, quelques étincelles plus tard, le moteur pétarada.

La *Renault 12* reprit sa course folle. Mais elle fut contrainte de ralentir à cause de la population de plus en plus dense. Après avoir traversé d'immenses étendues de végétations, de rizières et de poussière rouge, nous entrâmes dans la foule qui se déplaçait dans tous les sens sur la chaussée tandis que les trottoirs étaient entièrement encombrés par des étalages et des marchands. Tout le monde vendait de tout. Certains étalaient leur maigre récolte à même le sol. Des tomates ovales, des gousses de haricots, des fruits, des volailles…et des choses que je ne connaissais pas. Jacques klaxonnait souvent pour se frayer un passage.

J'étais un étranger, un clandestin qui s'enfonçait dans ce pays inconnu. Au milieu de cette marée humaine, je repensais à Hémerik qui disait à propos de sa fiancée : *« Autant chercher un caillou dans l'océan ! »* J'étais inquiet. Malgré la foule autour de moi, je me sentais terriblement seul. Cette solitude fut propice à la méditation et me donna envie de me confier davantage en Dieu. Il n'était pas question que j'abandonne, il était inconcevable que Maryse et Hémerik restent séparés, quoi qu'il m'en coûtât !

Après avoir roulé au pas pendant une demi-heure dans des avenues bondées, nous atteignîmes une route surélevée, dominant des rizières de chaque côté de nous. Là, plus de trottoir ni d'étalage, mais une file interminable de piétons circulait entre la route et l'eau. Plus loin en contrebas, d'étranges édifices en briques comme d'énormes tombes crachaient de la fumée.

« C'est quoi ? Demandai-je à mon chauffeur si peu loquace.

– Des fours à briques. On cuit la terre pour faire les briques. »

Au même moment je remarquai des stocks de briques à vendre entassés au bord de la route.

« Dans combien de temps nous arriverons ?

– Bientôt ! »

J'étais exténué, assoiffé, et j'avais mal partout. Soudain, la voiture quitta la route pour s'arrêter sur une piste à proximité d'un quartier de cabanes. Intrigué, je questionnai aussitôt mon chauffeur :

« On est où ? C'est ici ?

– Non. On a beaucoup roulé, le moteur beaucoup chaud ! »

Le jeune homme sortit pour aller ouvrir le capot qu'il bloqua à l'aide d'un bâton sorti de dessous son siège. Puis, il me dit :

« Je vais chercher de l'eau pour le radiateur. Il faut que toi restes ici pour garder le taxi. Je reviens vite !

– Mais j'ai soif, c'est possible d'avoir de l'eau ?

– Oui, moi je rapporte. Toi, garde le taxi. »

Il disparut parmi les cabanes.

J'étais déçu : le voyage n'était pas terminé ! Tout ce que je savais, c'est que nous étions « bientôt » arrivés et que je devais « garder » le taxi. Mais pourquoi garder ce vieux véhicule ? Quelqu'un aurait-il envie de le voler ?

Paradoxalement, en tant que clandestin, je me sentais plus en sécurité au milieu de ce bidonville que sur une route nationale. Les forces de l'ordre ne viendraient certainement pas me cueillir ici !

♦ ♦ ♦

Comme Jacques tardait à revenir, je commençais à cuire dans ce taxi. J'essayai d'ouvrir la vitre de la portière gauche qui resta bloquée, celle de droite s'ouvrit de deux centimètres. Deux jeunes enfants s'approchèrent, une main tendue pour me réclamer de l'argent.

« Monsieur s'il vous plaît…Monsieur s'il vous plaît… »

Ils étaient sales et leurs vêtements étaient troués. Persévérants, ils répétaient calmement d'une voix fluette :

« Monsieur s'il vous plaît… Monsieur s'il vous plaît… »

Derrière eux, une fille plus grande portant un bébé accroché sur son ventre s'avança également en répétant la même litanie. Je fus troublé en croisant leur regard suppliant.

Les minutes s'écoulèrent avec une insupportable lenteur. Que faisait Jacques ? J'étais de plus en plus mal à l'aise. Ces pauvres gosses devaient avoir très faim pour insister de la sorte ! Comment me sortir de cette inénarrable aventure ?

Je pris la décision de leur donner quelque argent. Je saisis une liasse de billets que je cachai entre mes genoux à l'abri des regards. J'aurais voulu leur donner quelques francs malgaches mais je n'avais ni pièce, ni coupure inférieure à dix milles francs. J'ignorais complètement la valeur de cette monnaie locale et j'eus l'idée de me débarrasser des billets les plus abîmés et sales. J'en pliai un en quatre pour ne pas qu'il soit déchiré dans la bousculade et je le glissai par l'étroite ouverture de la vitre. Le garçonnet qui l'attrapa en premier écarquilla les yeux en criant :

« Manome vola antsika ilay vazaha ! ». (L'étranger Blanc donne des sous!)

Je continuai ma distribution : un deuxième, puis un troisième billet. Au quatrième, je réalisais qu'il faisait plus obscur dans cette étouffante voiture. Une vingtaine d'enfants venus de nulle part encerclèrent le taxi. En voulant rester discret, je venais de former un attroupement bruyant autour de moi !

Quand je compris mon erreur, la vitre de droite s'ouvrit complètement en tombant à l'intérieur de la portière ! Je tentai vainement de la remonter à l'aide du moignon de manivelle qui tournait dans le vide. En prenant appui sur mes jambes, je saisis alors la vitre à pleine main pour la remonter de toutes mes forces. Pendant la manœuvre, mon pied gauche s'enfonça anormalement dans le plancher. Sous trois couches de moquette, je découvris un trou entouré d'une dentelle de métal rouillé.

Dehors, un garçon bouscula un autre plus petit pour lui prendre sa monnaie. Je voyais leurs jambes et leurs pieds nus se débattre dans la poussière rouge sous les autres gamins. L'attroupement se transforma en émeute et tandis que je replaçais soigneusement les lambeaux de tapis sur le plancher, la vitre tomba de nouveau à l'intérieur de la portière ! Cinq bras en profitèrent pour pénétrer et des petites mains noires essayèrent de m'agripper comme des tentacules ! Quel cauchemar ! Fallait-il que je meure de soif et d'étouffement dans ce tas de ferraille ?

« Mandehana ! Mandehana ! Lasa ianareo mandeha any ! » (Partez ! Partez ! Allez-vous-en !) s'écria mon chauffeur enfin de retour. Il me donna une bouteille d'eau fraîche. La troupe d'enfants s'éloigna rapidement. Cette eau devait être la meilleure de l'univers ! Après avoir bu la moitié de la bouteille je lus sur l'étiquette : *Eau Vive.*

Jacques glissa sa main derrière le panneau intérieur de la portière et remit la vitre en place en moins de trois secondes en m'avertissant : « Pas toucher ! ». Puis, il versa un litre d'eau dans le radiateur une fois la vapeur complètement dissipée. Il referma le capot, rangea son bâton sous le siège et démarra le moteur du taxi qui quitta la piste pour se lancer sur la route bitumée.

Comme la nuit tombait, nous nous arrêtâmes dans la cour en pente d'une auberge de la commune de Talatamaty. Avant d'entrer dans l'établissement, Jacques m'expliqua que selon oncle Franck, il devait payer l'essence et me guider partout où je devais aller. Cependant, les frais d'hôtel et de nourriture concernaient ma bourse.

Le personnel était très accueillant et comprenait le français. Nos hôtes s'étonnaient de n'avoir aucune valise à sortir du coffre de la voiture ! Je réservai une chambre à deux lits et deux couverts pour le repas du soir. La douche était chaude et la chambre modeste mais confortable. Comme à Khéo, la nuit était très noire et la vie recommençait dès cinq heures du matin.

Talatamaty, mardi 20 janvier

Après le petit-déjeuner, mon guide me proposa de nous rendre à pied sur un marché non loin de là pour acheter quelques sous-vêtements de rechange. Dans l'après midi, il fit le plein d'essence et entreprit une première approche du bar-hôtel *Le Clair de Lune* à une dizaine de kilomètres de notre auberge. Lorsqu'il localisa l'hôtel, Jacques se mit à ralentir volontairement pour bien me laisser le temps d'observer le bâtiment. Celui-ci ressemblait à une grosse villa style colonial avec un toit à quatre pentes recouvert de tôles ondulées, trois étages, une grande terrasse empiétant sur le trottoir. Une femme balayait la terrasse entourée de massifs en bois dans lesquelles poussait quelque chose qui ressemblait à des fougères.

Nous n'avions pas de photo de Maryse. Jacques me proposa de venir lui-même à pied le soir pour questionner le personnel pendant que je l'attendrais dans son taxi garé à l'autre bout de la rue. L'idée me parut bonne et me donna de l'assurance.

♦ ♦ ♦

Le soir venu, mon chauffeur stoppa son véhicule comme prévu à une centaine de mètres du bâtiment. Il me demanda de l'argent et débuta son enquête. Lorsqu'il revint deux heures plus tard, il m'annonça que personne ne connaissait Maryse. Même échec le lendemain matin et le soir suivant.

Ankorondrano, jeudi 22 janvier

Je pris la décision de me rendre à mon tour au même endroit en laissant Jacques dans son taxi.

Sur la terrasse, je constatai que les hôtesses étaient plus nombreuses que les clients. Trois serveuses malgaches, très avenantes, m'accueillirent et m'invitèrent à prendre place sur un fauteuil en rotin devant une petite table basse. Les deux plus jeunes me demandèrent la permission de s'asseoir à ma table pendant que la plus âgée (une quarantaine d'années) me proposa d'aller me chercher un *Coca Cola* au bar. Elle revint en tenant un plateau sur lequel se trouvaient trois autres boissons destinées à chacune d'elles ! Sur le ticket de caisse, l'addition s'élevait à 22000 francs malgaches ! Je commençais à comprendre pourquoi mon chauffeur me demandait des sommes exorbitantes pour aller boire un coup à ce bar.

Je me sentais mal à l'aise entre ces deux adolescentes qui lorgnaient sur moi. Jacques avait sans doute déjà questionné tout le monde. La serveuse la plus âgée venait de s'asseoir en face de moi en souriant. J'amorçai le dialogue :

« Je m'appelle Jérôme et toi ?

– Ici, je suis Valse Kely, et voici mes deux collègues Nadia et Rosa.

– Valse Kely, depuis combien de temps travailles-tu ici ?

– Depuis au moins vingt ans.

– Tu as sans doute connu Maryse.

– Non, personne ce nom là. *(Silence)*

– Ecoute bien, je vais te demander quelque chose, c'est un secret.

– Un secret ? Je n'ai pas de secret.

– Si tu me dis où se trouve Maryse, je te donne cent mille francs !

– Cent milles francs ? Ce serait bien de connaître cette femme. Depuis longtemps que je travaille ici, je n'ai connu personne qui porte ce nom là.

– Tu es vraiment sûre ?

– Oui. Je ne peux pas dire où habite une femme que je ne connais pas, même pour cent mille francs !

– Très bien, je paie ma note et je m'en vais.

– Tu ne veux pas la soirée avec nous ?

– Non, je reviendrai demain soir. Si d'ici là la mémoire te revient ou si tu connais quelqu'un qui peut me renseigner sur l'endroit où se trouve Maryse, je te donnerai beaucoup d'argent. Mais n'oublie pas, c'est un secret, Monsieur Gwladys Venceslas ne doit rien savoir.

– Tu connais notre patron ?

– Oui, mais je ne veux pas le voir ! »

Ankorondrano, vendredi 23 janvier

Sur la terrasse, les trois mêmes femmes m'attendaient. En cette fin de semaine, les clients étaient plus nombreux dans la salle principale. Comme la veille, Valse Kely portait un nouveau chemisier rose au profond décolleté en V. Elle me proposa de m'asseoir mais ne savait rien de plus sur l'endroit où se trouvait Maryse. Je déclinai son invitation et me dirigeai seul vers le bar. Le barman était aussi malgache. Dès qu'il eut fini de servir un client, il s'approcha de moi :

« Bonsoir Monsieur ! Je vous sers… ?

– Bonsoir. Un *Coca Cola* s'il vous plaît.

– Voilà.

– Merci. Je suis à la recherche d'une serveuse qui s'appelle Maryse. Je sais qu'elle a travaillé ici. Savez-vous où elle habite ?*(Silence)*

– Je connais Maryse, mais je ne sais pas où elle habite. Je me demande pourquoi beaucoup de personnes cherchent Maryse !

– Vraiment ? Qui sont ces personnes ?

– C'était quelques semaines avant, deux hommes Blancs avec uniforme. Ils voulaient donner de l'argent à moi pour que je dise où est Maryse. Mais moi je ne dis rien à eux. Je n'ai pas confiance.

– Pourquoi ? Ils vous ont menacé ?

– Ils étaient pas polis avec les filles, je ne voulais pas qu'ils font du mal à Maryse, alors j'ai dis à eux rien du tout. Ils ont demandé le patron Monsieur Venceslas et j'ai dit : il est en voyage.

– Votre patron est en voyage ?

– Oui et je ne sais pas où est Maryse. Il y a un jeune hier venu me demander ça aussi. Maryse est partie depuis cinq ans, elle n'aimait pas travailler ici. Elle s'est enfuie et Monsieur Venceslas très en colère.

– Si Maryse travaillait ici il y a cinq ans, pourquoi Valse Kely ne l'a pas connue ?

– C'est normal, toutes les filles qui travaillent ici portent un petit nom pour les clients. Le petit nom de Maryse est « Miora ». Valse Kely ne connaît pas le vrai nom Maryse, elle connaît le petit nom Miora.

– Je vous remercie. Je vous dois combien ?

– Quatre mille, mais pourquoi vous cherchez savoir où est Maryse ?

– Pour l'inviter à revenir sur l'île de Khéo où son fiancé l'attend.

– Khéo ? Connais pas.

– Ça ne m'étonne guère, il y a beaucoup d'îles dans l'Océan Indien ! »

Valse Kely vint s'asseoir au bar tout près de moi. Sans perdre une seconde, elle me sollicita pour que je lui offre à boire. Je gardai le silence pour la mettre mal à l'aise. Le barman, qui attendait la commande et qui semblait comprendre que je n'étais pas ici pour m'amuser, questionna sa collègue en français :

« Kely, tu te souviens de Miora ?

– Oui, elle est partie. Quatre ou cinq ans...pourquoi ?

– Ce Monsieur cherche où Miora habite. *(Silence)*

La serveuse prit un air dédaigneux en allumant une cigarette. Elle tira sur sa mini jupe en jean pour bien se positionner sur son siège et cala les talons-aiguilles de ses bottines sur la barre inférieure du tabouret. Puis, le regard tourné vers le ciel du bar, elle répondit ironiquement dans la fumée bleue de sa cigarette :

« Ce Monsieur Jérôme cherche où habite ma copine Miora ! Tiens-tiens. Et moi je sais où habite ma copine.

– Elle habite où ?

– Ce Monsieur Jérôme va m'offrir une boisson et boire un petit peu avec moi. »

Je compris qu'il me fallait entrer dans son jeu si je voulais extirper cette précieuse information en supposant que celle-ci soit vraie! La balle était dans son camp, je n'avais pas d'autre alternative que de céder à ses caprices. Après avoir servi sa collègue, le barman s'éloigna pour aller s'occuper d'un autre client aux épaules duquel s'agrippaient Nadia et Rosa. Valse Kely termina tranquillement son jus de mangue et sa cigarette et posa sur mes lèvres son index droit qui sentait la nicotine. Elle me chuchota :

« Ce Monsieur Jérôme va me suivre où j'invite dans ma chambre, le silence, plus tranquille pour parler d'où habite Miora ! »

Nous traversâmes la grande pièce principale divisée en six boxes délimités par des massifs de plantes artificielles. Des hommes d'affaires et des touristes de race blanche et d'âge mûr, vautrés sur des canapés en cuir, sirotaient du rhum et autres boissons exotiques. Des « serveuses » adolescentes se blottissaient contre eux. Lumière rouge de spots, fumée bleue brassées par des ventilateurs, ambiance dorée et paillettes, musique rythmée et langoureuse…comme j'étais hésitant, ma serveuse me prit la main pour me tirer dans l'allée centrale qui conduisait à l'escalier. Collé sur le mur du fond, un crocodile empaillé de deux mètres de long « décorait » l'endroit.

Valse Kely ferma la porte à clé derrière elle et s'assit sur le bord du lit en croisant ses longues jambes gainées de bas noirs. Elle actionna le bouton d'une radio-cassette posée sur sa table de nuit. On y entendait des valses allemandes jouées par un grand orchestre. Debout contre la porte, j'interrogeai la femme sans plus attendre :

« Combien ?

– Pour dormir avec moi ?

– Même pas en rêve ! Je constate qu'ici, la différence d'âge ne pose pas de problème, et que tu aurais une occasion unique de faire ça avec un gars comme moi quinze ans plus jeune que toi !

– Pff ! Tu crois moi trop vieille ?

– Combien pour me dire où habite Miora ? »

La serveuse tarda à répondre, sans doute pour m'irriter. Elle s'appliqua une couche de rouge à lèvre en fixant son regard sur son miroir de poche.

« Cent milles francs.

– Rien que ça ? Tu sais écrire ?

– Oui.

– Note sur mon carnet l'adresse de Miora et je te donne cent mille francs.

– Donne l'argent.

– Tiens. Si l'adresse est juste et que je retrouve Miora, je reviendrai te donner encore cent mille francs supplémentaires. Cette somme ira directement dans ta poche sans laisser les trois-quarts à ton patron. »

La femme écrivit lentement en bougeant ses lèvres rouges et brillantes.

– Je ne sais pas où habite elle, mais j'écris où elle travaille. Donne tout l'argent, adresse juste !

– Pas question, je reviendrai uniquement quand j'aurai trouvé Miora.

– Tu ne reviendras pas !

– Si, je n'ai qu'une parole.

– Où tu vas ?

– Je retourne dans mon auberge.

– Non, ne pars pas tout de suite. Les clients en bas vont croire que toi pas dormi avec moi, et c'est pas bon pour mes affaires. Reste encore s'il te plaît.

– Je comprends, je vais m'asseoir sur ce fauteuil pour attendre.

– Non, il est cassé et tu vas tomber !

– Pourquoi garder un fauteuil cassé ?

– Je pose mes habits dessus, assied-toi à côté de moi sur le lit. »

Il me fallait attendre, bercé par le joyeux rythme d'un grand orchestre philharmonique.

La femme osa poser sa tête sur mon épaule. Si on m'avait dit qu'un jour je me retrouverais dans la chambre d'une prostituée à écouter une valse de Johann Strauss à Madagascar… ! Ma curiosité me poussa à la questionner :

« Pourquoi tu écoute ce genre de musique ? Ce n'est pas très connu ici !

– C'est un cadeau d'un Monsieur du pays allemand en Europe, il venait ici deux ans. J'aime sa musique alors il m'a donné ça. Alors mes collègues ont donné à moi le petit nom: *Valse Kely*, ça veut dire: *Petite Valse.*

– Ton vrai nom c'est quoi ?

– Irène. Le Monsieur là est parti toujours dans son pays. *(Silence)*

– Et tu es triste parce que ce Monsieur est parti. Tu l'aimais n'est-ce pas ?

– Oui… et moi… Pff ! Qui aime moi ? Personne ! Miora a beaucoup de chance : son fiancé envoie des gens pour chercher elle, son fiancé l'aime beaucoup ! »

Elle lança son tube de rouge à lèvre contre le mur et se mit à sangloter contre moi. Décontenancé et après une brève hésitation, je finis par la serrer dans mes bras. Et moi qui croyais que ces prostituées étaient endurcies et obsédées par l'argent !

Le temps s'écoula jusqu'au claquement de la touche « Start » qui se souleva pour arrêter la bande magnétique en fin de course. C'est alors que je pris congé de ma serveuse pour rejoindre mon chauffeur.

Samedi 24 janvier

Jacques gara sa *Renault 12* sur le bas-côté, à une centaine de mètres de l'entrée du lotissement privé indiqué par Valse Kely. Un gardien ouvrait la barrière pour laisser entrer ou sortir les habitants de ce quartier entièrement clôturé et fermé. Comme il n'y avait que des voitures qui passaient là, je me demandai comment faire pour reconnaître Maryse dont je n'avais même pas une photo ! Mes papiers n'étaient pas en règle, il n'était donc pas question que j'aille questionner le gardien.

En fin de journée, mon chauffeur me proposa d'aller lui-même l'interroger quitte à lui donner de l'argent, mais je refusais de prendre ce risque. Le fait de stationner toute la journée là avait dû suffisamment intriguer ces paisibles habitants.

Vers le soir, je vis un groupe de piétons malgaches sortir. Jacques m'expliqua que les occupants vivant dans ce quartier étaient pour la plupart des résidents de race blanche venus de différents pays étrangers. Ils embauchaient des domestiques parmi la population locale pour les faire travailler à domicile pendant la journée. Le soir, tous ces employés de maison rentraient chez eux quelque part dans les communes alentours. Certains restaient plus longtemps ou logeaient toute la nuit chez leurs patrons pour garder leurs enfants. Cela permettait aux parents de sortir en ville.

Dès que les piétons arrivèrent à la hauteur de mon taxi, je les interpellai :

« Bonsoir Messieurs-dames !

– Bonsoir ! Répondirent-ils en me dévisageant.

– Avez-vous vu Miora ou Maryse ?

– Non. »

Le groupe s'éloigna en bavardant en langue malgache.

Un quart d'heure plus tard, une femme à bicyclette avec un petit sac à dos passa devant nous en ignorant mes appels. J'étais assis à côté de Jacques endormi sur son volant. Je l'envoyai interroger la cycliste.

Mon chauffeur mit plusieurs longues minutes à démarrer le vieux moteur. Je voulais qu'il se dépêche pour intercepter la cycliste avant qu'elle se perde dans l'agglomération.

J'attendis debout contre un arbre dans le crépuscule. Au moment où la *Renault 12* disparut, une autre femme en robe longue multicolore tenant un cabas, passa devant le poste de garde. Arrivée à ma hauteur, je constatai qu'elle correspondait un peu à la description faite par Kélia. Mon cœur se mit à battre plus fort, j'osai l'interpeller :

« Bonsoir Madame Miora !

– Bonsoir jeune homme, répondit-elle en ralentissant son pas et en me fixant du regard comme si elle essayait de se souvenir mon nom.

– Je me nomme Jérôme, dis-je en marchant à côté d'elle.

– Jérôme ? Je ne me souviens pas de toi. D'où me connais-tu ?

– Vous ne me connaissez pas mais moi je vous connais, votre vrai nom est Maryse ! »

Miora pressa le pas en regardant droit devant. Elle semblait avoir peur et rétorqua :

« Si c'est Gwladys Venceslas qui t'envoie, dis-lui que je ne retournerai jamais travailler dans son établissement !

– Ce n'est pas votre ancien patron qui m'envoie, mais je viens de la part de votre fiancé Hémerik qui vous attend sur l'île de Khéo ! »

La femme s'arrêta net et laissa tomber son cabas à terre. Elle resta figée pendant quelques secondes puis se tourna vers moi. Ses mains se crispèrent sur sa bouche et ses yeux écarquillés se remplirent de larmes. J'eus des difficultés à retenir les miennes ! Le taxi alla faire demi-tour devant la barrière et s'arrêta derrière nous. Jacques vit Maryse plantée et immobile devant moi. Il comprit ce qui venait de se passer et ouvrit les portières de sa voiture.

Il commençait à faire nuit et les phares du taxi émettaient une lumière tremblotante sur le sol pierreux de la digue. Notre nouvelle passagère nous indiqua la route jusqu'à son domicile dans le village voisin. Elle habitait un vieux container qu'elle partageait avec une femme seule et ses trois enfants à proximité d'une carcasse de camion. Un auvent, formé d'une tôle et de quatre chevrons, se dressait contre une ouverture et servait de cuisine. C'est là que la colocataire de Maryse faisait cuire une marmite de riz sur un foyer où rougissait du charbon de bois. Ses enfants jouaient avec la jante d'une roue de vélo qu'ils faisaient rouler comme un cerceau.

Nous bavardâmes pendant une heure assis dans la voiture. La fiancée d'Hémerik nous raconta son parcours. Elle avait été la première femme déportée, à l'âge de 26 ans et vivait depuis 9 ans à Madagascar. Elle s'était enfuie cinq ans plus tôt de l'hôtel *Le Clair de Lune* où elle avait été engagée de force. C'est là qu'un client remarqua sa parfaite élocution et l'encouragea à chercher un autre emploi. C'est ainsi qu'elle s'est retrouvée domestique dans une famille de résidents français dans le lotissement privé. Je lui proposai une chambre dans l'auberge où nous logions Jacques et moi, mais elle préféra passer ses dernières vingt quatre heures avec les amis d'infortune de son quartier :

« Venez me chercher demain soir s'il vous plaît, demain dimanche, je ne travaille pas pour mes patrons et je serai prête. Je vais aussi leur écrire une lettre pour expliquer mon départ brutal.

– Entendu, Maryse, lui répondis-je, nous serons présents au rendez-vous. À demain ! »

Dimanche 25 janvier

Journée de repos ! Quartier libre pour Jacques qui laissa son taxi dans la cour de l'auberge pour aller se promener en ville. Quant à moi, j'avais décidé d'assister à l'office religieux de l'église du village. Je ne comprenais pas le malgache mais j'aimais me retrouver au milieu de ces fidèles. La ferveur de leurs chants me rappelait ceux de Khéo.

Peu avant la nuit, Jacques alla chercher Maryse. J'avais réservé une chambre pour elle dans notre auberge. Pendant le dîner, elle voulait connaître mon passé et nous avons bavardé jusqu'à minuit !

Lundi 26 janvier

Après avoir flâné toute la journée sur les marchés où j'avais acheté un bracelet pour ma fiancée, nous rentrâmes à l'auberge. Avant d'y passer notre dernière nuit, je demandai à Jacques de me conduire à l'hôtel *Le Clair de Lune* pour y rencontrer Valse Kely à qui j'avais promis cent mille francs si je retrouvais Maryse. Jacques stoppa son taxi à l'endroit habituel, et comme je n'avais pas envie de retourner dans ce bar, je décidai au dernier moment d'envoyer mon chauffeur porter l'argent à la serveuse.

Environ une heure plus tard, alors que je m'endormais sur la banquette arrière de la *Renault 12*, j'entendis des claquements de portes et des voix. J'ouvris les yeux et je vis Jacques charger une valise dans son coffre. Valse Kely se tenait près de lui et attendait qu'on lui ouvre une portière. Elle venait de déserter définitivement son lieu de travail pour se joindre à nous ! Je n'eus pas la force de refuser, j'espérais seulement que Franck accepterait.

Mardi 27 janvier

Destination Tamatave ! Après m'être acquitté de ma note d'auberge de plus d'un million de francs, nous montâmes à bord du taxi qui s'élança sur la piste. Nous arrivâmes rue Lambert à proximité du port en début d'après midi, à l'endroit même où nous étions partis neuf jours plus tôt. Franck nous rejoignit peu après. Il paya Jacques en lui demandant une dernière course : nous emmener, les filles et moi, sur une plage à quelques kilomètres de là pour qu'il puisse venir nous chercher en hélicoptère.

Franck nous embarqua le soir par hélicoptère à bord du *Cirius*. Le capitaine fit visiter la timonerie aux deux nouvelles passagères, tandis que deux vieux matelots leur proposaient de visiter leur cabine ! Me voyant arriver derrière elles, les deux loups de mer rebroussèrent chemin !

21 – Noces à Khéo

Khéo, vendredi 30 janvier 1998

Le capitaine du *Cirius* consentit à se rapprocher de l'île de Khéo pour nous ramener. Je lui avais promis de lui offrir deux des containers vides restés sur la plage. Ils seraient repeints et disponibles au port de Dar es Salam avant la fin de l'année.

Ce vendredi matin vers neuf heures, le porte-container mouilla l'ancre tout près de la carcasse de la plate-forme. Toute la foule prévenue par radio de notre arrivée, s'assembla sur le rivage et envahit l'embarcadère et la jetée.

Hémerik et Kélia arrivèrent en *zodiac.* Je remerciai le capitaine et Franck qui refusa de rester quelques jours à Khéo, puis, je me précipitai vers l'échelle de coupée en portant les bagages des deux femmes. J'étais euphorique à l'idée de me blottir contre ma fiancée et de la demander en mariage !

Il n'y a pas de mot pour décrire de tels moments. Hémerik prit la main de Maryse pour l'aider à monter sur l'embarcation instable. Il embrassa celle qu'il avait failli ne jamais revoir. Je le vis pleurer pour la première fois, des larmes de joie effaçant des années de sévices et de privations.

Pendant nos étreintes, Valse Kely attendait à genoux sur la proue du *zodiac.* Je l'invitai à s'avancer vers nous afin de faire les présentations. Sans hésiter, Kélia la serra très fort dans ses bras comme si elle la connaissait depuis toujours : « Bienvenue chez nous, Kely ! » Cette dernière en eut le souffle coupé et s'émut jusqu'aux larmes.

Etienne, Linda, Nicodème, Mado, Frédo, Rose-Marie, Nellie… La joie des retrouvailles, les présentations, les chants vibrants de la foule, mon retour triomphal…ainsi s'écoula ce magnifique vendredi, dernier jour de janvier, premier jour d'une nouvelle ère à Khéo.

Etienne annonça neuf mariages et onze présentations d'enfants pour dimanche ! Pourquoi attendre ? Pendant notre absence, les couturières avaient confectionné des robes longues de couleur orange pour les mariées et des tuniques du même tissu pour les onze bébés. Celle de Maryse fut crée le lendemain de son arrivée. Tout fut prêt pour le dimanche.

Dimanche premier février 1998

Culte, présentation d'enfants, mariage…la cérémonie débuta à neuf heures pour s'achever vers treize heures. Du haut, je voyais la foule, remplissant la place jusqu'au porche, interpréter le dernier chant de cette inoubliable célébration.

Sur ces époux, Père éternel, jette en cet instant solennel un regard favorable.
Protège-les dans ta bonté, fais briller sur eux la clarté de ta face adorable…

J'étais le seul Blanc parmi ces gens que je considérais comme ma famille. Je me sentais si bien au milieu de ce peuple. À côté de moi, mon épouse me regardait discrètement en souriant. Avec son chapeau à fleur et sa longue robe orange à encolure ronde, elle ressemblait à une poupée. Elle portait des gants blancs et un ruban blanc autour de son chignon et un autre autour de la taille. Je la trouvais encore plus désirable ! De toute façon, je la trouvais toujours belle, même avec sa combinaison rouge et ses bottes en caoutchouc !

Le repas en commun était un véritable banquet. Des tables regorgeant de victuailles s'alignaient sous les préaux. On pouvait se servir à volonté. Beaucoup mangeaient debout d'autres emportaient leur plateau et s'asseyaient sous des branchages apportés spécialement pour l'occasion au milieu de la place. On avait confectionné un abri éphémère avec des filets de pêche maintenus par des fils de fer tendus sur des piquets. La verdure étalée dessus atténuait la chaleur. Il y avait aussi un espace pour danser. Nicodème avait entraîné quelques musiciens pour interpréter quelques morceaux rythmés.

Les festivités durèrent jusque tard dans la soirée. Kélia n'avait pas l'intention d'attendre trop longtemps pour que nous rentrions à la villa. Elle avait prévu d'échapper à la foule vers vingt et une heures en cachant la moto à l'extérieur de la place tout près du porche.

À l'heure « H », je démarrai la moto. Pas facile pour ma passagère de se positionner derrière moi avec une robe aussi longue. Elle tendit les jambes du côté gauche et agrippa ma taille de son bras droit.

La nuit était tiède et noire et la lumière du phare caressait le sol encore chaud. Les plantations, les bunkers, la carrière, la clairière des lapins… partout sur notre passage, le moteur pétaradant brisait le silence de la colline endormie.

Il n'y avait que deux chambres dans cette immense villa, je choisis la plus grande pour notre nuit de noce. Les murs de couleur vert-pomme donnaient une atmosphère reposante. Au-dessus de ma tablette de chevet, un petit clavier surmonté de quelques voyants et d'un minuscule écran me permettaient d'accéder à l'ordinateur domestique de la propriété. Sans perdre un instant, je commandai la fermeture de toutes les issues et volets électriques et j'atténuai la puissance des spots incorporés dans le plafond pour obtenir une lumière blanche et douce. Afin de couvrir le léger ronronnement de la climatisation, je programmai une musique langoureuse pour accompagner nos ébats. Nous étions coupés du monde et décidés à passer une nuit… torride ! Je venais à peine de finir ces différents réglages que Kélia me grimpa dessus pour m'enlacer et se coucher sur moi. J'aimais le goût de son rouge à lèvres et la douceur de son maquillage.

Elle se leva pour se mettre à l'aise et enleva tous ses bijoux.

« Stop ! Dis-je.

– Quoi ?

– Laisse-moi te déshabiller, s'il te plaît !

– Heu… oui, si tu veux. »

Elle resta debout, immobile en fermant les yeux pendant que je dénouais sa ceinture blanche. Je déboutonnai sa robe en prenant bien mon temps pour mieux apprécier…

Ma femme ne portait plus que ses sous-vêtements quand soudain, un signal sonore retentit derrière nous !

« C'est quoi ? demanda-t-elle en sursautant.

– Je vais voir, répondis-je en m'approchant du minuscule écran, je vois quelqu'un devant la porte d'entrée : on dirait Nellie…

– Oh non ! Qu'est-ce qu'elle me veut ? »

Kélia saisit un peignoir et courut vers l'entrée. Je la suivais en restant quelques mètres derrière. Elle ouvrit la porte et questionna sa sœur sur un ton agacé :

« Nellie ! Qu'est-ce qui se passe ?

– Rien, je ne suis pas bien…

– Comment ça tu n'es pas bien? Il est dix heures du soir ! Qu'est-ce que tu viens faire ici ? Tu es venue seule dans cette obscurité?

– Oui, je veux dormir ici…dans la villa.

– Nellie, je t'ai déjà expliqué ! Tu ne vas pas me faire un caprice pendant ma nuit de noce ! Il n'est pas question que tu restes ici !

– Mais, dans la petite chambre…

– Non, Nellie, et je suis sûre que personne ne sait où tu te trouves, ni Linda, ni le pasteur !

– Non, mais…

– N'insiste pas, je te ramène d'où tu viens à moto ! »

Nellie laissa couler une larme et ajouta d'un ton suppliant :

"S'il te plaît…"

Kélia se tourna vers moi, embarrassée :

« Je vais la reconduire et tenter de la raisonner.

– Dans cette tenue ?

– Bah… il fait nuit, je la déposerai un peu avant le porche ! »

Seul, j'attendis dans le salon, assis face aux écrans des caméras de surveillance pour guetter le retour de la moto.

Kélia revint environ une heure plus tard. D'un bond, elle prit place sur mes genoux sans même me laisser le temps de réagir. Elle se tint recroquevillée contre moi et semblait encore plus contrariée qu'auparavant. Après un long moment de silence, j'osai la questionner :

– Fâchée ?

– Oui. Je croyais l'avoir préparée à affronter cette séparation.

– Elle a encore besoin de sa grande sœur.

– Elle exagère ! Elle va bientôt avoir dix ans, elle est capable de comprendre ça.

– Elle peut comprendre ça, mais la rupture est trop brutale.

– Tout de même, elle me culpabilise comme si je l'abandonnais. On ne peut pas la laisser dormir entre nous deux, il faut qu'elle se responsabilise !

– Facile à dire, elle dort dans ton lit depuis qu'elle est née, tu aurais dû l'habituer à dormir seule avant notre mariage.

– C'est vrai, je n'ai pas eu la force de faire ça avant, et maintenant je paie mon erreur. La disparition de nos parents a trop renforcé nos liens. »

La soirée s'écoula, le corps de ma bien-aimée semblait se détendre contre moi. Puis, sa tête bascula doucement vers l'arrière : elle s'endormit ! Fallait-il la réveiller ? Sa journée avait débuté à quatre heures du matin pour aider les autres femmes à préparer la fête. De plus, elle se souciait de sa petite sœur. Voilà deux bonnes raisons pour porter mon épouse jusqu'au lit conjugal…et la regarder dormir ! Cette sage décision m'obligea à éteindre lumière douce et musique langoureuse. Après quoi, je décidai d'aller prendre une douche froide !

Lundi 2 février, neuf heures du matin.

Depuis quelques jours, Frédo avait laissé la piscine intérieure s[illegible] remplir progressivement au gré du niveau d'eau du puits. Un syst[illegible] de flotteur relié à l'ordinateur régulait le débit pour ne pas end[illegible] ger la nappe phréatique. Comme la piscine était presque plei[illegible] lu les instructions concernant les appareils du sous-sol pour la filtration et le chauffage solaire de l'eau. Je sentis la manche du peignoir de Kélia effleurer ma nuque. Elle prit place sur la marche d'escalier à côté de moi et posa sa tête sur mon épaule. Elle venait de se lever…et constatant la lenteur de ses mouvements, je devinai que son moral n'avait pas décollé depuis la veille ! J'eus l'honneur de prononcer les premières paroles du premier matin de notre vie de couple :

« Bien, dormi ?

– Bof… désolé pour hier soir…

– Tu t'inquiètes pour ta sœur, pas vrai ?

– Ma sœur, et aussi Linda et son mari. Comment ils vont gérer cette situation ? Qui va s'occuper de ma sœur ? Je me sens responsable, si elle se conduit mal avec eux, ai-je le droit de la laisser importuner ces personnes qui ont déjà tellement fait pour nous ?

– T'as faim ?

– Non.

– Moi non plus. Dans ce cas, voilà ce que je suggère : prépare-toi et allons trouver nos amis pour étudier tout ça. On trouvera bien une solution.

– T'as raison, je prends une douche et on y va. »

Kélia avait remis sa combinaison rouge, elle grimpa derrière moi sur la moto.

« Déjà en tenue de travail ?

– Oui, je n'ai rien donné à manger aux lapins hier soir, je ne veux pas les laisser mourir de faim !

– Je vais t'aider. »

Frédo avait déposé des seaux de légumes et d'épluchures avec le camion et tous ceux qui élevaient des lapins s'étaient servis. Nous prîmes tout ce qui restait pour l'apporter à la clairière. Soudain, deux enfants arrivèrent à bicyclette derrière nous accompagnés du chien. Je reconnus Nellie et René, le petit Malgache débarqué du *Géometrix* depuis peu avec sa mère.

« Salut les amoureux ! s'écria Nellie pétillante de joie, Frédo va me construire une maison-lit !

– Une maison-lit ? demanda Kélia, c'est quoi cette nouvelle

étage pour moi et René, avec des murs, des bout pour entrer avec une échelle. Elle sera ton ancien lit où tu dormais avec moi. René u premier étage.

– En voilà une bonne idée, comme ça tu ne seras plus toute seule. Mon mari et moi avons hâte de voir ça !

– Frédo dit qu'il aura fini de la construire ce soir ! Ils ont mis un rideau pour séparer la pièce. La maman de René et Kely vont dormir aussi dans des lits à étage de l'autre côté du rideau. »

♦ ♦ ♦

Vers midi, Etienne nous invita à déjeuner tandis que nous étions devant l'atelier de Frédo et Hémerik. Au moment de passer à table, Kélia voulu aider Linda et Nellie à mettre le couvert, mais l'épouse du pasteur refusa en disant : « Non Madame, reste assise avec ton mari ! Tu n'habites plus chez nous et vous êtes nos invités. Laissez-vous servir ! »

Linda qui connaissait bien mon épouse faisait tout pour la mettre à l'aise. Pendant le repas, elle lui chuchota quelques mots à l'oreille. Elle l'entourait comme une mère qui veille sur sa fille. Nellie semblait satisfaite de son nouvel environnement ce qui rassura sa grande sœur. La vie à Khéo jaillissait plus belle que jamais…

♦ ♦ ♦

De retour à la villa, Kélia voulu se reposer au bord de la piscine qui occupait tout le centre du rez-de-chaussée. Cet espace était tellement grand que la climatisation était inefficace et la température de descendait pas en dessous de trente degrés pendant la période la plus chaude de la journée. De plus, les nombreuses baies vitrées laissaient entrer la chaleur des rayons du soleil. Le remplissage du bassin était terminé et je manœuvrai quelques vannes pour activer le système de filtration. L'injonction de chlore était effectuée. Les panneaux solaires n'avaient pas eu le temps de réchauffer une telle quantité d'eau mais mon épouse me supplia de prendre un bain avec elle. J'hésitai en rétorquant :

« Prendre un bain dans une eau à quinze degrés ? Tu es courageuse ! En plus, je n'ai pas de maillot de bain.

– Un maillot de bain ? Pour quoi faire ? »

Elle se déshabilla dans la pièce à côté qui devait être une salle de gymnastique ou de musculation. Le sol était couvert d'un épais tapis mou semblable à ceux qui équipent les dojos. Pour une raison que j'ignore, aucun appareil de musculation n'avait été livré à Khéo. Non seulement ce local était resté vide, mais les ouvertures donnant sur la piscine n'avaient jamais reçu ni porte ni fenêtre. Tout au fond, le compartiment douche était également dépourvu de porte, mais les douches fonctionnaient !

J'accompagnai ma femme en me déshabillant moi aussi à côté d'elle. Nos vêtements tombaient sur le tapis devant l'entrée des douches. Nous eûmes une hésitation au moment d'enlever nos sous-vêtements.

« Il faudrait tout fermer, remarqua Kélia, on pourrait nous voir de dehors !

– T'as raison, je fais le nécessaire. »

Depuis le tableau mural de contrôle (le même se trouvait dans chaque pièce principale de la villa), je commandai la fermeture de tous les volets électriques et une lumière rouge pour éclairer notre moment de baignade. Nous étions complètement nus. Ma femme nageait mieux que moi, un vrai poisson ! Elle m'invita ensuite à prendre une douche avec elle dans la même cabine ! Elle versa sur nous une trop grande quantité de shampoing et nous fûmes entièrement recouverts de mousse. Nous nous massions mutuellement par mouvements circulaires. Soudain, mes mains s'arrêtèrent sur les cicatrices dorsales de ma bien-aimée qui me rassura aussitôt :

« Ne t'inquiète pas, je n'ai plus mal !

– Tout de même, quelle peur j'ai eu ce jour là !

– Bah, c'est du passé ! Frédo m'a fait ses excuses.

– Frédo ? Quel rapport avec lui ?

– Il a fabriqué cette table avec une feuille de verre ordinaire récupérée avant les travaux, très coupante quand elle casse !

– Je vois ! Il n'avait pas prévu que tu tombes dessus ! »

Notre séance de massage mousseux reprit de plus bel. Au moment du rinçage, nous fûmes si excités que, trop impatients pour regagner notre chambre à l'autre bout de la propriété, nous tombâmes sur nos vêtements répandus sur le sol à l'entrée du local douche ! C'est là que nous avons fait l'amour pour la première fois ! Nous étions trempés, et même si l'endroit manquait de confort, il était très spacieux laissant à nos corps toute liberté d'action! Nous étions comme deux affamés et l'énergie déployée par ma tendre épouse balaya toutes mes inquiétudes à son sujet. Les vicissitudes de son passé n'avaient pas affecté son instinct de femme. Ce moment fort me fit oublier ma bien piètre nuit de noces !

Nous nous sommes ensuite endormis, enlacés… puis séance de douche… piscine… douche-mousse. Nos corps ont dialogué de nouveau au même endroit. Nous avons encore dormi, puis mangé quelques fruits, dormi… douche… piscine… douche… dodo par-terre… mangé des fruits secs ! Comme nous ressentions quelques courbatures, nous avons fini par regagner notre lit. Le temps s'écoulait sans que nous sachions s'il faisait jour ou nuit car les volets étaient toujours fermés. Jamais je ne suis resté aussi longtemps complètement nu !

D'un commun accord, après avoir longtemps dormi, nous décidâmes de revenir enfin à la réalité en jetant un œil sur les chiffres lumineux marquant l'heure dans un coin du tableau de contrôle : douze heures quinze. J'en déduisis qu'il était midi et quart du mardi 4 février. La période pendant laquelle nous étions enfermés avait duré environ vingt deux heures ! Je l'annonçai à mon épouse qui me répondit :

« Heureusement que Linda m'a assuré qu'elle désignerait quelqu'un d'autre pour s'occuper des lapins ! »

22 – Immigration

Mercredi 4 février 1998

Une nouvelle étape de ma vie commençait. Une vie de rêve dans un havre de paix ? Pas si sûr ! En attendant le retour incertain de Franck ou d'Athal, je devais gérer l'île. Toute la communauté comptait sur moi et même si j'étais bien assisté par la famille du pasteur pour étudier les solutions techniques du développement de Khéo, je m'inquiétai pour les finances. L'argent restait un sujet tabou et il fallait absolument établir des échanges commerciaux avec l'extérieur. J'attendais aussi des nouvelles d'Athal par Internet qui devait me mettre en contact avec une personne de confiance au port de Dar Es Salam pour accéder à un compte en banque et effectuer nos achats.

Parallèlement, nous devions désigner une équipe pour apprendre la technique de la culture des perles selon l'idée d'Athal : récolter des huîtres, les suspendre sur des radeaux et leur implanter un nucléon. Un projet programmé pour le mois d'avril.

Le jeudi 6 février, je découvris des dossiers d'*Achab-industrie* dans l'ordinateur. Sur la plate-forme, outre les vrais et faux médicaments destinés aux Africains, on fabriquait également des virus et des vaccins de la grippe pour les Européens ! Des « missionnaires » étaient chargés de contaminer des pays industrialisés pour déclencher une pandémie, d'autres trouvaient le moyen de vendre le vaccin spécialement élaboré pour se protéger de ce même virus. En effet, *Achab-industrie* avait des ramifications étendues discrètement dans toute la juteuse industrie pharmaceutique mondiale ! J'en avais des frissons dans le dos. Ce poison avait sans doute été détruit dans l'incendie de la plate-forme !

Et ce n'est pas tout : pour la première fois, je découvris le mot « virus informatique ». Les ingénieurs du dictateur avaient mis au point un virus conçu pour détruire des systèmes d'ordinateurs branchés sur Internet. Selon le même principe que celui de la grippe, ils fabriquaient des «anti-virus » pour les vendre aux utilisateurs d'Internet et développer ainsi un commerce très lucratif à l'échelle internationale !

Le vendredi soir 7 février, je reçus le premier message d'Athal sur Internet :

« Salut mon gars ! J'espère que tu t'en sors bien sans moi !

Je suis à Mogadiscio chez un particulier. Je viens encore de rencontrer ton copain Franck ! Nous avons convenu que tu pourras directement traiter avec lui pour te mettre en relation avec les différents armateurs et fournisseurs dont tu auras besoin. C'est lui qui règlera les factures (dans la limite de mon stock de sous disponibles !) J'en ai profité pour te préparer un voyage de noce pour toi et ta chérie à Paris début juillet (période estivale en France). Le Géométrix ira à Khéo pour venir vous chercher et livrer votre future commande à ce moment là.

Je n'ai plus de nouvelles de nos ennemis. Mon correspondant qui devait alerter les autorités au Canal de Suez pour intercepter L'Epiphane me prend pour un menteur car L'Epiphane n'est jamais passé par-là ! A-t-il coulé dans la Mer Rouge ? Je l'ignore. La seule information dont je dispose concerne trois hélicoptères Achab-industrie retrouvés vides et en panne sèche dans le désert de Djibouti.

Passe le bonjour à tous ! À bientôt !
Athal. »

Un séjour à Paris en France ! Le rêve de Kélia allait enfin se réaliser ! Vers la fin du mois de juillet, il se passa quelque chose d'incroyable : trois navires firent étape à Khéo en l'espace de huit jours, du 23 au 30 juillet.

Vendredi 23 juillet 1998

Un vieux bateau de pêche transportant une trentaine de réfugiés éthiopiens s'échoua sur la plage. Ces gens avaient tenté de trouver refuge dans toutes les îles des environs, mais comme personne ne voulait d'eux définitivement, ils avaient terminé leur périple sur le sable de Khéo. Alertés par les enfants qui jouaient là, nous sommes allés à leur rencontre pour les accueillir. En tant que « membre du gouvernement », je n'avais pas le droit à l'erreur. Etienne, Linda, Hémerik, Frédo et moi, nous nous tenions devant ces réfugiés fuyant la guerre qui avait éclaté début mai entre leur pays et l'Erythrée. Ils attendaient assis sur le sable que l'on décide de leur proche avenir. Un seul homme, d'âge mûr, se tenait debout. Il devait sans doute être le chef de cette tribu et maîtrisait notre langue. En les voyant, je ressentis une profonde nausée, tellement leur aspect était terrifiant. Leur peau était très foncée et brûlée par le soleil et le sel marin. J'avais honte de ce dégoût que je définissais comme un réflexe, une réaction incontrôlable qui fut vite remplacée par un sentiment de compassion.

Ces gens étaient désespérés et nous étions leur ultime espoir. Hommes, femmes, enfants, en haillons, attendaient assis sur le sable. Après avoir échangé quelques paroles de salutation, nous reculâmes de quelques mètres pour faire le point et nous mettre d'accord sur la décision à prendre. Etienne insista pour accueillir ces étrangers sans la moindre condition :

« *Etienne* – Ces gens ont besoin de nous, il faut leur porter secours.

Moi – Oui, mais s'ils demandent à rester définitivement chez nous, on va leur répondre quoi ?

Hémerik – C'est toi le gérant, c'est à toi de nous dire ce qu'on doit répondre !

Etienne – On a les moyens de les garder ici ?

Moi – Dans l'immédiat, je dirais qu'oui, mais dans les années à venir... Il faut considérer la croissance démographique, ça devient limite, on ne peut pas subvenir aux besoins de tous les réfugiés qui s'aventurent ici. Nos enfants sont prioritaires pas vrai ? Qu'est-ce que vous en pensez ?

Etienne – On ne va certainement pas renvoyer ces gens d'où ils viennent ! Proposons-leur un délai d'un mois par exemple, pour nous laisser le temps de trouver une solution.

Moi – Oui, hébergeons-les pendant un mois et laissons-les eux-mêmes décider de leur avenir. S'ils nous demandent l'asile définitif une fois ce délai écoulé, on décidera d'accepter ou pas leur requête.

Linda – Il faudrait d'abord qu'ils reprennent des forces. Ils n'ont pas que des problèmes cutanés, une visite médicale s'impose à commencer par les enfants, j'entends les plus jeunes pleurer !

Moi – Dès qu'ils iront mieux, les hommes devront travailler.

Etienne – Les faire travailler ? C'est vraiment nécessaire ?

Moi – Oui, tout le monde mange, tout le monde travaille. Nos familles vont penser quoi si elles apprennent que des étrangers que nous n'avons pas invités mangent gratuitement les provisions du peuple ?

Hémerik (s'adressant à son père) – Il a raison. On ne doit permettre aucune injustice, ça créerait des tensions parmi nous.

Frédo – C'est bien raisonné tout ça, mais quel genre de travail voulez-vous leur confier ? On ne sait même pas ce qu'ils savent faire !

Moi – Je suggère qu'ils nettoient toutes les allées qui délimitent les plantations et aussi les parcelles à l'abandon autour de la villa. Il y a de la bonne terre végétale qui ne demande qu'à être cultivée !

Hémerik – Bonne idée, j'aimerais organiser ce travail.

Linda – Vous avez vu leurs vêtements, ils tombent en lambeaux, il faut leur donner des habits neufs.

Moi – Non, pas maintenant. On leur donnera des vêtements uniquement s'ils restent ici, ce qui n'a pas encore été décidé. De plus, si ces gens désirent nous quitter avant la fin du délai, vous trouveriez normal qu'ils emportent avec eux les vêtements destinés à notre communauté ?

Hémerik – C'est juste !

Moi – Accueillons-les pendant un mois et on avisera. Personnellement, j'aimerais qu'ils restent, mais on ne doit rien décider sous le coup de l'émotion.

Etienne – Entendu. Assez bavardé, je veux qu'on accompagne ces personnes sous les préaux et qu'on leur verse à boire. Linda et Esther, vous leur donnerez les premiers soins. Hémerik, toi et tes jeunes, occupez-vous de la réhabilitation des bunkers. Jérôme et Kélia iront chercher des draps pour le couchage. Je crois savoir que les lits des soldats sont restés sur place.

23 – Epilogue

Samedi 24 juillet 1998

Deux heures avant l'arrivée du *Géométrix*, je reçus un message électronique d'Athal :

« ¡Holla ! Jérôme le touriste. Les valises sont prêtes pour ton voyage de noce ? (un peu tardif !)

Toujours aucune nouvelle de L'Epiphane ! J'espère que toute la communauté va bien.

J'habite près de Barcelone où j'ai trouvé un collaborateur qui m'aide à monter une affaire dans le domaine de l'immobilier. La demande de logements explose depuis un an, je crois avoir choisi le bon investissement.

J'ai trouvé également une petite église dans la banlieue de Barcelone qui ressemble à celle de Khéo. On m'a bien accueilli et j'ai pris mon baptême la semaine dernière. Une chrétienne (célibataire !) me traduit la prédication du pasteur. Elle envisage de m'apprendre le langage catalan ! Cela ne va pas être facile mais je suis obligé de connaître la langue locale pour mon nouveau métier ici. Je pense beaucoup à vous et je compte bien continuer à travailler en partenariat avec toi en t'aidant financièrement si les affaires marchent bien.

Franck viendra à la fin du mois avec le Cirius livrer le deuxième container de ta dernière commande (celle contenant un kilomètre de câble électrique !) Après cela, plus de sous ! Il faudra attendre un an pour me renflouer. L'immobilier ça rapporte mais il ne faut pas être pressé !

Je reviendrai à Khéo faire la fête le jour de l'An 2000 ! À ce moment là, j'espère trouver chez vous des belles perles et voir tourner les pales des éoliennes !

Sincères salutations à tous !

Bonnes vacances Kélia et Jérôme le touriste !

¡ Buen viaje ! »

Je lis la lettre à Kélia en ajoutant : « Dommage qu'à la fin du mois, on ne pourra pas voir Franck car on sera encore en France. »

Comme prévu, le *Géométrix* accosta à l'endroit habituel. Il resta quelques heures. Le container qui n'était pas à nous devait être vidé sur-le-champ pour être ré-embarqué aussitôt.

Ce jour était particulier. On nous avait réservé une cabine sur le ravitailleur. Pour la première fois, ma femme montait à bord d'un monstre de métal flottant pour quitter son île natale...destination : l'inconnu ! Je la sentais inquiète et tendue. Elle se collait sans cesse à moi comme si elle craignait tout ce qui l'entourait, ce qui faisait sourire les matelots.

Pendant la traversée, José, le talentueux faussaire, pris nos passeports pour y ajouter quelques timbres fiscaux et annotations diverses selon le plan d'Athal. Il nous donna également un billet d'avion « aller simple » pour Paris au départ de Madagascar. Officiellement, nous étions deux jeunes mariés français de retour de vacances après un séjour de trois semaines à Madagascar. Nous débarquâmes à Tamatave en toute « légalité » puisque nos faux visas n'étaient pas encore périmés. J'ignorais de quelle façon Jacques le taxi avait été prévenu par Franck de notre arrivée, mais il nous attendait rue Lambert pour nous emmener à l'aéroport dans la banlieue de Tananarive. La course était déjà payée. Kélia découvrait le continent dont elle avait entendu parler depuis toujours, mais elle ne s'attendait pas à découvrir une telle pauvreté. Par endroit, les Malgaches ressemblaient aux Ethiopiens qui vivaient depuis peu à Khéo.

Baptême de l'air pour mon épouse qui s'agrippa à mon bras pendant le décollage de l'avion !

J'eus quelques sueurs froides à notre arrivée à l'aéroport de Paris au moment où une hôtesse vérifia longuement les papiers de Kélia qui répondit calmement à toutes les questions. Elle avait appris par cœur le contenu de son passeport auparavant ! L'hôtesse rendit le document en disant : « Bienvenus en France Messieurs-dame. Madame, n'oubliez pas de signer votre passeport !

– Pourquoi cette femme m'a demandé des renseignements déjà écrits sur mon passeport, me demanda Kélia en sortant de l'aéroport, elle ne sait pas lire ?

– Elle sait lire, mais elle voulait te faire parler.

– Pourquoi ?

– Elle avait un doute sur l'authenticité de ton passeport et voulait t'entendre parler pour vérifier que tu es réellement française. Comme tu maîtrise parfaitement bien le français sans aucun accent, elle a fini par croire que les renseignements te concernant consignés sur ce document étaient authentiques.

– Tu ne m'as pas dit qu'il fallait signer, ça veut dire quoi « signer » ?

– Je te montrerai à l'hôtel. »

Hôtels, restaurants, promenades sur la Seine en bateau-mouche, visites de musées, magasins, Tour Eiffel, cinémas... nos vacances touristiques durèrent trois semaines. Ma femme voulut s'habiller et se coiffer à l'européenne. Infatigable, tantôt émerveillée, tantôt étonnée, elle marchait fièrement à mes côtés, elle voulait tout voir, tout connaître, tout comprendre...elle était insatiable ! Rien n'échappait à son regard, et dans l'immensité de la ville et de la foule, elle remarqua qu'en France vivaient également des Asiatiques et des Africains. Elle fut frappée de stupeur en découvrant des mendiants et des SDF dans certains coins de rue ! Impensable, selon elle, de voir cela dans la plus belle ville du monde !

Nous réservâmes nos billets d'avion pour Madagascar à la fin de la première semaine. Nous devions acheter nos visas (des vrais !) dans l'aéroport malgache dès notre arrivée pour ensuite nous rendre à Tamatave dans le taxi de Jacques.

♦ ♦ ♦

D'étranges événements se passèrent à Khéo pendant notre séjour en France. Deux journalistes français se trouvant à bord du *Cirius* osèrent s'aventurer sur l'île pendant que les jeunes d'Hémerik vidaient le chargement du container sur la jetée. Ils avaient écrit un article sur le journal que je venais d'acheter en montant dans l'avion du retour :

« Nous venons d'achever notre voyage dans l'Océan Indien au travers de l'itinéraire du ravitailleur « Le Cirius » à bord duquel nous avions embarqué. Des escales d'une demi-journée nous permettaient parfois de courtes visites dans les ports et proches environs.

Ile Pemba, île Zanzibar, île Farquhar...parmi toutes les côtes que nous avons abordées ou contournées, c'est celle de Khéo qui a le plus retenu notre attention : une île de 32 kilomètres carrés, peu connue et boudée par les touristes. Elle fut pendant longtemps déclarée zone militaire interdite. On la croyait inhabitée ou propriété privée dont l'accès était réservé à une poignée de scientifiques venus d'on ne sait où pour cacher et observer on ne sait quoi ! Quelle a été notre surprise quand nous avons découvert une communauté sectaire, repliée sur elle-même, occupée à des tâches aussi mystérieuses que son environnement !

Tout d'abord, à un kilomètre de distance du rivage, nous sommes passés tout près d'un amas de ferrailles d'un hectare complètement informe et rongé par l'eau de mer ! Cela ressemblait aux vestiges d'une plate-forme ou d'un îlot artificiel qui aurait été incendié. Ni l'équipage du Cirius, ni les habitants de Khéo interrogés n'ont voulu nous dire de quoi il s'agissait !

Sur la plage où nous avons fait quelques pas, se trouvait un aménagement que l'on pourrait qualifier de « parcours du combattant » utilisé dans l'Armée.

Plus au centre, nous avons vu des bâtiments dont l'aspect faisait plus penser à une caserne qu'à un monastère. Ces bâtisses plutôt récentes entouraient une cour au milieu de laquelle se dressait une croix blanche d'une dizaine de mètres de haut. Les membres de cette étrange secte étaient tous vêtus d'une combinaison de travail rouge portant une inscription sur le dos : un sigle en forme de cercle noir comme une grosse bague cannelée sur son pourtour.

Aucun d'entre eux ne voulait nous renseigner et tous préféraient nous envoyer vers leur gourou qui se faisait appeler : « pasteur Etienne ». Ce dernier ne s'est pas montré très loquace ni coopérant. En l'absence du gérant, il a refusé de nous laisser visiter les bâtiments et n'a rien voulu révéler concernant le passé de l'île. Aucune explication sur le tas de ferrailles calcinées dépassant de l'eau que nous avions contourné pour atteindre la jetée !

De guerre lasse, nous avons continué la visite en empruntant un chemin qui nous a menés vers différentes cultures et élevages. Nous avons trouvé un ensemble de constructions bétonnées, des sortes de blockhaus tous fermés à l'exception d'un seul qui était habité par des femmes et des enfants dans un bien triste état. Ils étaient maigres, pieds nus, et vêtus d'habits déchirés. Eux, semble-t-il, n'avaient pas le droit de porter des combinaisons rouges. Ils survivaient comme des bêtes à l'écart du monastère et s'abritaient dans cet affreux bloc de béton sans fenêtre. Aucun d'eux ne comprenait notre langue.

Poursuivant notre chemin, ô surprise, nous avons fini par découvrir une luxueuse villa, hérissée d'antennes radios et de paraboles. Vraisemblablement, il devait s'agir de « l'humble demeure » du gérant.

Bravant les caméras de surveillance, nous avons sonné à la porte. Comme personne ne répondait, nous avons fait le tour de cette immense bâtisse et vu au travers d'une baie vitrée une piscine intérieure ! Un peu plus loin, une dizaine d'esclaves nettoyaient le jardin d'agrément de la propriété. Ces hommes étaient sans nul doute les pères de famille de la tribu du blockhaus. Ils étaient dans le même état pitoyable, l'un d'eux a accepté de répondre à nos questions dans un français approximatif. C'est par lui que nous avons appris que la villa était habituellement habitée par un « gentil Blanc » parti en voyage en Europe. Quant à la question du salaire versé à ces malheureux esclaves, on nous a répondu qu'il n'y a pas d'argent qui circule sur l'île ! »

J'espère qu'après la diffusion d'un pareil torchon, la Communauté Internationale ne va pas se mêler de nos affaires !

Table des matières